新 潮 文 庫

夜 の 人 々

エドワード・アンダースン
矢 口　誠 訳

新 潮 社 版

11872

わが従兄《いとこ》と妻に

空っぽの銃を手にした私に
ロイ、きみは銃弾をこめてくれ、
アン、きみは的へと導いてくれた

飢えを満たそうとして盗みを働いた者をだれも侮《あなど》りはすまいが
それでもつかまれば、七倍の償いをし
家財の一切をそれにあてなければならない

――『旧約聖書』ソロモンの箴言《しんげん》
（新共同訳）

夜の人々

主要登場人物

ボウイ・バウアーズ………………脱獄した終身刑囚の若者
キーチー……………………………ボウイの恋人
Ｔダブ・メイスフェルド…………ボウイの囚人仲間
チカモウ（エルモ・モブリー）…　　　〃
ディー・モブリー…………………チカモウの従兄、キーチーの父
マティ………………………………Ｔダブの義姉
ルーラ………………………………マティの妹
ホーキンス…………………………弁護士

第1章

こんどこそ間違いない。一台の車が幹線道路をそれ、低木の茂みの陰で待っている彼らのほうへやってくるのが見えた。わだちのついた道をローギアで苦しげに走ってくる。唾《つば》をつけた指先を熱く焼けた鉄に押しつけたときのような感覚が、ボウイの身体《からだ》のなかを突き抜けた。彼はチカモウを見た。

チカモウの目は、草がぼうぼうに生えた道に釘《くぎ》づけになっていた。さっきまではあたりをいらいらと歩きまわり、雨に濡《ぬ》れた地面を囚人靴の厚底で踏みにじっていたが、いまは足をとめている。

「やつだ」と、チカモウはいった。

ボウイは後ろを振り向き、木の生い茂った小川の土手ごしに、午後の日射《ひざ》しがトウモロコシ畑の青々とした葉をナイフのようにぎらつかせているのを眺めた。アルカトナ刑務所の白い塀の向こうには、赤い給水タンクと、中庭の大きなポプラの木と、監視塔が見えている。

　車はさらに近づいてきた。エニシダの茂みでバッタが奏《かな》でているハープの響きが大きくなったように思えた。いまならなにをやったって楽しいはずだ、とボウイは思った。ほんとになんだっていい。あの塀の向こうでの毎日は、ほんとに最悪だった。

　車のスプリングが軋《きし》る音が近づいてきた。ボウイはもう一度チカモウに目を向けた。

「どこかとくに行く当てはないんだろ？」

　チカモウは頭を動かさなかった。「行けるならどこだっていいさ」

　タクシーは大きく車体を揺らしながら、ふたりのほうに向かってもがくように進んできた。ボウイは目を細めてよく見た。後部座席の男は麦わら帽をかぶっている。しかし間違いない、あれはＴダブだ。待ってたぞ、マヌケな老兵め！

　ハンドルを握っているのは、服役囚にマリファナを売っている若造だった。みんなはジャスボと呼んでいた。

　タクシーが数フィートほど手前で止まり、ボウイとチカモウはそっちに向かって足を踏みだした。

「やあ、ボウイ」と、ジャスボがいった。

　ボウイは相手に目を向けなかった。「よう」

後部座席にすわったＴダブの膝《ひざ》には、紙でくるんだ大きな包みがのっていた。新品の麦わら帽の明るい黄色のせいで、ブロンドの髪がトウモロコシの毛のように見えた。

「おい、なにをぐずぐずしてる？　なんか待ってんのか？」チカモウがドアを開けた。

Ｔダブはチカモウに包みを渡すと、シャツの内側から拳銃《けんじゅう》を抜き、銃身を運転手の頬に押しつけた。「下手をすると命はないぞ、ジャスボ」

「おいちょっとやめてくれって」ジャスボは首をこわばらせ、頭を震わせた。

チカモウは包みの紐《ひも》を引きちぎり、包装紙をパシッと叩《たた》いた。なかには青いデニムのオーバーオールと白い綿のシャツが入っていた。チカモウは目の粗い綿の囚人服を脱ぎ捨てた。ボウイとＴダブも着替えはじめた。

「なあ、ボウイ、あんたはおれを知ってるだろ。おれなら信用してだいじょうぶだって、こいつらにいってくれよ」

「おまえはいわれたとおりにしてりゃいいんだ」と、ボウイはいった。

「なんでもいってくれ」と、ジャスボはいった。

三人は着替えを終えた。チカモウがジャスボをわきに押しやってハンドルを握り、ボウイとＴダブは後部座席に乗りこんだ。チカモウは車をＵターンさせ、幹線道路に戻った。車がスピードを上げると、風が激しく打ちつけはじめた。

右手のガソリンスタンドの大きな日除《ひよ》け屋根の下に、車が一台停まっていた。つなぎを着た男が赤いポンプの横でハンドルをまわしている。

「おとなしくしてるんだぞ、ジャスボ」と、Ｔダブがいった。「目くばせでもしようもんなら、その耳を吹っ飛ばしてやるからな」

「なんなら膝のあいだに頭を埋めとくよ」と、ジャスボはいった。

ガソリンスタンドを通りすぎたところで、ボウイは振り返った。男はハンドルをまわしつづけていた。背後にのびている空っぽの道路は、まっすぐに伸ばしたゴムバンドのように見えた。

ボウイはＴダブのごつい拳《こぶし》に握られたリボルバーに目をやった。銀メッキの銃身にパール仕様のグリップ。老兵は自分のすべき仕事を心得てる、とボウイは思った。

「町では騒ぎになってたかい？」と、ボウイは訊《き》いた。

Ｔダブは首を横に振った。

幹線道路ははるか先まで空っぽだった。いまごろはもう刑務所長も状況を把握しているにちがいない、とボウイは思った。不安と怒りにまみれ、あの役立たずどもは降格だとわめき散らしてるはずだ。あいつらを白人らしくあつかったりするからこうなるんだ。もうあのボウイ・バウアーズとエルモ・モブリーに野球はやらせない。釣りに行く許可も取り消しだ。T・W・メイスフェルドがこの刑務所の売店で働くことはもう二度とない。犬と散弾銃とライフルを用意してあいつらを追え……。

前方の坂の向こうから一台の車が飛びだしてきて、猛スピードで近づいてきたかと思うと、シュッと音をたてて通りすぎていった。車がこっちへ向かってくるといってなにかを意味しているわけじゃない、とボウイは思った。頭上をカラスが飛んでいくのとおなじだ。Tダブはリボルバーを左手に持ち替え、手のひらの汗を膝でぬぐってから、もう一度右手に持ち替えた。Tダブは自分のすべき仕事を心得てる。

チカモウの細い首筋には二本の腱《けん》が浮きでていた。チカモウも自分のすべきことを心得てる。こんなふたりと出会えるなんて、そうそうあることじゃない。彼らは三人とも、もう二度と刑務所になんか入らないと心を決めていた。

そのとき、舗装道路が折れたかと思うような爆発音がした。右後輪のタイヤから空気が抜けていき、むせび泣くような音が響いた。車がガタガタ揺れはじめた。左側には〈アルカトナまで――14マイル〉という標識が立っている。おれたちは十三のどまんなかに突っこんじまったらしいぞ、とボウイは思った。不吉な十三にはまっちまったんだ。

車はガタガタと木橋を渡り、未舗装の脇道《わきみち》を進んでいった。幹線道路からは見えないところまでくると、チカモウは車を停めた。タイヤのゴムは斧《おの》で叩き切られたかのようなありさまで、スペアタイヤも使いものにならなかった。

　地平線の薄れつつある光を、闇《やみ》が飲みこみはじめていた。道端の雑草のなかではコオロギが、たるんだ電話線が風に震えているような音を立てていた。不吉な十三がおれたちに迫ってくる、とボウイは思った。チカモウの従兄《いとこ》のディー・モブリーが住んでいるケオタまで、あと百二十二マイル。あそこまで行けば隠れ家もある。しかしおれたちの痛む背中には、十三がのしかかっている。

　チカモウはフェンスの有刺鉄線の一部をペンチで切ってくると、それを使ってジャスポをハンドルに縛りつけた。

　三人は綿花の生い茂った畑を歩き、農家の明かりをめざした。

「あそこに住んでるやつは、まともなタイヤのついた車を持ってるはずだ」と、Ｔダブがいった。

　綿花畑は地面が柔らかく、弾力性のある茎が鞭《むち》のように三人の脚を打った。はるか遠く、刑務所のある方角から、獲物を追う犬たちの吠《ほ》え声が響いてきた。ボウイは足を止めた。「おい、犬の声がするぞ」と彼はいった。チカモウとＴダブも立ち止まった。低音の管楽器の音色のような、よく響き渡る声だった。

「クソッ、ありゃオポッサム狩りに使う猟犬だ」と、チカモウがいった。

三人は足を速めた。畑のあちこちにあるハコヤナギの切り株は、頭のないヒキガエルのようだった。農家の窓から漏れる猛々《たけだけ》しいオレンジ色の明かりが、だんだんと近づいてきた。Tダブが走りはじめ、チカモウとボウイはそれにならった。

赤ん坊を抱いた女性が、Tダブとボウイをランプの灯《とも》った奥のキッチンに案内した。小男がテーブルの椅子《いす》にすわり、こちらに半分身体を向けていた。かじりかけの生のタマネギを左手に持ったまま、彼らのほうを見上げ、Tダブが握っている拳銃に目をとめた。

「外においてあるあんたの車をいただく」と、Tダブがいった。「さっさと立て」

小男は振り返り、タマネギをテーブルにおいた。皿の上には目玉焼きとコーンブレッドがのっていた。小男は立ちあがり、椅子《いす》をテーブルに押しつけた。

「キーはどこだったかな、ママ」

女房の口元が引き攣《つ》り、下唇が顎《あご》の上で溶けてしまいそうに見えた。「知らないわ」腕に抱かれた赤ん坊がむずかりだした。

キーは小男のポケットに入っていた。

Tダブは女房に目を向けた。「奥さん、あんたはこの男にまた会いたいだろ？　そうだよな？　だったらおれたちが立ち去ったあとも、その口を閉ざしとくこった」

「はい」女房は赤ん坊を揺すった。赤ん坊は泣きはじめた。

車には絹のようにうっすらとほこりが積もり、フードやフェンダーにはニワトリの糞《ふん》が落ちていた。小男はチカモウといっしょに前部座席に乗りこんだ。

「こいつにはもう一カ月以上も乗ってない」と、小男がいった。

幹線道路はミズーリ・カンザス・テキサス鉄道の線路と並行して走っていた。ボウイはスピードメーターの針が上がっていくのを見つめた。四十五マイル……五十マイル。アクセルを踏みまくれ、チカモウ。おれたちの背後には九のツーペアが迫ってきてるんだ。あのジャスボのガキは、警察に洗いざらい証言してるにちがいない。路上強盗で九十九年の刑。誘拐でさらに九十九年。

前方に州道沿いの小さな町の明かりが広がっているのが見えてきた。町に入ると、明かりは隠れ家から追い立てられた獲物のようにすばやく後方に飛び去っていった。ガソリンスタンドの大きな日除け屋根の下では、裸電球のまわりで羽虫が渦を巻いていた。商店はどこも閉まっており、バスターミナルに明かりはついていない。警察が待ち構えてるってことはなさそうだ、とボウイは思った。散弾銃を手にした勇敢なる市民の姿もなかった。彼はTダブのほうを向いた。

「何マイルくらい先行してると思う？」

「二十だな」と、Tダブはいった。

「ここんとこ、うちの女房は加減がよくないんだ」と、小男がいった。「最近、ひどく悲しいことがあってね」

チカモウがうなずいた。

なにか病気か、さもなければ心配事でも抱えているんだろう、とボウイは思った。裁判のときに地区検事が女房の話を持ちだしたら、陪審員の心証が悪くなる。アクセルを踏みこむんだ、チカモウ。猛スピードですっ飛ばせ。このままのスピードで一時間四十分も走れば、一般市民《リアル・ピープル》のなかにまぎれこめる。ディー・モブリーは一般市民だ。ガキの頃、あいつとチカモウはいっしょに盗みを働いてた。チカモウがあの隠れ家を手に入れたのは、もう八年もまえになる。

「赤ん坊が生まれてから、ずっと調子が悪いんだ」と、小男がいった。

エンジンが咳《せ》きこみ、騒々しい音を立てはじめた。チカモウはチョークレバーを引いた。しかし、点火はしたが着火はしなかった——エンジンシリンダーが完全に空になっているのだ。タイヤの回転速度が落ち、車軸がガタガタと耳ざわりな音を立てた。

「道路に駐《と》めとくのはまずい」と、Tダブがいった。「さあ、みんな外に出て押してくれ。このポンコツはもう完全に息絶えてる」

ボウイとTダブと小男は押した。舗装した路面に靴底が当たるたびに、馬のひづめのような音が響いた。ようやくのことで十字路にたどりつくと、三人は小山の向こうに車を押しやり、道路からは見えないようにした。

チカモウが小男を縛りつけはじめた。

Tダブは喘息《ぜんそく》持ちのようにあえいでいた。「ついてないことはこれまでだってよくあったが、ここまで踏んだり蹴《け》ったりなのははじめてだ。いっそこの三八口径で頭を撃ち抜いちまったほうがましかもしれんな」

車が一台やってきて、ヘッドライトの明かりが小山の上を照らしだした。車はスピードを上げて通りすぎ、消音器をつけたドラムを連打しているような音を立てて遠ざかっていった。

「さあ、行こうぜ」と、チカモウがいった。

三人は道路を横切り、這《は》うようにしてフェンスをくぐり抜け、腰の高さまで雑草の生い茂った線路用地を無理やり突っ切った。それから、盛り土を乗り越えて線路の敷かれた路盤に降りた。

「車を止めて、拳銃を突きつけたほうがよくないか?」と、チカモウがいった。

「盗んだ車で逃げるなんてまっぴらだ」と、Ｔダブがいった。「おれは歩くぞ」
「だったら、この線路をひたすら歩いていきゃいい」と、チカモウがいった。
「渡り労働者《ホーボー》みたいにな」と、Ｔダブがいった。

空に浮かんだ三日月は、伸びた爪《つめ》の先の白い部分のように細かった。聞こえるのは三人が砂利を踏むザクザクという音だけだ。チカモウが先頭に立った。

レールが鈍い音を立てはじめた。後方から列車が近づいてくる。しばらくすると、最初はホタルの光のように小さく見えていた機関車の前照灯が、だんだん大きくなってきた。

三人は線路脇の切り立った土手に生えた草をつかんで上にのぼり、てっぺんに横たわった。地面があまりに激しく揺れるので、崖《がけ》が崩れて下に落ち、列車に巻きこまれるのではないかと不安になった。貨物列車の車輪が地面を揺るがすすさまじい音が延々とつづいたのち、ようやくのことで車掌車の赤いふたつの尾灯が通りすぎていった。

「しばらく止まってくれてもかまわなかったんだがな」と、Ｔダブがいった。
「なんで大声で呼び止めなかったんだ、ボウイ？」と、チカモウがいった。
「腹を立てられたくなかったんだよ」と、ボウイはいった。

右の靴のかかとの釘が足の裏に刺さっていたが、知ったことかとボウイは思った。はじめ悪けりゃ終わりよしだ。ギャンブルだって、悪運はずっとつづかない。ダイスを投げるたびに貨物列車が突進してくるはずがない。この道を行けば、きっといいことが待ってるはずだ。

*

ボウイが目を覚ますと、地下貯水タンクの反響音のように低いＴダブの声が聞こえていた。早口にしゃべっているチカモウのくぐもった声もする。両足の爪がすべて抜けてしまい、かかとにドリルの先が食いこんでいるように感じられた。太陽の光がアイスピックのようにプラムの茂みを刺し貫いてくる。ボウイは身体をひねって仰向けになり、腕で目を覆《おお》った。

「ゼルトンのあの銀行は下調べを四回したよ」と、Ｔダブがいった。「あそこなら、草むらの鳥の巣から卵を盗むくらい簡単さ。ところが、毎回なにか問題が持ちあがりやがった。たぶん今回はだいじょうぶだろう」

「おれにも一枚噛《か》ませてくれ」と、チカモウがいった。

「ちなみに」と、Tダブがいった。「おれにとっちゃ、つぎの銀行強盗が二十八回目だ」

「二、三週間後に二十九回目といきたいもんだな」

ボウイの身体を震えが駆け抜けた。いまならなにをやったって楽しいはずだ、と思った。

「銀行強盗をしようってガキどもは、どいつもマヌケばっかりだ」と、Tダブがいった。「通りの向かいにガソリンスタンドがあろうが、二階に電話局があろうが、やつらはまるで気にしない。隣に銃器店があってもだ」

「銀行の向かいの建物は、二階に入ってるオフィスだって調べとかなきゃまずい」と、チカモウがいった。「弁護士や医者がいるかもしれないし、銀行強盗に備えて手近に散弾銃を用意してるやつらだっているかもしれない」チカモウはいったん言葉を切ってから、さらにつづけた。「おれは田舎町の銀行なんかやるつもりはないね。同じ手間をかけて大きな銀行を襲撃すれば、五万ドルにはなる。だけどああいう銀行じゃ千ドルがいいとこだ」

「郡や市の預託機関になっている銀行を選べば、警備も厳重だ」と、Tダブがいった。

「銀行を狙《ねら》うときは一週間かけて下見しても害にならないといったのは、そういう意味さ」

五千ドル手に入ったらおれは足を洗う、とボウイは思った。金はまるまる手つかずのまましまっておき、アルカトナ刑務所に戻ってもいい。長いこと刑務所暮らしをつづけてきたんだから、もう二年くらいなんでもない。刑務所に戻って、満面の笑みを投げてやるのだ。あの刑務所長なら簡単にどうにでもできる。心配するにはおよばない。あいつの怒りだっていつまでもつづかないはずだし、二年もすれば前科も消えるだろう。そしたら二千ドルくらい出して、ワシントンにあれこれコネを持ってる弁護士を雇う。そうすれば、ちょいとまとまった金を手に刑務所から堂々と出ていける。

銀行の内部を下見するいちばんの方法は、銀行に行って小切手を二十ドル札に換金することだ、とTダブがいった。フロリダじゃ、じっくり下見するために口座を開いたもんさ。

ボウイは身体を起こした。

「田舎もんのお目覚めだ」と、チカモウがいった。彼の歯は拳銃のパールグリップとおなじくらい白かった。

三〇-三〇ウィンチェスター弾のような灰色をしたTダブの目に、かすかな明かりが灯った。「夕飯はなんにする、ボウイ？　プラムか？　フライドチキンか？」

ボウイは頭上の枝になっている熟れたプラムに目を向けた。「プラムにしとくよ」

チカモウは膝までズボンの裾《すそ》を巻きあげ、毛むくじゃらの脚をつねった。

「なにしてんだよ」と、ボウイはいった。

「ツツガムシだ」と、チカモウはいった。

ボウイは血が乾いてかさぶたになった自分の足を見た。まるめたつま先、靴にこびりついた草。あと一晩、いや半日だけ歩きとおせばいいんだ。彼はまた横になった。

チカモウがカンザスで銀行強盗をしたときの話をはじめた。

「壁の金庫には二千ドルくらいしか入っていなかった。そのときおれは、たまたま現金伝票が落ちてるのに気がついた。いまどれだけの現金があるかわかるように、毎晩入れておくやつだ。知ってるだろ？……ところがさ、伝票に書かれてる金額と奪った金の金額が合ってないんだよ。だからおれはそのドイツ人のとこに戻っていったんだ。『おい、兄ちゃん。ここにある金はこれでぜんぶか？』ってな。するとそいつは『ありったけぜんぶです』っていう。『現金伝票に書かれてる金額はふつう正確なんだろ？』って訊くと、『ええ、もちろんです』という。『しかしおれは二千ドルしかいただいてないぞ。伝票には四千八百六十二ドルって書いてあるじゃねえか。さあ、さっさと出すんだ』。でも誓いますよとかなんとか言い訳を並べたてはじめたんで、おれはトゥイッチを突きつけてやった。するとやつの目は、これ以上ないってくらい真っ赤になった」

ボウイは身体を起こした。「トゥイッチってなんだい？」

「心配すんな、そのうち見せてやるよ。仕事をするときゃいつも持ってくんだ。手頃な長さの棒の真ん中に穴を開け、そこに細いロープを通して輪にする。この輪を人の頭にかけて、棒をねじりあげてくんだ。するとロープの輪に締めつけられ、相手は脳みそが耳から流れだすんじゃないかと思う。とにかくそのドイツ人は、投げ縄で締めつけられた子牛みたいに悲鳴を上げて、机のいちばん下の引き出しを開けた。そしたらどうだ、そこに札束が四つ入ってたのさ。五百ドル札と百ドル札の札束がな」

一陣の風が茂みを吹き渡り、彼らと線路を隔てているセイバンモロコシがおじぎをした。ボウイは身を伏せた。

「もしおまえがその伝票に気づかなければ、その銀行員がどうしてたかはわかるだろ？」と、Tダブがいった。「それでもやっぱり、金はすべて奪われたとわめいてたはずだ。そういう銀行員はびっくりするほど多いよ。手近に金を積んどいて、銀行強盗が入ってくれるように毎日祈ってるんだ」

「そうとも」と、チカモウがいった。

「やつらはおれたちとおなじ泥棒なのさ」と、Tダブはいった。

ボウイは手の甲のアリをつぶした。あんたらには悪いが、おれはこの世界に深入りするつもりはない。この白人の坊やは、五千ドル手に入れたらあんたらとさよならして引退するんだ。

Tダブとチカモウが地面を蹴る大きな音がした。ボウイはジャックナイフのようにさっと身体を起こし、そちらに目を向けた。ふたりは立ちあがってセイバンモロコシの茂みをのぞきこんでいた。Tダブの手には拳銃が握られている。

ボウイもおなじほうを見た。茂みのなかをなにかが動いている。風ではない。ボウイは靴を拾いあげた。茂みがふたたびかきわけられた！

チカモウが先陣を切り、背後の茂みに向かってフットボールのハーフバックのように突っこんでいった。Tダブがすぐあとを追い、靴を手に持ったままボウイも裸足《はだし》でつづいた。森に着くまで、三人はひたすら走った。そこで足を止め、茂みを振り返った。

「あんたたち、いったいなにを見たんだよ？」と、ボウイはいった。「ったく、脅かしやがって」

「茂みのなかになにかいたんだ」と、チカモウがいった。

「もしいなかったとしたら、おれは三ドルもする帽子を無駄においてきちまったことになる」と、Tダブがいった。「あそこにおまえのソックスがぶらさがったままじゃないか、ボウイ。ここからでも見えるぞ」

「あんたたちふたりがいきなり駆けだすもんだから、茂みの奥に警官隊が潜んでるのかと思っちまったんだ」と、ボウイはいった。

「あれは豚かなんかだと思うね」と、Tダブがいった。「さもなきゃ七面鳥だな。おまえらにその気があるんなら、いくら賭《か》けたっていい」

「豚だって確信があるんなら、なんであそこまで戻って帽子を取ってこないんだ？」と、チカモウがいった。

「いやなに、どっちにしろ頭をさらそうと思ってたんだ。ゼリービーンズみたいにな」

　ボウイは腰を下ろして靴をはきはじめた。足からはまた血が出ていた。

「歩けそうか、ボウイ」と、Tダブがいった。

「どうやらね。あそこからここまでは走ってきたわけだから」と、ボウイはいった。

第2章

雨にけぶっているあの明かりはケオタの町だ。雨が降りはじめるまえまでは町の喧《けん》騒《そう》が聞こえていたが、いまは風に吹きつけられた雨粒が周囲に積まれた小麦の刈り束と刈り株畑を叩く音しか聞こえない。ボウイだけがひとりここに残されて、もう二時間以上になる。いまはもう、朝の三時か四時になっているはずだ。あの町明かりの下の暗い底では、Tダブとチカモウがディー・モブリーの家を探しているはずだった。チカモウの従兄が見つかり次第、ふたりはここまで迎えにきてくれることになっている。ディーの車を借りられたら、ヘッドライトを三回点滅させるのが合図だ。

ボウイはかがんで麻痺《まひ》した足を揉《も》んだ。義足に触れているような感触だった。義足をした男はすばやく行動すべきときに足手まといになる。だから彼だけここに残り、迎えがくるのを待っているのだ。

東のほうから雷鳴が近づいてきて、ギザギザの稲妻が頭上で激しい音を炸裂《さくれつ》させた。

たわんだフェンスと道路までのぬかるんだ小道を、閃光《せんこう》が剝《む》きだしに照らしだした。

家族や親戚《しんせき》から便りをもらうことはもうないだろう、とボウイは思った。ママ。パール伯母さん。従兄のトム。みんなとはもうさよならだ。警察は脱走犯が服役中に手紙を出していた人間を探しだし、監視をつけるはずだった。

さようなら、母さん。母さんに関して、これだけは断言できる。これまで母さんは、おれがなにをしても許してくれた。これも運命だったと思ってほしい。もうしばらくしたら、三百ドルか四百ドル入った封筒が送られてくるはずだ。そしたら病院に行ってペラグラの治療を受けてくれ。しばらくあの亭主からは離れて暮らすんだ。

さよなら、従兄のトム。手紙とタバコをありがとう。だけどあんなところに入れられてると、励ましなんてなんの役にも立たないんだ。毎日まいにち、つぎになにが起こるかがはっきりわかってるんだからな。

パール伯母さん、あんたはいい人だ。でも、弁護士を雇う金のない人間にとっちゃクリスチャン・サイエンスはなんの助けにもならないんだよ。しかも、よっぽどの金持ちでないと腕のいい弁護士は雇えない。

車のヘッドライトが上下に揺れながらこちらに近づいてくるのを見て、ボウイは立ちあがった。車は目の前のぬかるんだ道を苦しげに通りすぎていった。ボウイはふたたびその場にしゃがみこんだ。

あのふたりは戻ってくる。ディーの家がどこにあるかわかっていないので、探すのに手間どってるだけだ。あいつらがおれを置き去りにする？　まさか、そんなことありっこない。しかしいくらなんでも遅すぎる。町の明かりはもう消えはじめている。

雲が渦巻く空を稲妻が切り裂いた。電気椅子のスイッチが入った瞬間は、たぶんあれとおんなじようなものが見えるんだろう、とボウイは思った。弁護士がやってきて電気椅子はまぬがれたと教えてくれた朝から、もう九年も過ぎたとは。もしかしたら、おれはあのとき電気椅子で死んだんじゃないだろうか？　いまここで雨に打たれているのはおれの霊魂なのでは？　この世界じゃなにが起こったっておかしくない。もしかしたら、おれは猫みたいに命を九つ持ってるのかもしれない。アルカトナ刑務所の電気椅子でそのうちのひとつを失ったのだ。残るはあと八つ……おい、ボウイ、つまんないこと考えるのはやめろ。そんなことしてると頭がおかしくなっちまうぞ。

もう一台べつの車がやってきた。エンジンの音からするとT型フォードらしい。ヘッドライトはひとつだけで、弱々しく点滅している。

ボウイは半分しゃがんだままフェンスに近づいた。車はフォードのピックアップトラックで、車体のボードがはずれかけているらしく、ガタガタと音を立てていた。あのライトは故障で点滅しているのか、それとも合図を送っているんだろうか？　いったいどっちだ？　ボウイはいったん呼び止めかけたが、声をひっこめた。車は通りすぎ、息も絶えだえなエンジンの音が夜の闇のなかへと消えていった。

　ボウイはいま路肩に腰を下ろしていた。もうすぐ夜が明けるはずだ。明るくなったらもうこんなところにすわってはいられない。たぶん、町に行ったＴダブたちの身になにかあったんだろう。トラブルに巻きこまれて身動きできないんだ。さもなきゃ、迎えにこないわけがない。あいつらにかぎってそんなことはありえない。おれたち三人はこの世界でずっといっしょにやってきた。たとえばＴダブだ。あいつが毎日売店で働いてくれたおかげで、おれやチカモウもおこぼれにあずかることができた。苦労して手に入れた金をひとり占めせずに仲間のふたりと分け合うなんて、そうそうできるこっちゃない。普通だったらあの四百二十五ドルをぜんぶ自分のものにしてたはずだ。それに、あのふたりくらい先の先まで考えてるやつらはいない。まずディーのところでほとぼりをさましてから、テキサスへ行ってＴダブの義理の姉さんと連絡をとり、家具つきの一軒家を手配してもらう――そこまで考えてあるのだ。いいや、Ｔダブは仲間を裏切るようなやつじゃない。ならチカモウは？　あの笑顔に裏があると思うのか？

雨が頬を打ち、感覚の麻痺した足に流れこんだ。しかし、いつまでもここにいるわけにはいかない。夜明けまでにふたりが戻らなければどこかに移動する必要がある。選択肢はほかにない。とにかくここは離れなければ。

*

ラバに引かれた荷車がぬかるんだ道をボウイのほうに向かって進んできた。荷車の防水シートはけさの空のように灰色で、すっかりずぶ濡れだった。そのすぐ脇のぬかるみを、麦わらのソンブレロをこぬか雨に傾けた男が、泥水を撥《は》ね散らかしながら歩いていた。オーバーオールの裾をふくらはぎまでまくりあげ、足を踏みだすたびに泥の塊をあたりに飛び散らせている。やがて男は、ソンブレロのつばを上げた。

「やあ、おはよう」と、ボウイはいった。

ソンブレロの男は口にくわえた噛みタバコの位置を変え、「おはよう」といった。

ボウイは自分の靴を指さした。「町まで、荷車の後ろに乗っけてもらっていいかな？　足が鉛みたいなんだ」

男は荷車の後方に向かってソンブレロをぐいと傾けた。「乗りたいんなら、勝手にのぼんな」

ボウイは荷車をぐるっとまわり、垂れた防水シートの隙間《すきま》から荷車に這いのぼった。乾燥したアルファルファのいい匂《にお》いがした。女と幼い男の子が乗っているのが目に入った。ふたりは麦わらをつめたキルトを敷いた座席にすわっていた。

「ご主人に乗ってもいいといわれたんです」

女はうなずいた。

ボウイは荷車の側板に寄りかかり、ほっとひと息ついて脚を伸ばした。ゆったりした荷車の動きは気持ちを安らげてくれたし、清潔で乾燥した荷台は乾いたセーム革のように濡れた身体から水分を吸いとってくれた。ボウイは目を閉じた。

「あの人は誰なの、ママ？」

ボウイは目を開き、少年を見て笑みを浮かべた。「いっしょに乗っててもかまわないだろう？」

少年は母親の胸に顔を埋めた。女はやさしく背中をたたいた。「あの人はお父さんの友だちよ」

ラバのひづめがカツカツという音を響かせはじめた。ボウイは女に訊いた。「町に入ったのかな？」

女はうなずいた。「広場よ」

ボウイは荷車の後方にいざっていき、防水シートを開いて外にすべり降りた。舗道に足がついた瞬間、針の山を踏んだかのような痛みが走った。

広場のまんなかには郡庁舎が建っていた。二階建ての砂岩の建物で、人種分離のための〈白人――有色人種〉という大きな標示板が出ている。広場の周囲は一階建てか二階建ての建物――〈グリーンバーグ衣料店〉〈ケオタ州立銀行〉〈レクソール・ドラッグストア〉〈ハンバーガー ５セントと10セント〉――に囲われていた。

すでに雨は上がっていて、太陽は濡れた黄色い紙のように見えた。ボウイは郡庁舎前の芝生を横切り、角の衣料品店に向かった。

店員が腕組みをしてドア口に寄りかかっていた。ボウイが近づいていくと、男は脇柱を背中でぐっと押し、まっすぐに立った。

「なにかお探しで？」と、男はいった。

「予算は十ドルなんだ」と、ボウイはいった。「ズボンとシャツと靴下と靴とズボン下がほしい」

「見つくろってみよう」

店員について薄暗い店内に入っていくと、湿ったウールの匂いが鼻をついた。仕立て服用の生地や床用ワックスの匂いもする。店員はカーキ色のワークパンツが並んだ陳列棚の上に手を伸ばし、小さな電球をつけた。

乾いた服に着替えたボウイは長椅子にすわり、新しい靴の紐《ひも》を店員に結んでもらった。

「このあたりに、トビーだかホビーだかっていう名前の男が住んでないか？」

店員は顔を上げた。「知らないな」

「一度タルシーで会ったことのある男が、いまこのあたりに住んでるはずなんだ。たぶん、こっちに移ってきてからかなりになると思う。モビーとかなんとか、そんな名前なんだが」

「見た目は？」

ボウイはチカモウの外見を説明した。「一見、インディアンみたいに見える。背はおれの肩くらい。瞳《ひとみ》は黒で、かなりやせてる」

店員は首を振った。

「タルシーではガソリンスタンドで働いてた」

「ダラス・ハイウェイをすこし行ったとこにモブリーってやつなら住んでるよ。小さな店とガソリンスタンドをやってる」

「いや、モブリーって名前じゃなかった。間違いない」

「キーチーって名前の娘がいる。小柄で、インディアンみたいな顔をした子だ」

「いや、そう聞いてもわからないな。そいつのことはよく知ってるわけじゃないんだ」

新しい靴のおかげで、足はうずきもしなかった。歩きやすい。太陽の日射しが水たまりを消し去り、遠くまでのびる乾いた道路をぎらつかせていた。店を出たボウイは道路沿いに歩いていった。ショーのポスターがべたべた貼《は》られた塀で囲われている材木置き場や、閉鎖された綿繰り工場、〈コージー・コンフォート・キャンプ〉という旅行者用モーテルなどが並んでいた。

店員のいった店はすぐに見つかった。ガソリンスタンドにはオレンジ色の給油ポンプがひとつあるだけだった。大きな四角い日除け屋根の下で、男がひとり、斜めに傾けた椅子にすわっていた。ガソリンスタンドの裏には燻製《くんせい》小屋のような建物があり、そのまた向こうには森が広がっていた。道路をさらにすこし行った先の左側には、またべつのガソリンスタンドがあった。

ボウイは日除け屋根の下に入り、傾けた椅子にすわっている男に近づいた。

「景気はどうだい？」

「やあ、いらっしゃい」と、男はいった。オークの幹みたいにごつごつした顔で、黒いもみあげには針金のような灰色の毛が混じっていた。白いボタンのついた黒い綿のシャツを着ている。

「冷たいソーダはあるかな?」と、ボウイはいった。

男は立ちあがり、アイスボックスの蓋《ふた》を持ちあげた。ボウイはなかに手をつっこんで瓶を取りだした。

店のスクリーンドアの向こうに若い女が立っているのが見えた。小柄で色が黒く、高くてとがった胸がブルーの綿のポロシャツを押しあげていた。

ボウイは男に目を向けた。「ちょっとふたりきりで話がしたいんだが」

男が娘に目をやると、娘は去った。

「あんたはディー・モブリーだろ?」

「ああ」

「最近、客がふたりこなかったか?」

モブリーはボウイの靴に目をやった。「新しい靴みたいだな? 足が痛むんじゃないか?」

「よくそんなことまでわかったな。靴はさっきそこの町で買ったばかりだ」

「新しいズボンもか？」

ボウイは笑みを浮かべた。

「いったいぜんたい」と、モブリーはいった。「これまでどこにいた？」

「チカモウとTダブ・メイスフェルドを待ってたんだ」

「きのうの晩、おれが迎えに行ったのに。えらいどしゃ降りだった」

「T型フォードのトラックか？」

「それだ」

「クソッ、なんてこった。そうじゃないかとは思ったんだ。おれはその場に腰を下ろしたまま、あんたが通りすぎるのを見過ごしちまった」

モブリーは道路の先のガソリンスタンドを親指で指した。日除け屋根の下のベンチに、カバーオールの制服を着た男がふたりすわっている。

「あそこの善良な市民は、いつもこっちに目を光らせてるんだ。おまえさんはヒッチハイクをするふりでもしてこのまま歩いていって、森んなかを通って戻ってこい。ふたりは店の裏の小屋にいる」

ボウイは森のなかを小走りで抜け、ガソリンスタンドのほうへ戻った。ディーが小屋と呼んだ建物が見えてきた。大きなペカンの木から張りだした枝が、波形鉄板の屋根に影を落としている。ボウイは塀の下をくぐり、小屋のドアの前まで行ってノックした。部屋のなかからベッドのスプリングが軋《きし》るかすかな音が響いてきた。もう一度ノックした。応答はない。ボウイは「チカモウ」と呼びかけた。

床をドシンと踏む音がして、ドアのほうへどっしりした足音が近づいてきた。ドアがすこしだけ開き、隙間からTダブの顔がのぞいた。

「なんてこった、入れよ」

チカモウは下着姿で鉄製のベッドに横になっていた。「おまえは捕まっちまったんじゃないかと話してたんだ」

「ずっと泳いでただけさ」と、ボウイはいった。「いまのおれはもう一匹狼《いっぴきおおかみ》なんだと思いながらね」

「今夜、おれが自分で探しに行こうと思ってたんだ」と、チカモウがいった。

Tダブがむきだしの木のテーブルを指さした。そこにはポークビーンズの入ったボウルと、黄色いチーズの大きな塊と、食べかけの食パンが載っていた。

「食うか？」

「ああ、もちろんさ」

「おれたちがここにたどりついたのは五時なんだ」と、チカモウがいった。

「今夜おまえを探しに戻るつもりだった。なんでディーがおまえを見つけそこなったのか、さっぱりわからないよ」

「おれがいけなかったんだ」ボウイはパンの塊にビーンズをのせてサンドイッチをつくった。それから大きく一口かぶりつき、笑みを浮かべた。

第3章

一年前まで、おれはコーンウィスキーを密造していたんだが、ケオタの新しい保安官が難癖をつけてきやがってな、とディー・モブリーがいった。ディーはいま、小屋の壁際《かべぎわ》にしゃがんでいた。息は消毒用アルコールのような臭《にお》いがし、下唇には指でまるめたタバコが揺れていた。

「あの保安官はここの薬屋のやつらが好きなんだ」と、ディーはいった。「いまじゃあいつら、このあたりの酒の販売を仕切ってる」

「警察も薬屋も、おれたちとおなじ泥棒なのさ」Ｔダブは玉のような汗が浮かんだ額を手で拭《ぬぐ》い、その手を大きく振って汗を振り払った。指と指がぶつかって甲高い音を立てた。「そんな世の中だから、拳銃《けんじゅう》がなけりゃまとまった金なんぞ手に入りゃしない」

午後の日《ひ》射《ざ》しのせいで、屋根の低い小屋の狭い部屋はうだるように暑かった。チカモウは逆さにしたバケツの上にすわり、十二番径の散弾銃の銃身を弓のこで切っている。ボウイは濡《ぬ》れタオルで顔を覆い、ベッドに横になっていた。

薬屋はジャマイカジンジャーとオレンジピールとヘアトニックでつくった密造酒を安売りするんだ、とディーがいった。インディアンたちは安物雑貨店で缶入りの固形アルコールからつくった酒を買う。医者どもは処方薬でがっぽり儲《もう》ける。

おれはこの雑貨店とガソリンスタンドを秋からやってるんだ、とディーはいった。娘のキーチーが手伝ってくれてる。あいつはおれの姉のマーラと町に住んでる。おれはこの小屋に寝泊まりしてる。

「けさ、食いもんを運んできたとき、おまえの娘はおれをいやな目つきで見たぞ」と、Tダブがいった。「おれたちがここにいるのが、えらく気に食わないらしいな」

「あいつは誰のことも気にしちゃいない」と、ディーはいった。

ボウイは顔からタオルをはがしてディーを見た。

「おれがタルシーに行ってるあいだは、あいつがおまえらの面倒を見る」と、ディーはいった。「おまえら、ガソリンスタンドの前をうろつくんじゃないぞ。夜は明かりが漏れないように気をつけろ」

Tダブは札を数えてディーに三百二十五ドル渡した。タルサで中古車と十ドルの散弾銃を買う金だ。二十五ドルはディーの手間賃だった。

「あしたの夜には帰ってくるつもりだ」と、ディーはいった。「しかし、帰ってくるのが夜明けすぎになっちまうようだったら、つぎの夜まで待つ」

「おれたちは、夜の八時にはここを出発したい」と、Ｔダブがいった。

「おれたちは友だちのことを忘れたりしないぜ、ディー」と、チカモウがいった。

「おまえがベストをつくしてくれりゃ、おれたちが金を手に入れたとき、分け前にあずかれると思ってくれ」

ディーが出ていってしまうと、残金は九十五ドルだとＴダブがいった。この金でテキサスまで行き、家具付きの一軒家のひと月分の家賃を払わなければならない。

チカモウは散弾銃をわきにおいて歩いていき、ベッドの上におかれたロードマップを手にとった。

ここを出るのは、交通量がいちばん多くなる夜の早い時間帯がいい、とＴダブがいった。できるだけ幹線道路を避けて田舎道を走る。ガソリンをつめた五ガロン缶をふたつほど用意しておき、パトカーや警察無線が配備されているダラスやフォートワースといった大都市は迂回《うかい》する。

ガソリンスタンドのドライブウェイの砂利をトラックのタイヤが踏みにじる音が響

き、三人は耳をすました。瓶がぶつかり合うガチャガチャという音がした。

「清涼飲料水のトラックだ」と、ボウイがいった。

「こういう道路なら、朝から夜までぶっとおしで運転できる」と、Ｔダブがいった。

「車をきれいにして、急いでいる気配を見せなきゃいいんだ。全員がきちんとひげを剃《そ》って、街に遊びに行くような顔をしてりゃいい。道路でヤバい目にあったことなんか、片手で数えられるくらいしかない」

「運転手をひとり用意してくれりゃ、おれがウィンチェスターのライフルを持ってバックシートから撃退してやるよ。警官隊がパトカーで追いかけてこようとな」と、チカモウがいった。

「おまえなら、パチンコを使っても撃退できるさ」と、Ｔダブがいった。「世間じゃＧメンとか呼ばれてるやつらは、泥棒にゃ根性がないっていう。しかしいったいどこからそんなことを思いつくのかね。おれにはさっぱりわからないよ」

「おれもだ」と、ボウイはいった。「車十台分の人数が集まらなきゃ、あいつらはなんにもしようとしない。しかも誰かに襲いかかるときは、千四百発くらいの弾を使うんだ」

「おれは警察のことなんか心配しちゃいない」と、Ｔダブがいった。「怖いのは、こっちが友だちだと思ってるやつに裏切られることだ。あとは腹を立てた女だな。裏切るのはそういうやつらさ」

「酒もだ」と、ボウイはいった。「酒の勢いを借りないと仕事ができないやつがいる。だけどおれは、ここぞってときは頭をはっきりさせときたい」

「酒は問題ない」と、Ｔダブはいった。「しかし腹を立てた女にかかったら、あっというまに奈落《ならく》の底だ。怒った女と密告がなけりゃ、警察なんぞあがったりさ」

「警察ってやつは、臆病者《おくびょうもの》の集まりだからな」と、チカモウがいった。

「おれはイエス・キリストを信じない」と、ボウイはいった。

「われらが田舎もんのお言葉を傾聴しようじゃないか」と、チカモウがいった。

「いまここをイエス・キリストが歩いてるのを見ても、おれは信じない」と、ボウイはいった。

　暑さがさらに増してきた。熱気が鼻をつまらせ、奥まで焼いた。ボウイはタオルをとり、バケツの水でもう一度濡らした。

　チカモウがオーバーオールを脱ぎはじめた。

「それはやめとけよ」と、ボウイはいった。「あの娘がいつ入ってくるかわからないんだぜ」

チカモウはオーバーオールの肩紐《かたひも》の金具を留め直した。

「近々そっちに行くってことを、義理の姉貴に伝えとかなくちゃな」と、Ｔダブがいった。「しかし、手紙を書いたりすると警察に気づかれるかもしれん。まず三人でマクマスターズまで行って、そこから電話をかけよう」

チカモウがロードマップから目を上げた。「ここから三百二十五マイルか。まるでなんにもないとこみたいだな。油井《ゆせい》とメスキートの木しかない」

「しかし道はぞんぶんにある」と、Ｔダブがいった。「いいか、おれはそのウェストテキサスの土地で育ったんだ」

「義理の姉さんって女のことは、よく知ってるのか？」と、チカモウが訊《き》いた。

「まっとうな女《リアル・ピープル》だ」と、Ｔダブはいった。「おれの兄貴に忠実で、金儲けの話があれば断わるはずがない。二千ドルあれば兄貴はテキサスの刑務所を出られる。いまは五年の刑を食らって服役中だ。姉さんはいまふたつの仕事をかけもちしてる。自分にできることならなんでもやるだろう」

「ゼルトンはマクマスターズから四十マイルだ」と、チカモウがいった。「そこに家を借りるっていうんだな？」

「ゼルトンにもマクマスターズにも、とびきりおいしい銀行がいくつかある。しかし、どっちか選べといわれればゼルトンだな」

チカモウはロードマップをたたんだ。「おれの知ってる男に、マクマスターズで弁護士をやってるやつがいる。ホーキンスって名前だ。アーチボルド・Ｊ・ホーキンス。おれたちはオールド・ウィンディって呼んでた。おれはそいつとメキシコに一年間身を隠してたことがあるんだ。あいつなら間違いなく警察を出し抜ける」

「そいつはなにをやらかしたんだい？」と、ボウイはいった。

「マクマスターズの郡財務官だったとき、毎月二万ドルから二万五千ドルの金を着服してたのさ。そいつが露見しそうになったんでメキシコにとんずらしたんだ」

「金庫をこじあけたのか？」と、ボウイは訊いた。

「いや、そうじゃない。たんにかっぱらったんだ。郡で必要な資材や物資があれば、購入するのは財務官だろ？　砂利だろうが機械だろうがなんでもな。そこでやつは、トラック一台分の砂利を買うたびに五台分の領収証を偽造したんだ。銀行に行ってそいつを現金化し、四台分の金を懐《ふところ》に入れるって寸法さ。やつはメキシコで十四年過ごし、事件の証人がすべて死ぬかボケたところでデカい顔して戻ってきた。そのうえ司法試験をうけて、いまじゃ弁護士をやってる」

「役人どもも、おれたちとおんなじ泥棒なのさ」と、Ｔダブがいった。「ただし、やつらにはもっと分別があるし、拳銃の代わりに舌を使いやがる」

「弁護士が必要になったときには」と、チカモウがいった。「オールド・ウィンディは悪くないぞ」

「おれにはもう弁護士なんて必要ないね」と、Tダブがいった。「もしまた捕まるようなことがあったら、弁護士なんかに救えるような状態じゃないさ」

「おれは頼むかもしれない」と、ボウイはいった。「またなにか問題が起きて助けが必要になったらな」

「まあ、おれが思うに」と、チカモウがいった。「最初はうまくいかなくて二足す二が五になっちまったとしても、ずっとつづけてりゃいつかうまくいくってことさ」

「ほう、さすがはインディアン。知恵深いね」と、ボウイはいった。

*

若い娘――キーチー――の声にボウイの血管が広がり、ビロードでくすぐられたような感覚が背骨に広がった。小屋の石油ストーブの横にしゃがんだキーチーは、茶色いフランネルのスカートをぴったりと尻《しり》に張りつかせ、ストーブの芯《しん》から煙が出ないようにするにはどうするかをＴダブに教えていた。Ｔダブはさっきそのストーブでコーヒーを沸かそうとしたのだが、全員の鼻の穴を煤《すす》だらけにし、ボウイが洗った下着を真っ黒にして終わったのだった。

「マッチを使ってこんなふうにこそげとればいいの」と、キーチーがいった。

「その手のことをＴダブはてんで知らないんだ」と、チカモウがいった。

キーチーは立ちあがり、黒くなった両手を差しだした。ボウイはベッドの支柱にかけてあったタオルをさっととって渡してやった。「だいぶ汚れてるけど」

キーチーはタオルをうけとった。「ありがと」

「このでっかい田舎もんは礼儀正しいだろ、キーチー？」と、チカモウがいった。

ボウイはいまや、ビロードを両耳に押しつけられている気がした。「無学なやつらのいうことなんかに耳を貸しちゃだめだ」

「あなたは田舎育ちなの？」と、キーチーはいった。

ボウイは首を振った。「こいつらの話に耳を貸すなって」

「こいつはちょっと頭が固いんだよ、ミス・キーチー」と、Ｔダブがいった。「ただそれだけさ」

「いや、頭が弱いのさ」と、チカモウがいった。

「彼の頭、わたしにはなにも問題ないように見えるけど」と、キーチーがいった。

ボウイはつばを飲みこまないように努力した。「チカモウもTダブも、もうそんなとこにしといてくれよ」

キーチーはベッドにのった紙袋とたたんだ新聞を指さした。「紙袋に缶入りのスープが入ってるから、ストーブで温めればいいわ。使い方はもうわかったでしょ」彼女はドアに向かった。

「食いもんと新聞をありがとな、ミス・キーチー」と、Tダブがいった。

ボウイは彼女を見た。黒い髪を少年のように短く刈っていた。首は短くて力強く、肩幅は狭かった。

「ほんとにありがとう」と、ボウイはいった。

「気にしないで」といって、キーチーはドアから出ていった。

「あの小娘はおれたちのことなんぞどうでもいいんだ、請け合うよ」Tダブはベッドに行き、新聞を手にとった。

「ありゃなかなかいい子だよ」と、チカモウがいった。「ただちょっと生意気なだけさ」

「おれに対する態度は、小さな兵隊みたいだったな」と、ボウイはいった。

「ディーはあの子に頭が上がらないんだ」と、チカモウがいった。「ディーはもうこのあたりじゃバカ騒ぎをしない。酔っぱらいたかったらマスコギーまで行く。あいつにだって酒を飲む権利くらいあるさ。女房があんなふうに出てっちまったんだからな」

「出てったって、キーチーの母親がかい？」と、ボウイは訊いた。

「どっかのろくでなしと駆け落ちしたんだ。薬の実演販売ショーをやってる男だった」

「あの子はおれたちみたいな犯罪者とは違う世界の人間なんだよ」と、ボウイはいった。

「おい、こいつを見ろ」オクラホマシティの新聞をベッドに広げて読んでいたTダブが、左上の記事をたたいた。「ここだ」

　ボウイはそばに行き、チカモウといっしょにのぞきこんだ。


九月十五日オクラホマ州アルカトナ――州立刑務所のエヴァレット・ゲイロード所長が今夜発表したところによると、三人の終身刑囚が同所を脱走、タクシー運転手と農夫を脅して車を奪い、必死の逃亡をつづけている。現在、郡警察と市警察が合同で行方を追っている。逃亡したのは——

エルモ・〝三本足指〟・モブリー（35歳）、銀行強盗。

T・W・〝トミーガン〟・メイスフェルド（44歳）、銀行強盗。

ボウイ・A・バウアーズ（27歳）、殺人犯。

「また〝三本足指〟とか呼んでやがる」と、チカモウがいった。「勝手にしやがれってんだ、クソ野郎どもが」

ゲイロード所長によると、モブリーとバウアーズは刑務所の敷地内で釣りをする許可を得ており、メイスフェルドは町へ行く許可証を所持していた。三人は各種の特権を与えられた模範囚だった。

アルカトナのタクシー運転手、ジェド・ミラクル（21歳）は、タイヤがパンクしたために乗り捨てられたタクシーの座席に縛りつけられていた。アルカトナから十二マイル南のアコタに住む農夫のE・T・ウォーターズは、犯人たちに拳銃で脅され、車を奪われた。犯人たちはウォーターズを拉致《らち》して逃走したが、一時間ほどでガソリンが切れたため、ミラクルのときと同様、ウォーターズを運転席に縛りつけて置き去りにした。

死にものぐるいの三人は、オクラホマ東部の山を目指したと見られている。過去数年間、多くの犯罪者が隠れ家を求めてこの地域に逃げこんでいる。

逃亡した三人のなかでいちばん若いバウアーズは、死刑を減刑され、終身刑で服役中だった。十八歳のときにセルパ郡の商店主を殺害して有罪。強盗目的で店に押し入った際の凶行だった。また、バウアーズは所内の野球チームの一員でもあった。

三人の服役態度は良好だったとゲイロード所長はいう。服役六年目のメイスフェルドは刑務所の売店担当に指名され、四人仲間にタバコやキャンディを売っていた。モブリーも野球チームの一員で、ラーヴァル郡で九十九年の刑を宣告され、服役五年目だった。

タクシー運転手のミラクルは今夜、記者の質問に答え、刑務所から一マイルほどのところを流れている小川までメイスフェルドに呼びだされ、拳銃を突きつけられてタクシーを乗っ取られた顚末《てんまつ》を語った。

「町でメイスフェルドに声をかけられてさ、釣りをしてる友だちんとこにサンドイッチとソーダを持っていってやるっていうんだよ」とミラクルはいう。「おんなじようなことを模範囚に頼まれたことは何度もあったんで、不審には思わなかった。ところが目的の小川に着くと、メイスフェルドはおれの背中に銃を突きつけて、いうとおりにしないと殺すって脅したんだ」ミラクルは怒りをにじませる。「ところがタイヤがパンクしちまってさ。スペアタイヤも使えなかったんで、やつらは綿畑のまんなかでおれを縛りつけ、道路のほうへ姿を消した。おれはなんとか縛《いまし》めをほどいて、町まで運転して帰ったんだ」

犯人に拉致された農夫のウォーターズは大声で助けを求め、アライグマ狩りをしていたハンターたちに救いだされた。ウォーターズによると、犯人たちは彼を丁重にあつかったという。

「また三本足指だ」と、チカモウがいった。

「笑わせてくれるじゃないか」と、Tダブがいった。「おれのあだ名は〝トミーガン〟ときた。生まれてこのかた、おれはマシンガンを持ってたことなんか一度しかない。しかも、使ったことは一度もないんだ。昔からオートマチックのポンプ式ライフルが好きでね」

「しかし、おれたちに関する説明はすくないな？」と、チカモウがいった。

「おれは二行だったらよかったと思うね」と、ボウイはいった。

「ゼロならなおさらな」と、Ｔダブはいった。「新聞ってやつは、とにかく派手に書き立てるんだ。警察のやつらは、新聞に自分の名前を書いてもらうためならなんでもしやがる」

*

三人は小屋のすぐ外に出て地面にだらりと横になっていた。あたりは真っ暗で、誰かに気づかれる心配はない。蚊を叩《たた》いたり吹き払ったりする音がときどき沈黙をやぶるだけだ。ディー・モブリーが出かけてから二晩目だった。ガソリンスタンドの明かりは、今夜はついていない。出発の準備はすべて整っている。チカモウはすでに散弾銃の銃身を切り落とし、ディーからもらった古いランバージャケットの下に隠せるようにしてあった。旅に必要なもの——ガソリンの入った五ガロン缶がふたつと、食料品の入った紙袋が二袋、それに綿摘み作業用の綿袋が三つ——は、すべてキーチーが用意してガソリンスタンドの前に置いてあった。

「やつが手間取ってるのが、車のせいじゃないといいんだがな」と、Ｔダブがいった。

「車のエンジンが不調だったりしたら、目も当てられん」

「たぶん、すこし飲んでるんだろう」と、チカモウがいった。

ボウイは身を起こして体を伸ばした。「もしそうだとしたら、酒を飲むのはべつのときにしてもらいたいね」

ボウイは真っ暗な木の影の端まで歩いていき、そこにしばらくたたずんでガソリンスタンドの裏手に目をやった。それから、チカモウとTダブのもとに戻り、ふたりを見下ろすように立った。三人とも、もう口を開かなかった。

ボウイはガソリンスタンドの脇《わき》を通って店の表に行き、大きな日除け屋根の下に立ってあたりを見まわした。アイスボックスの横の椅子《いす》に人影が見えた。ボウイは思わずギクッとし、靴底が砂利をこする音が響いた。

「びっくりしたよ」と、ボウイはいった。「そんなとこにいるとは思わないからさ」

「気にしないで」と、キーチーがいった。

ボウイは咳払《せきばら》いをした。「誰もいないと思ったんだ」

「気にしないでって」

ボウイはドライブウェイのはずれに駐《と》めてあるT型フォードに目をやった。「でも、車が出てく音はしてないと思ってたんだ」

「ええ」と、キーチーはいった。

「よければすわったら」と、キーチーはいった。

ボウイはドア口のまんなかにしゃがんだ。道路の先のガソリンスタンドは明るい照明に照らされており、大きな日除け屋根の下に車が一台停まっていた。ふたりの男が車の両脇に立ち、係員がガソリンを入れるのを見ている。

「きみの父さんはなぜ遅れてるのかな」と、ボウイはいった。

「理由には心当たりがある。間違いがあったら困ることは、父さんに頼んだらだめ」

ボウイは首を振った。「どっちにしろおれたちは、すぐに出てくから」

町がある方角に目をこらしていると、カーブの向こうからヘッドライトの光がぱっと現われ、光の泡を道路にまき散らした。ボウイは身体《からだ》をこわばらせ、スクリーンドアに背中を押しつけた。車は通りすぎた。

「あんたたちのことは新聞で読んだわ」と、キーチーがいった。

ボウイはうなずいた。

「どうしても逃げださなきゃって思ったんでしょ？」

「これ以上刑期を務めても意味がないと思ったんだ。そんなことしてても、どこにも行きつけない。おれがあそこにいつづけたのは、ひとえに脱獄しても金の当てがないせいだった」

キーチーは首を振った。「こんなことをしたって、どこにも行きつかない。裏にいるあんなふたりとつるんでちゃ」

「そうかな」と、ボウイはいった。「なるようになるさ」

「あのチカモウは、たとえ変われるとしても変わったりしない」

「きみはあのふたりを誤解してるんだ。たとえばTダブは、ケンタッキーにある小さな農場にずいぶんまえから目をつけてる。引退してそこに落ちつこうと思ってるのさ」

「あのチカモウは、生まれてこのかたずっと厄介のタネだった」

ボウイは笑みを浮かべた。「たしかにあいつはちょっとイカレたとこがある」

道路の先のガソリンスタンドに停まっていた車が、日除け屋根の下から走り去った。係員は奥に戻ってベンチに腰を下ろした。

「もし警察に追われてる身じゃなきゃ、おれもガソリンスタンドをやりたいね」と、ボウイはいった。「いま考えてるのは、旅行者用モーテルの経営だ」

「退屈するんじゃない？」と、キーチーはいった。「あなたは生き急いでる感じがする」

「きみはおれを誤解しているよ、キーチー。おれが歩行用ステッキを片手に片目のラバの後ろをゆっくり歩いてるとこを、きみに見せてやりたいね」

キーチーはポロシャツのポケットからタバコのパックを取りだし、一本抜いてボウイに差しだした。彼女の手に触れたとたん、ボウイはビロードのようなほてりを覚え、血の流れが速くなった。指のあいだで火のついたタバコが震えた。

「なんだってトラブルに巻きこまれたの？」と、キーチーがいった。

「トラブルに巻きこまれたのは一度だけだ」

「そのときのことよ」

「死刑を宣告された件？」

「ええ」

「いっしょに旅をしてたカーニヴァルの連中が、金なら簡単に手に入るっていうんで、どんなふうにやるのか見に行ったのさ。コロラドに行ってべつのショーで働こうと思ってて、ちょっと金がほしかったんだ。で、店の売り上げを盗むっていうやつらについてったんだよ」

「カーニヴァルで働いてたの？」

「おれはまだ十四だった。たんなる雑役係さ」

「家出？」

「家を出ただけだ。親父《おやじ》が死んで一年後に」

「お父さんは死んだの？」

「ああ。殺されたんだ」

ガソリンスタンドの横手で砂利を踏む音が響き、ボウイはぎくっと振り向いた。チカモウだった。

「いったいなにしてるんだろうと思ってさ」

「話をしてただけだ」と、ボウイはいった。

「心配させんなよな」チカモウは戻っていった。

キーチーがタバコの吸いさしをピックアップトラックのほうに投げた。ボウイは闇《やみ》で光る赤い火を見つめた。

「セルパの男を撃ったの？」と、キーチーがいった。

「撃たなきゃこっちが撃たれてた」と、ボウイはいった。「あいつは銃を手に、車をぐるっとまわって追いかけてきたんだ」

キーチーが身動きをし、椅子がかすかに軋んだ。

「ほかのやつらみたいに逃げてたら、おれはいまこんなふうになってない。商店で強盗を働くってのがどういうことかよくわかってたやつは、いのいちばんに逃げだしたよ。たいした男さ」

キーチーはタバコをもう一本抜いた。

「よく吸うんだな」と、ボウイはいった。

「べつに吸いたいわけじゃない」キーチーはタバコを手のなかでこなごなにつぶした。

「脱獄はしたけど長続きしなかったやつもいる。しかしおれは、いつまでもこんなことをしてるつもりはない。しばらくしたら足を洗う。いまならまだ堅気に戻れるさ」

「いいえ」と、キーチーはいった。「そううまくはいかないわ」

「心の底じゃ、おれも無理だとわかってる。でも、だからってあきらめるつもりはない」

またべつの車がカーブを曲がってきた。突然、その車のヘッドライトがふたりのすわっている日除け屋根の下を照らした。どちらも動かなかった。

クーペに乗ったディーだった。ディーはぎこちなく車から降りた。飲んでいるのは明らかだった。

「いゃーもうえらいめにあったね」と、ディーはいった。

ボウイは裏に行ってチカモウとTダブに報告した。

「いまから出発するのは、もう遅いと思うかい？」

「いや、そんなこたないさ」とチカモウがいい、Tダブといっしょに小屋のなかに入っていった。

ピックアップトラックのエンジンのかかる音が表から聞こえてきて、ボウイは店の表に急いだ。ガソリンスタンドのわきを通って表に出ると、ピックアップはすでに路上に走りでていた。エンジン音が暗闇に消えていくのを聞きながら、ボウイは遠ざかっていくピックアップを眺めた。

Tダブとチカモウがクーペに荷物を積んだ。

「綿摘み用の袋はどこだ？」と、Tダブがいった。

「おれが取ってくる」ボウイはキーチーがすわっていた椅子のところに戻り、袋を拾いあげた。

「いやーもうえらいめにあったよ」と、ディーがいった。「ほんとえらいめにあった」

三人は車を出した。フェンダーの上の袋を風が叩き、ヘッドライトに照らしだされた羽虫の群れが音を立ててフロントガラスにぶつかりはじめた。

第4章

　空になった五ガロン缶がふたつ、クーペの後部でカタカタ音を立てていた。燃料計の針は警告レベルの真ん中あたりを指している。しかしフォートワースとダラスはすでに過ぎたし、エンジンは快調だった。まっすぐにのびるこの道をあと百四十マイル行けばマクマスターズに着く。いまはボウイが運転していた。

　マクマスターズの手前で、Ｔダブのいっていたうち捨てられた古い試掘井《しくっせい》に行き当たった。ボウイとチカモウは車から降り、Ｔダブがひとりで義理の姉に会いに行った。家が一軒手配できたらすぐに、ここまでふたりを迎えにくることになっていた。

　家の件についてはすでに話し合っていた。銀行強盗の計画を本格的に練るのは、隠れ家を五軒用意して、ホテルのロビーに行っても浮かないような服を買ってからだ、とＴダブはいった。まずゼルトンに一軒と、ガシャートンに一軒。それから、リゾートタウンのクリアウォーターズに一軒と、ロージアンとツインモンテスに一軒ずつ。

これらの町はどれも半径二百マイルの円のなかに位置していて、それぞれが車で一時間以内の距離にある。

どの町の家もすべて隠れ家として使えるから、銀行を襲撃して一時間以内に身を潜めることができる。

家を選ぶときには、車を二台駐められるガレージがあるかどうかを確認するんだ、とTダブはいった。人目につかないように、車はかならずガレージに隠しておけ。どんなときも、ふたり以上でいっしょにいるところを近所の住人に見られるな。それと、人から質問されないようにしろ。もしなにか訊かれたら、自分でなんとかするんだ。ゼルトンやガシャートンみたいな街なら、きちっとした服さえ着てりゃ家はいくらだって借りられる。

「だけど今夜のおれたちは、綿摘み労働者ってわけだ」と、チカモウがいった。「おまえ、一日にどれくらい綿を摘める、田舎もん？」

「ま、本気でやれば一ポンドくらいかな」ボウイは燃料計の針を見た。もうそろそろガソリンが底をつきそうだった。

「それともうひとつ」と、Tダブがいった。「家主のばあさんにはケチケチするな。満足させておくんだ」

「フロリダに住んでたときの家主はたいしたもんだったね」と、チカモウがいった。
「いっとくが、女と飲みくらべをして負けたことは一度しかない。あの女はなんだってしてくれた。だけど、ふたりの仲がしっくりきたところでおれが捕まっちまったんだ」

　Tダブはコロラドで借りていた隠れ家の話をはじめた。ほんのささいなバカげたことが原因で逮捕されちまったことがあるんだ。もうすこしでこの右腕を吹っ飛ばされそうになったうえに、警官に二連式散弾銃を両目に突きつけられてさ、こっちはその場にただ突っ立ったまま、手も上げられない。なんでそんなことになったかっていうと、二週間ほど隠れ家を空けたとき、牛乳の配達を止めなかったからでね。そしたら牛乳配達の野郎、二ドルぽっちの牛乳代が心配になって、大家のばあさんのところに相談しに行った。大家のばあさんはおれの借りた家に行き、鍵《かぎ》がしっかりかかってるのを確認すると、合い鍵でなかに入ってみた。そしたらびっくりさ。マシンガンと大量の銃弾を置きっぱなしにしてあったんだからな。大家のばあさんは警察に行き、写真を何枚も見せられ、この人ですとおれの写真を指さした。警察はその家に監視をつけた。おれはそこへのこのこ帰っちまったんだ。通りの向かいの家のポーチに女がいなかったら、いまこうして生きちゃいなかっただろう。その女が悲鳴を上げ、警官どもに大声でやめろと叫ばなければ、間違いなく殺されてたはずだ。あのでっかい臆病もんが散弾銃で両目を小突いたもんだから、痣《あざ》が一カ月半も消えなかった。

「早いとこどっかに停めてガソリンを入れなきゃまずい」と、ボウイはいった。

「とにかくおれは」と、Tダブはいった。「誰がなんといおうがコロラド州にだけは帰らないからな。危うくあそこで電気椅子送りになるとこだったんだ。おれはオクラホマが救いにきてくれることを祈った。オクラホマで裁判にかけられりゃ、すくなくとも死刑にはならないからな。コロラドの州検事はいまもおれを追ってるよ。あんなやつに目をつけられるなんて、おれはなんて不運なんだろうと思ったもんさ。しかも、電気椅子を逃れられるような幸運に恵まれるとは思えなかった。死刑囚監房によくやってきては、おれたちから話を聞こうとする小柄な老いぼれがいた。雑誌かなんかに記事でも書こうってつもりだったんだろう。おれはそいつの腹を探り、意を決して五百ドル札をちらつかせた。六カ月間、ずっと靴底に隠しておいたんだ。その老いぼれは金に目がくらみ、こっちの頼みどおり二五口径のオートマチックと粘着テープを調達してくれた。おれは腿《もも》の内側に拳銃をテープで留め、心を決めた。もしやつらがほんとにおれを電気椅子に縛りつけそうになったら、そばにいるやつらを全員殺してやろうってな」

「でも、裁判にはならなかったんだろ？」と、チカモウがいった。

「ああ。だからアルカトナ刑務所に戻ったわけさ。オクラホマがようやくのことでおれを見つけ、連れ帰ってくれたんだ。例の拳銃は、パンハンドルに着いたときに老いぼれたチビの看守に取りあげられちまった。どっちにしろこっちは、二週間もまえから捨てようとしてたんだがな」

幹線道路が勾配《こうばい》のあるカーブにさしかかった。そのまま道路を降りると、いまは眠りについている小さな町のまばらな明かりが見えてきた。

「ここでガソリンを入れないと」と、ボウイはいった。

町はすっかり静まり返っていた。商店の裏手では小さな電球が煌々《こうこう》と明かりを投げかけ、穀物の袋やオイルの缶、ガソリンスタンドのタイヤチューブ、銃器店のショーケースなどを照らしだしていた。

「誰かを起こさなくちゃならないようだな」と、Tダブがいった。

「勝手にこじあけることだってできるぞ」と、チカモウがいった。

ボウイは銃器店の前で通りを横切り、ガソリンスタンドの大きな日除《ひよ》け屋根の下に車を乗り入れた。屋根の下は暗かったが、オフィスの明かりはついていた。ボウイは車を降りてドアのほうへ歩いていった。デスクの上で男が寝ていた。サスペンダーを肩からはずし、丸めたジャケットを枕《まくら》がわりにしている。左の腰には空のホルスターが下がっていた。

「おい、起こせ」と、チカモウがいった。

ボウイがドアをガタガタ揺すると、男は身じろぎして身体を起こし、あごが痛むかのように口を動かした。あいつは間違いなく警官だ、とボウイは思った。

男はオフィスから出てきた。腰のホルスターにはすでに銃が入っていた。

「なんか用か？」

「ガソリンを入れたいんだよ」と、Tダブがいった。

男は頭をかいた。髪はすり切れたロープのようだった。

「どれくらい？」

「満タンだ」と、Tダブはいった。

男はクーペのほうに歩いてきて、なかをのぞいた。Tダブが足を踏みだし、アッパーカットをくりだす要領でリボルバーの銃身を男の背中に叩きつけた。

「ぶちぶち文句たれてないで、さっさとポンプの鍵をはずせ。さもないとその耳を叩きつぶすぞ」

男はこみあげてきた胃液を吐こうとしているかのように見えた。チカモウがホルスターから六連式のリボルバーを奪った。

「とっととしろ」と、Tダブがいった。

「おいおい、そう熱くなるなよ」と、男はいった。「落ちつけって。おれには妻と四人の子供がいるんだ。いやもうほんと、いやになっちまうよな。こっちはもう年だっていうのに」

「ポンプの鍵をはずすか?」

「まあちょっと待てって」男はチャラチャラ音をさせてキーリングをひっぱりだした。

ガソリンを入れ終わると、Tダブが男を車に引きずりこんだ。

「こいつを拘束してるあいだに、向かいの銃器店をこじあけりゃいい」と、チカモウがいった。

助手席に男を乗せたまま、Tダブが車を出した。チカモウとボウイはドアのすぐ脇の踏み台《ステップ》に飛び乗った。Tダブは銃器店の前で車を停めた。

チカモウがタイヤ交換用のレバーをドアの隙間《すきま》にこじいれ、鍵を吹っ飛ばした。クーペの四本のタイヤがいっぺんに破裂したかのような音がした。

ボウイは陳列棚のガラス扉を左右に押し開き、焚《た》き木を運ぶ要領で銃器を抱えた。チカモウは綿の袋に銃弾やカートリッジをつめこんだ。

三人があとにするときも、町はまだ静まり返ったままだった。

町から二十マイルほど走ったところで、チカモウがガソリンスタンドの男を車から降ろした。それから、背の高い看板の支柱に背中をつけさせ、両腕を柱の後ろにまわし、針金で左右の親指を縛りあげた。

「朝になったら、大声で助けを呼べばいい」と、ボウイはいった。

「それでいいよ。ぜんぜん問題ない。あんたらはいいやつだ」

黒いアスファルトの白いセンターラインがふたたび彼らの下を走りはじめ、細く流れる灰色の川と化した。

「こりゃびっくりだ」と、チカモウがいった。彼は男から奪ったリボルバーを見つめていた。古いフロンティアモデルで、四五口径のフレームに三八口径がのっている。

「ちょっとこれ、見てみろよ」

「なんなんだよ」と、Tダブがいった。「おれは運転してんだぞ」

リボルバーの木製の握りに刻み目が六つ入っていた。

「あの野郎、とんだ悪党だったんだな」と、Tダブがいった。

「黒人嫌い《ニガー・キラー》の警官だ」と、チカモウがいった。「黒人を殺すたびにこんな刻み目を入れてんだよ。あの町には、黒人が大勢いるんだ」

「その銃口を喉《のど》に押しこんでやればよかったよ」と、Tダブがいった。「あの男にはうんざりだったんだ。この車をじろじろ眺めやがって」

「バカなりに知恵を働かせようとしてたのさ」と、ボウイはいった。

「いまの一件で、追跡の手がちょいと厳しくなるはずだぞ」と、Tダブがいった。

「警察はこの車を探そうとするだろう。しかし綿摘み袋で覆《おお》ってあったから、さっきの男はナンバープレートを見てないはずだ。とはいえ、複製のプレートを早いとこ手に入れたほうがいいな。一枚一ドルでいくらでも買える。十二枚セットを買っとくべきかもしれん」

「いや、あの老いぼれはこれがトラックだったかパッカードだったかも覚えてないよ」と、ボウイはいった。「ギャーギャーわめいてたあの様子からするとね」

　夜が明けはじめ、閉めきった部屋にこもった紫煙のようなもやが漂っているのが見えた。あたりが明るくなるにつれ、フェンスの杭《くい》や有刺鉄線、低くてねじ曲がったメスキートの木などが、闇のなかから浮かびあがってきた。

「刑務所を出て以来、一度も歯を磨いてないな」ボウイはあごの無精ひげをこすった。

*

一日かそこら身を隠すなら、試掘井はうってつけの場所だった。ゼルトン・ハイウェイから三マイルほど離れた位置にあり、道路とのあいだには雨裂の刻まれた荒れた大地が広がっている。すぐ脇を走っている雑草だらけの道は歯車のようにでこぼこだった。この道は北につづいてるんだ、とTダブはいった。あのヒマラヤスギの茂った丘を越えると、ガシャートン・ハイウェイに通じている脇道に出る。

古い油井が立っている空き地は、フェンスのように生い茂ったメスキートの木立に目隠しされていた。油井に使われている木材は古いモップのような灰色で、そこから離れたところには、錆《さ》びたボルトのついた大きな木製の歯車が転がっていた。

Tダブの話だと、ここにはオポッサム狩りのハンターさえこないという。Tダブは一度、銀行を襲ったあとで三日間ここに身を隠していたことがあるということだった。

Tダブが二人を残して出かけてから、二日目の午後だった。ボウイは広げた綿摘み袋の上にすわり、十二番径のポンプ式散弾銃を手早く操作する練習をしていた。彼とチカモウは、どちらがこの散弾銃《ベイビー》を取るかをくじ引きで決めた。グリップはピストル式で、銃身には放熱板がついていた。ボウイは弓のこでこの放熱板を切り落とし、銃身も四インチ切りつめた。

　綿摘み袋のまわりには、店から奪ってきた銃器がずらりと並べてあった。磨きあげられた銃床と銃身が午後の日射《ひざ》しを浴びて輝いている。十二番径の散弾銃が二挺《ちょう》、三〇－三〇口径のライフルと三〇－〇六のライフルが一挺ずつ、さらに二二口径のポンプ式ライフルも一挺ある。

　チカモウはディーのところで銃身を切り落とした散弾銃を手に取り、傷だらけの銃床を軽く叩いた。

「おれにはこの散弾銃があるからな。こいつなら、おおよその方向に向けてぶっ放しゃそれでいい」

　チカモウは飲んでいた。クーペの後部座席でウィスキーの半ガロン瓶を見つけたのだ。たぶん、ディー・モブリーが置きっぱなしにしたのだろう。

「こっちのベイビーは、引き金を引けば時計みたいに正確に作動する」ボウイは銃床を肩に当て、起重機のてっぺんの滑車に照準を合わせた。「ほら、いい感じだ。ウズラの群れでもいりゃいいんだがな」

　チカモウはガラスの広口瓶を手に取り、キャップをまわしてはずすと、ボウイに差しだした。

「今回は遠慮しとくよ」

チカモウは一口飲み、身体をぶるっと震わせて歯を噛《か》みしめた。

「あとはピストルが一挺あればなにもいらないな」と、ボウイはいった。「Tダブの話だと、ガシャートンにアーミー・ショップがあるらしい。そこで一挺手に入れるつもりさ」

「いまある銃だけでも、ちょっとした戦争をおっぱじめられるってもんだ」と、チカモウがいった。

ボウイは目を細めて銃器を見下ろした。

「おれは三〇‐三〇口径のライフルをいただくよ」と、チカモウがいった。「こいつをぶっ放してチビの紳士どもを踊らせてやる。ただし、ひとつだけ教えとくぞ。銃で撃っても、そう簡単に人は殺せない。この目で見たことがある。実際に経験があるんだ。仲間とウィチタから逃げたとき、貨車一台ぶんの警官が追ってきたことがあってな。ところがおれたちの乗ってたポンコツは時速四十マイルも出ない。だからおれは仲間のやつらにいったんだ。あの橋のとこで降ろしてくれ、おれがあの紳士どもを食いとめてやるって。

車を降りると、すぐに警官どもがやってきた。おれがガンガンぶっ放すと、警官どもは車がいますぐ爆発するとわかったみたいな勢いで飛びだしてきた。そのうちのひとりなんか、体重が軽く二百ポンドはあったね。野原を駆けていくそいつをおれは撃ってやった。だけどそいつは逃げつづけ、林にたどりつくまで倒れなかった」

「でも、最後には倒れたってわけかい？」

「あとで当人がおれに話してくれたよ。アルカトナ刑務所に面会にきたんだ。自分に発砲したのが誰だかわかってたのさ。そいつは笑って、おれを殺さないでくれてありがとうといった。たしかに、殺してもおかしくなかったわけだからな」

「おれなら、警官に追われても気にしないね」と、ボウイはいった。「すぐに追い散らしてやるよ」

「おれが警察に捕まったのは二度だけだ。最初はまだハナタレ小僧だったときで、場所はこの州だった。当時のおれは、もうかなりの数の金庫を破ってたから、自分でもちょっとしたもんなんじゃないかと思いはじめてた」

　ボウイは笑った。

「とにかく、この州で逮捕されたおれは、服役囚農場で四年すごした」

「えらく厳しいとこだって話じゃないか、服役囚農場ってやつは」

「噂《うわさ》のとおりさ」チカモウは広口瓶のキャップをまたはずしはじめた。「ああいう農場に送りこまれて無事なやつはめったにいないね」

ボウイは散弾銃を地面に置き、二二口径のライフルを手に取った。「子供の頃、いつもこういうちっちゃな銃がほしかったんだ」

「二度目はフロリダで捕まって」と、チカモウはいった。「オクラホマに送り返された。ありゃ自分がいけなかったんだ。おれは例の家主の女と結婚まで考えてたんだが、どっちもちょっとばかり捨てばちになっててさ。あの女、いまはどこにいるんだろうな。うぶな小娘なんかじゃなかったけど、誰になにを差しだされようが、おれはあの女を取るね」

「なんだってやつらは、フロリダくんだりまであんたを捕まえにきたんだい？」

「あそこの賭博場《とばくじょう》でユダヤ人と口論になったんだ。ここだけの話だが、おれはだいぶ酔っぱらってた。で、そのユダヤ人の野郎が、スタッドポーカーはやらないっていうんだよ。ドローポーカー以外はやりたくないっていうのさ。おれはそいつをユダ公とかキリスト殺しとか呼んでやった。だけどそいつはスタッドは絶対いやだっていう。いやならゲームはなしだとおれはいった。そいつが出ていこうとしたんで、おれはボディチェックしたほうがいいと考えた。おれはそいつを捕まえて銃を突きつけた。だけどそいつは銃を持ってなかった。おれもバカじゃないから出てったほうが身のためだと判断した。おまえも知ってるだろうが、あの州じゃ銃をちらつかせるとただじゃすまない。ところがつい甘く見ちまって、つぎの日曜日にもその店に行ったのさ。そしたら警察のやつらがどっさりいやがった。マイアミにはこんなに警官がいるのかって驚くくらいにな」

「このあたりじゃ、素面《しらふ》でいなきゃだめだ」と、ボウイはいった。

「なんだそりゃ？　おれに説教するつもりか？」

「まさか、そんな気はないよ」

　チカモウはまた酒を飲んだ。

「フロリダにいたときのおれには一万二千ドルの金があって、女もいた。ただ、その女はおれといっしょに町を出ようとしなかった。おれはその金を持ってメキシコに行こうと思ってたんだ。この州で警察に追われて身を隠したときみたいにな。だけどあの女に断わられちまった」

「メキシコではどうだったんだい？」とボウイはいった。

「あそこには一年いた。ほかの場所とどこも変わらなかったね。金がなけりゃ、楽しくなりようがない」

「あんなとこ、おれは行きたいと思わないな。こっちとおなじで、メキシコにもあれこれいちゃもんをつけてくるクソ野郎がいるだろ？　そんなのには耐えられない」

「ばらまくペソがありゃ、あそこでだってうまくやってけるさ。しかし、あそこじゃ金は稼げない。だから手持ちの四百ドルがなくなったところで戻ってこなきゃならなかった」

「おれはあっちの言葉はわからないし、国境を越えるのもいやだな」

「向こうにいるとき、パスポートを見せろといわれたことは一度もなかったよ。それに、必要なら買えばいい。メキシコじゃ、五十ペソ出せばなんだって買える。あの国の警官はどいつもこいつも泥棒さ」

「あんたはあそこの言葉がしゃべれるのかい？」

「もちろん《セグロ》」

「試しになにかしゃべってみてくれよ」

「エン・メヒコ・アイ・ムチャス・セニョリータス・コン・クロス・ムイ・ボニータス」

「でたらめいってんだろ？　なんて意味なんだよ？」

「あの国にはきれいな尻《しり》をしたきれいな娘がたくさんいるっていったのさ」

「あんたはラテン系っぽい顔をしてるからな。だから向こうに行ってもうまくやってけるし、あそこの言葉をそんなふうにスラスラしゃべれるんだ」

チカモウはまた酒を飲んだ。「おれが厄介になってたのは大きな古い農場だった。経営者はむかし泥棒だったっていう男でね。革命泥棒のひとりさ。そこにはおれのほかにも白人が三人いた。みんないろいろあって、そこでほとぼりを冷ましてたんだ。ウィンディ・ホーキンスの話はおまえにもしただろ」

「ほかのふたりは？」

「ニューメキシコからきた銀行家と、タングル・アイズって呼ばれてた男だ。タングル・アイズはエルパソの近くに勤務してた保安官助手だった」

「なにをやらかしてメキシコに？」

「農夫をふたりばかり殺したのさ。欲をかきすぎないだけの頭がなかったんだ。銀行強盗を射殺すれば五千ドルの報賞金を出すってでっかいポスターがこの州のそこらじゅうに貼《は》ってあったのを、覚えてないか？」

「おれはずっとアルカトナ刑務所にいたからね。この州のことはなんにも知らない」

「あいつらはうまくやってた。そのタングル・アイズってやつは銀行の真ん前にふたりの部下を配置し、怪しげなやつを撃ち殺しちゃ報賞金を受けとってたんだ。でも、節度ってもんを知らなかったんだな」

「その報賞金制度はもうなくなったんだろ？」

「当然さ！　銀行が撤回宣言をしてなきゃ、報賞金目当ての殺人がいまでも続いてたはずさ。警察は銀行強盗よりそっちのほうを警戒してたくらいだ」

　こぼれた酒がチカモウの顔に濡《ぬ》れた線を描き、のどぼとけを通って首に落ちていった。チカモウは瓶を下におき、肩で顔をぬぐった。「いいか坊主《ぼうず》、この州はヤバいとこなんだ。このあいだ新聞に載った記事を見てないだろ。ビンガムの服役囚農場で、囚人が日射病で五人も死んだんだ。なにが日射病だよ、バカいってやがる。そいつらが死んだ原因なら、おれにはよくわかってる」

「Tダブとあんたにはまえから言おうと思ってたんだけどさ」と、ボウイはいった。

「おれ、金が貯《た》まったらこの仕事から足を洗おうと思ってるんだ」

　チカモウは左手を差しだし、握った右手をその上に構えてみせた。「囚人仲間がこんなふうに斧《おの》を持って、腕を叩き切ったらかなりビビるもんだぜ。こんなふうにバシッとな」

「嘘《うそ》だろ？　ほんとにそんなことすんのかい？」

「一週間に四人の男が腕を切ったのを見たこともある。囚人のひとりがべつのやつの腕を切り、つぎに自分が切ってもらうこともある」

　ボウイはまぶたが引き攣《つ》るのを感じた。

「そこまでするくらい、服役囚農場から逃げだしたくてたまらないってことさ。わかるだろ？　しかしやつらは、仕事をしたくないわけじゃない。政府のやつらや刑務所のお偉方はそういうがな。この州の刑務所に、あてがわれた仕事のできないやつはひとりもいない。問題は労働環境と、刑務所のやつらの虐待《ぎゃくたい》なんだ」

「穏やかじゃない話だな」

「それでいて、口ではただの綿摘みだっておっしゃるんだからな。ま、間違っちゃいないさ。綿畑は小屋から五マイルのところにある。で、看守たちは昼になると囚人を追いだす。囚人っていうのは、しけた雑貨屋に押し入って棍棒《こんぼう》や短剣を店員に突きつけ、うっかり捕まって二年食らったようなやつらだ。とにかく、囚人は小屋から追いだされて五マイル先の綿畑まで引っ立てられる。ただし、歩いて行くんじゃない。走るんだ。馬に乗ってすっ飛ばしてく看守についていくのさ。この行って帰ってを、一日に三回くりかえす。もし落伍《らくご》したらすぐさま拍車で蹴《け》りつけられ、夜にはバットか銃身で殴られる」

「そりゃひどすぎないか？」

「おれのまわりにもぶっ倒れるやつが何人もいた。みんな死んでたよ。すると二連式の散弾銃を持って馬に乗ってる看守のひとりがいうんだ、『どうしたんだ相棒、立たないつもりか？』ってな。読み書きもろくにできないカスのくせしやがって」

「まじかよ」と、ボウイはいった。

「嘘じゃない、やつらは〝相棒〟って呼ぶんだ。やつらににらまれたら長くはもたない。やつらは囚人に、『地面に手を伸ばして草を一本引っこ抜くんだ、相棒』って声をかける。もしおまえがボンクラで、草の上に転がってる散弾銃に気がつかなきゃ、その場でこの世とおさらばだ。やつらは刑務所に戻って、おまえが銃を奪おうとしたって報告するつもりなんだからな」

「最低だな」

「服役囚農場は屠所《としょ》みたいなもんさ。囚人どもはブタみたいに泣き叫び、許しを乞《こ》う。人間らしさなんか持ってたらとてももたない。すべて捨てなきゃだめだ。いったんあそこに入ったら、哀れな声で鳴くネズミになって出てくるか、人間のまま死ぬしかない」

「そんな目にあわされたら、おれは耐えられないな」と、ボウイはいった。

チカモウは広口瓶を水平にぐるぐるまわし、濁った酒を攪拌《かくはん》すると、最後の一口を飲みほした。

「おれだったら、ぜったい耐えられないよ」と、ボウイはいった。「これからも大勢のやつらが思い知ることになるだろうよ。殺すおれが悪いんじゃない。殺されるようなとこにいるやつらが悪いんだ」

ボウイはチカモウが瓶の酒を飲みほすのを眺めた。なぜこの男の右足にはつま先がないのか、これでわけがわかったと思った。

第5章

三人はゼルトンに家具つきの家を手に入れたものの、浮浪者同然の文無しだった。Tダブはきのうマクマスターズで危うく警官から職務質問を受けそうになり、こっちに戻ってからもまたおなじ目にあった。マクマスターズでは、クーペにガソリンを入れていたときに、銃器類をごっそり積んだパトロールカーが横づけしてきた。しかし、警官たちが探しているのは、隣町の刑務所を脱走した二人組の男だった。その後この町に戻り、赤信号で車を停めたとき、こんどは子供の頃から知っている警官がまともに顔をのぞきこんできた。しかしどうやら向こうは、Tダブだとは気づかなかったらしい。

「間違いないさ、気づかなかったんだよ」と、ボウイはいった。彼はリビングルームの簡易ベッドに横になっていた。ベッドのフレームは鉄製で、ふとんには派手なプリントのカバーがかかっていた。「向こうの態度を見りゃ、判断できたはずだ」

「どっちにしろ、いい気分じゃなかったね」と、Ｔダブはいった。

「それにしても、いい隠れ家を見つけたもんだよな」と、ボウイはいった。

「こんなシケたとこに七十五ドルってのは、ぼったくりもいいとこだ」と、チカモウがいった。彼は空っぽの暖炉の脇《わき》のロッキングチェアにだらしなく寄りかかっていた。きのう飲みすぎたせいで、目が赤く充血していた。

「こういう石油の町は、いつだって物価が高いんだ」と、ボウイはいった。「あれこれ考え合わせれば、かなりいいとこだと思うね」

　通りの角に建つその家は部屋数が五で、メインストリートから三ブロック離れていた。裏の角には機械工場があり、なにかを削ったり磨いたりする音が昼も夜も響いてくる。通りの向かいはフェンスに囲われた空き地で、掘削用の機材が積んであり、反対側の角には教会の礼拝堂が立っている。その向かいにある納屋《なや》のような二階建ての建物は、油田労働者向けの下宿屋だ。車が走ってくるたびに砂とほこりが舞いあがり、窓の網戸から四六時中入ってくる。そのうえ、表の通りは人の往来が絶えなかった。

　三人はいま、Ｔダブの義理の姉のマティが帰ってくるのを待っていた。ホットコーヒーを入れてもらうための牛乳瓶を持って、角のハンバーガースタンドまでなにか食べるものを買いにいったのだ。彼女は自腹を切って三人を食べさせていた。

「こんなダサいオーバーオールを着て駆けずりまわるのも、もううんざりだ」と、Ｔダブはいった。「なあ、ボウイ。おまえ、カーキ色のパンツをはいてると油田労働者みたいだぞ」

「いまは腹ペコで、見た目なんかにかまってるヒマはないよ」と、ボウイはいった。

「泣きごとはやめろよ、Ｔダブ」と、チカモウがいった。「飯代くらいなら、マクマスターズに住んでるダチのウィンディから借りてやる。手紙を書いてマティに託せば、五十ドルくらいは貸してくれるはずだ」

「五十ドルぽっちじゃどうにもならねえよ」と、Ｔダブはいった。「二千ドルくらいは必要だ。準備もろくにしないでここの銀行を襲うのはごめんだね。車も何台かいるし、ほかにもいろいろ必要だ」

「たしかに、金をつくるには金がいるからな」と、ボウイはいった。

「けさ、モアヘッドっていう小さな町を通ったろ」と、Ｔダブがいった。「覚えてるか？　通りのまんなかに野外ステージがあったとこだ」

「ああ、覚えてるよ」と、ボウイはいった。

「ガキの頃、あそこの銀行を襲ったことがある。弓のこでかんぬきを切って忍びこんで、小銭で十四ドルになった。おれは昔、あの小さな町に住んでたんだ」

ボウイはにやりと笑った。

「なにニヤついてやがる」と、Tダブがいった。

「あんたがこっそり忍びこんで小銭を盗んでるとこを想像しちゃってさ」

「当時のおれは弓のこ専門でね。自転車を買う金がほしかったんだ。あれはクリスマスの翌日だった」

「モアヘッドがどうしたっていうんだ?」と、チカモウが訊《き》いた。

「あそこの銀行をやってみたらどうかと思うんだよ。ちょっと思いついただけなんだがな。四、五千ドルにはなるかもしれん」

「五百ドルがいいとこだろ」と、チカモウがいった。「おれは自分に誓ったんだ、シケた銀行にはもう二度と騙《だま》されないぞってな」

「物乞いはえり好みできないっていうじゃないか。おまえはどう思う、ボウイ?」

「おれはどうだっていい。あんたたちで決めてくれ」

「誤解すんなよ、Tダブ」と、チカモウがいった。「おまえたちがやるっていうんなら、おれはガソリンスタンドだっていいんだ」

「おれが銀行の話をしたとき、おまえちゃんと聞いてなかっただろ。おれがはじめて銀行に盗みに入った話」と、Tダブはいった。

　大きな足音がポーチに響いた。てっきり男だと思い、彼らは耳をそばだてた。しかし、足音の主はマティだった。Ｔダブがドアを開けてやった。マティはオート麦の大袋のような尻をした大柄な女で、顔に刻まれたしわは乾燥したトウモロコシの葉脈のようだった。彼女は油の染《し》みた紙袋を持っていた。

「たかがハンバーガーなのにさ、永遠に作り終わらないんじゃないかと思ったよ」

「なにか問題でもあったのか、マティ？」と、Ｔダブがいった。

「なにもありゃしないさ」マティは暖炉の天板の上に袋をおいた。ぶかっとした黒いパンプスの革の下でつま先を丸めているのが見てとれた。「代金はあとでちゃんとつけとくからね。あたしは仕事に戻らないと」

「いろいろ迷惑かけてほんとに悪いと思ってるよ、マティ」と、Ｔダブがいった。

「あんたがいなけりゃ、どうしていいかわからないとこだ」

　ボウイもうなずいた。

「ちゃんと返してもらえるって信じてるよ」と、マティはいった。「あたしはすこしお金がいるんだ」

「安心して待っててくれ、姉さん」とＴダブはいった。

　マティが出ていってしまうと、三人はハンバーガーを食べはじめた。Ｔダブがマテイについて説明した。あの女は一日一ドルでサンドイッチショップで働いてるんだ。女ってものの本性は、男を好きになったときにわかる。おれの兄貴が刑務所に入ってからの二年間、マティは一週たりとも送金を休んだことがない。一万人にひとりの女だ。おれはマティがたっぷり分け前を受け取れるように手配する。そうすりゃ彼女は弁護士を雇い、兄貴を釈放させることができる。おれはふたりが旅行者用のモーテルを持てるように援助してやるつもりだ。そうすりゃもう、兄貴は盗みなんてしなくてすむ。

「しかし、だからってモアヘッドの件に答えが出るわけじゃないだろ」と、チカモウがいった。

「おれはおまえたちふたりに仕えてるだけだ」と、Tダブはいった。「あした、あの銀行の紳士どもから金をいただこうじゃないか。仕事を終えたらマクマスターズを一気に駆け抜け、七マイル先の例の試掘井《しくっせい》に身を隠す。暗くなったら町を抜けて戻ってくる。いまいるこの家にな。あすの夜ここに戻ってきたときは、無一文ってわけじゃないはずさ」

「おまえはどう思う、ボウイ」と、チカモウがいった。

「おれは乗るよ」と、ボウイはいった。「準備ならできてる」

「なら決まりだな」と、Ｔダブがいった。

銀行の始業時間前を狙《ねら》うのが好きなやつもいるし、午前の十時半頃が好きなやつも、二時が好きなやつもいるが、おれはいつだっていいぜ、とチカモウがいった。

モアヘッドの銀行には従業員が三人か四人しかいない、とＴダブはいった。対応しなきゃならない客も、多いときでおなじくらいの数だ。とはいっても、この町の銀行なんて、行員一人しか必要ないくらいの大きさしかないんだがな。

あれくらいの大きさの銀行を襲う場合、メンバーは四人がベストだ。ひとりが外に停めた車で待機し、銀行から誰か出てこないか見張る。ひとりがロビーに残り、誰にも出ていかせないようにする。残るふたりが金庫室とケージに入り、誰かがなんかのスイッチを押さないか目を光らせる。

ボウイはまた簡易ベッドに寝転がった。おれならどの役目でも喜んでやるさ、と思った。

「だけど金を四等分にするとなると、ひとり頭はたいした額にならねえぞ」と、チカモウがいった。「三人でも多いくらいだ」

「おれはたんに事実を話してるだけだ」と、Ｔダブはいった。「おれが銀行を襲うのは、これがはじめてじゃないんだ」

「なにもケチをつけてるわけじゃない」と、チカモウはいった。

「べつに他意はないんだろ？」ボウイは身体《からだ》を起こし、暖炉に目を向けた。しかし、炉床に転がっているタバコの吸いさしはどれも短すぎて、ぜんぶ集めても巻きタバコはつくれそうになかった。

「外で見張りにつく役がいちばん危険だ」と、Tダブはいった。「車を運転するやつがいちばん楽だと思ってるバカもいる。しかし、警察が最初に目をつけるのは見張り役だ。それに較《くら》べりゃ、銀行に入るほうは楽なもんさ。こっちが銃を向けても金を出し渋る銀行員なんて、これまで一度もお目にかかったことがない。銀行で働こうなんて分別を持ってるやつは、銃を向けられたらおとなしく従うだけの分別も持ってるもんと思って間違いない」

「強くいわなきゃ言うとおりにしないやつもいたぜ」と、チカモウがいった。

「殺したりするのは田舎もんだけだ」と、Tダブはいった。

「殺す必要なんてないだろ？」と、ボウイはいった。

「あいつら銀行員は勝手にやってくれという。保険がかけてあるからな。損をするのはニューヨークの億万長者だけさ。いわゆる資本家ってやつだ」

「モアヘッドの銀行にどっさり金があるといいんだがな」と、ボウイはいった。

「タバコ代くらいにはなるだろうさ」と、チカモウがいった。

「おれは、その金がなくなって困るようなやつから盗んだことは一度だってない」と、Tダブがいった。「ガソリンスタンドやハンバーガーショップを襲うって話なら、おれは絶対にやらないよ」

「おれもだな」と、ボウイはいった。「ガソリンスタンドで働いてるやつらの稼ぎなんて、一日にたった二ドルか三ドルだ。もし金を奪われたら、その埋め合わせをしなくちゃならない。そんなことをするくらいなら、物乞いをしたほうがましだ」

「とにかくおれは」と、チカモウがいった。「近いうちに十五ドルのステットソン帽と六十ドルのスーツを買うよ。さもなきゃ、腰んとこにサテンのバンドがついた黒のスーツでもいい。だけど、オーバーオールはもう二度と着ないぞ」

Tダブはキッチンに戻り、ほうきのわらを三本抜いて戻ってきた。「短いのを引いたやつが外の見張りだ」

短いわらを引いたのはボウイだった。

いまやもう、ほかのふたりは眠っている。ボウイはリビングルームの暗闇《くらやみ》に横たわり、窓の横桟に肘《ひじ》をついて指先で網戸を引っかいていた。いっとくけどさ、五千ドル手に入れたらおれは引退するからな。

まんなかの部屋のベッドが軋《きし》んだ。ボウイは耳をそばだて、笑みを浮かべた。あのインディアンだ。

外から話し声が聞こえてきた。ボウイは身体を起こし、簡易ベッドの横のポンプ式散弾銃に手を伸ばした。弁当箱を持った男がふたり、中庭を横切って機械工場に戻っていった。ボウイは身体の力を抜いた。

あの小さな兵隊にこんど会うとき、おれは買ったばかりの新車に乗ってくんだ。グレーのスーツに赤い水玉模様のネクタイ、真珠のボタンがついたフランネルのシャツって格好で、バシッと決めてな。おれは彼女にいう。「二年ほどまえに、おれに偉そうな説教をたれた小娘を探してるんだ」彼女はびっくり仰天する。しかし、きっと笑みを浮かべてくれるはずだ。

いびきをかいてるのは誰だ？　老兵のTダブだ。おれもすこしはいびきをかかないと。一……二……三……四……五……六……。

第6章

モアヘッドの町の商業地区は漏斗のような形をしている。幹線道路が大きく広がった部分を四ブロックほど進むと、交差点に行き当たり、そこからやや細いメインストリートが一ブロック伸びている。幹線道路が広くなった部分の北側には、ガソリンスタンドや簡易食堂が並んでいる。漏斗の口の部分は、正面部分にだけ木材を使った石造りの低いビルに浸食されつつある。三人の乗ったクーペは、ボウイの運転でそのブロックの突き当たりにある屋根つきの野外ステージに向かった。時刻は十時三十分だった。

ファーマーズ・ステート銀行は、野外ステージのそばの左の角に建っていた。一階建ての建物で、正面にはセメント製の支柱が二本あり、窓には格子《こうし》がはまっていた。

「こいつがおれたちのご馳《ち》走《そう》だ」と、チカモウがいった。Tダブはふざけて敬礼の真《ま》似《ね》をし、額に手を当てた。「いますぐ行くからな、諸君。いらいらせずに待っててくれ」

ボウイは屋外ステージをぐるっとまわってUターンし、エンジンをアイドリングさせたまま銀行の脇を通りすぎた。仕立て屋のショーウインドーにはロール状の生地が並び、ドラッグストアのディスプレイにはさまざまな売薬が飾られている。ボウイはぐっとハンドルを切り、雑貨店の前に車を停めた。雑貨店のウインドーには女物の下着が飾ってあった。その左側には精肉店、さらにその隣には食料雑貨店が並んでいる。食料雑貨店の前に置かれた家畜用岩塩の塊に、農夫らしいふたりの男がすわっていた。胸にMの文字の入った赤いセーターを着た若者が仕立て屋から出てきて、トラックに乗りこんだ。

Tダブがクーペから降り、チカモウがつづいた。チカモウは振り返ってウィンクをした。

「きょうの午後の試合、ソックスがジャイアンツをくだすほうに十ドル賭《か》ける」

ボウイはにやりと笑った。「乗った」

ふたりは通りを進んでいった。Tダブのオーバーオールの尻はだぶだぶでしわが寄り、チカモウの頭は長い首の上でひょこひょこ揺れていた。ふたりは歩道を折れ、銀行に入った。

ボウイの腹のなかであぶくが弾《はじ》け、しぶきが飛んだ。ギアを切り替え、いったん車をバックさせてから、通りを進んで幹線道路に向かった。

前を走っているセダンを運転する女が、郵便局の前で車を停めた。ボウイはハンドルを切って脇を通りすぎた。これからすぐに、おれはあんなふうに銀行の脇に車を停めるんだ、とボウイは思った。衣料品店の前の角に、つば広の帽子にブーツという格好の男がふたり立っていた。ふたりは顔を上げなかった。肋骨《ろっこつ》のふくらんだ犬が一匹、ボウイの前で通りを横切り、駅のほうへ走っていった。駅の荷積み用プラットフォームには、木枠に詰められた農耕具が置かれていた。

ボウイはつぎの角を曲がり、材木置き場を通りすぎた。そこを一ブロック進み、もう一度角を曲がって、ふたたび銀行の前に出た。きのうの夜、またあの夢を見た。父さんが出てくる夢だ。ボウイは父親の顔をほとんど覚えていない。しかし、夢のなかではっきり父さんだとわかる。内容はいつもおなじだった。ボウイと父さんは玉突き場にいる。どこかの男がキューで父さんに殴りかかろうとする。ボウイは大声で危ないと叫ぶ。でも父さんは気づかない。ボウイはその男を撃ち殺そうとするが、銃が手のなかでばらばらに砕け散ってしまう。

ボウイは最後の角を曲がった。あの夢は悪いことが起こる知らせなのだろうか？

いまここで指を交差させて十三数えたら、悪運を振り払うことができる。一……二……三……四……。

ボウイは銀行の前で車を停めた……十二……十三……膝《ひざ》のあいだにはさんだ散弾銃をすこし持ちあげた。頼むぜ、おふたりさん。老兵も、インディアンも。追っ手を振り切って逃げるには……。

食料雑貨店の前には、さっきより男がふたり増えていた。こんどのふたりは立っており、ひとりは軸のカーブしたパイプをふかしている。パイプの男が振り返り、通りの先の銀行に目を向けた。いいだろう、善良な市民のおっさん、そうやって目を光らせてるとトラブルに巻きこまれるぜ。男はもとの方向に向き直った。

Tダブが銀行から出てきた。オーバーオールの前身頃が膨らんでいる！ つづいて出てきたチカモウは、左腕の脇にシガーボックスをふたつはさんでいた。ボウイは通りの前方と後方を確認し、反対側に目を向けた。びっくりしてこちらを見ているやつはまだいないし、まだなにも気づいていない。

ふたりが車に乗りこむと同時に、ボウイはアクセルを踏んだ。チカモウがドアをバタンと閉じた。岩塩の塊に腰を下ろしていたふたりが立ちあがり、立っていたふたりが振り返ってこちらに目を向けた。

ボウイがハンドルを切って幹線道路に入ると、左のタイヤがうめき声を上げた。反対車線の石油トラックが急ブレーキをかけ、運転手が怒鳴った。ボウイはさらに深くアクセルを踏んだ。市境を告げる標識を通りすぎた。棒きれで牛を追っていた少年が頭をめぐらし、通りすぎていく彼らを見た。

「まだ追っ手はこないか？」と、ボウイはいった。

「ああ」と、チカモウがいった。「銀行のやつらは、あと三十分は金庫室から出てこない。あの町の連中は、南北戦争が終わったことさえまだ知らないんじゃないか」

Ｔダブが後ろを振り返った。「追っ手の姿はぜんぜんない」

「うまくいったのかい？」と、ボウイは訊いた。

「と思うね」Ｔダブがオーバーオールの内側からリボルバーを抜きだした。「すくなくとも、新品のコルト四五口径をいただいてきた。グリップをパールのやつに付け替えてくれないか、ボウイ。おれが現金入れの引き出しからこいつをちょうだいするとこを見たか、チカモウ？」

「ああ、見たよ」

「袋のなかにはほかのもんも入ってるんだろ？」と、ボウイはいった。

「三千ドルか四千ドルはあると思う」と、Ｔダブがいった。

チカモウが振り返った。「そうとも、銀行のやつらはなにが起きたのかもまだわかっちゃいないさ」

前方の坂の向こうから一台の車が飛びだし、こちらに向かって猛スピードで突き進んできた。カリフォルニアのナンバープレートだ。

「四千ドルなら悪くないんじゃないか?」と、ボウイはいった。

「そこまで行くとはいってないぞ」と、Tダブがいった。

「まさか、おれたちが銀行を出るまえにいくらあるか数えたとでも思ってんのか?」と、チカモウがいった。

ボウイは笑った。

はるか遠くにゼルトンの街並みが見えてきた。十四階建てのホテル、給水塔、丘の上に建つ大学の校舎。

「やつらが金庫室から出てくるまえに、こっちは隠れ家にたどりついてるはずだ」と、Tダブがいった。「あの家まで行っちまおうかと半分思ってたくらいさ。しかし、もしものことがあるかもしれないからな。あの試掘井に行くだけにしとこう」

ボウイは幹線道路を降り、ゼルトンの未舗装道路に乗り入れた。浄水場と農耕用ラバの畜舎を通りすぎたあたりで東に向きを変えると、ほどなく住宅街の舗装された道に入った。彼らは町を横断し、空港のそばで幹線道路に戻った。

古い油井やぐらに通じている脇道に近づいたところで、前方から車がこちらに向かってきた。ボウイはスピードを落とした。黒人が運転している大きなセダンで、後部座席ではひとりの男が葉巻をくゆらせていた。その車が視界から消えてから、ボウイは脇道にクーペを乗り入れた。

チカモウが油井やぐらのはしごを登っていき、幹線道路を見張った。ボウイが大きな綿摘み袋を地面に広げると、Tダブがキャンバス地の小さなバッグの中身をそこにぶちまけた。紙幣の山——輪ゴムで留めた百ドル、二十ドル、十ドル、五ドル、一ドルの札束——は、カウボーイハット程度の大きさになった。ふたつのシガーケースには、銀貨がつまっていた。

チカモウの鋭い口笛が響き、ふたりは顔を上げた。

「おまえたち、そこに山になってるもんはなんだ?」と、チカモウがいった。

「驚かすんじゃねえ」と、Tダブがいった。

「鼻紙だよ、ロクでなしのインディアン」と、ボウイはいった。「このうち、十ドルはもうおれのもんだからな。いまごろ、ジャイアンツがソックスを窮地に追いつめてるはずさ」

「だったら、もう十ドル上乗せするか？」

「受けた」

「ここは声が響きわたるんだ」と、Tダブがいった。「おしゃべりならあとでしろ」

「静かにしようぜ、チカモウ」と、ボウイはいった。

Tダブは紙幣の山から四百二十五ドルを抜きとり、パチンと輪ゴムで留めた。これは準備につぎこんだ額に相当する。Tダブはそれをシャツのポケットに突っこんだ。

ボウイは十ドル札を抜いた。

「ここからチカモウに六ドル返しとくよ」と、ボウイはいった。「あいつが最初に出した分だ」

Tダブが紙幣をトランプのように配っていくにつれ、三つの札束の山は高くなっていった。ようやくのことで分け終わると、一人につき千二十五ドルになった。銀貨は箱にとっておき、ガソリン代やビール代やタバコ代といった雑費に使うことになった。こちらはぜんぶで三百ドルか四百ドルあった。

チカモウがはしごを降りてきて、ふたりに加わった。

「いまボウイに話そうと思ってたんだが、あの銀行にいた老いぼれの行員」と、Tダブがいった。「あいつは拳銃《けんじゅう》を突きつけられても、おれたちが銀行強盗だってことがぜんぜんわかっちゃいなかった」

「手も上げなかったのか」と、チカモウがいった。

Ｔダブは笑った。「頑としてな。おれたちが入っていったとき、そいつはデスクにすわってたんだ、ボウイ。古いオリヴァーのタイプライターをせっせと打ってた。おれはもうすこしで、そいつのすわってる椅子《いす》を蹴飛ばしそうになった。『ちくしょう』と、そいつはいった。『いったいぜんたいなにしようってんだね』。おれはぐいと引っぱって無理やり立たせ、膝蹴りしながら金庫室まで押してかなきゃならなかった。そいつが事情に気づいたときには、こっちはもう金庫の金を半分くらい袋に詰め終わってたよ」

「ほかのやつらはおとなしいもんだった」と、チカモウがいった。「自分たちから進んで金庫室に入ってってたよ」

「客はいなかったのかい？」と、ボウイはいった。

「いたのはひとりだけだ」と、Ｔダブがいった。「あいつからも金を奪ったんだろ、チカモウ？」

「ああ」と、チカモウはいった。「ここに三十ドルか四十ドルある」彼は尻のポケットから札を何枚か取りだした。「あの小さな銀行に関しちゃ、たしかにあんたのいうとおりだった。でも、ゼルトンの銀行だっておなじくらいチョロいと思うぜ。しかも、ひとりにつき一万ドルか一万二千ドルにはなる。そうじゃないか、Ｔダブ？」

「あそこもやろうじゃないか、諸君」と、Ｔダブはいった。

午後の空を流れていく大きな雲は、溶き卵の白身のように厚かった。雲の隙間《すきま》の向こうには、大空が青い水のようにくっきり見えている。聞こえてくるのは、幹線道路を車が走りすぎていく音だけだ。車がやってくると三人は耳をすまし、通りすぎるのを待った。言葉を交わす際も、いまは声をひそめていた。

あたりが暗くなるとすぐに、三人はゼルトンに戻ることに決めた。そのあとで、ボウイは町のはずれまで行ってクーペを燃やす。チカモウはバスでエルパソに行き、二、三日のうちに、スピードの出る軽自動車を二台とナンバープレートを何枚か調達してくる。Ｔダブはマクマスターズに行き、マティに車を一台レンタルさせ、家をすくなくともあと二軒手配する。一軒はガシャートン、もう一軒はクリアウォーターズだ。

「二、三日のうちにしっかり準備を固める必要があるな」と、ボウイはいった。

「マティの妹を連れていって、家の手配はあいつにやらせよう」と、Ｔダブはいった。「あのチビと最後に会ったのは、あいつがまだおしめをしてた頃なんだ。えらくかわいい娘になったもんさ。おまえらふたりにも、彼女と会ってもらいたい」

「いまほしいものは、なにか食いもんだな」と、チカモウがいった。「きのうの夜のハンバーガー以外、なにも食ってないじゃないか」

「おかしいな、ぜんぜん腹が空《す》いてないや」と、ボウイはいった。「いまほしいのは機械巻きのタバコだけだ」

「まえにもこういう田舎でほとぼりを冷ましたことがあるんだが、そんときはラジオがあって、野球の試合を聞いてたんだ」と、Tダブがいった。「チカモウ、車を手配するときには、ラジオがついてるやつを選べよ。こんなふうに身を隠しているとき、いい時間つぶしになる」

第7章

通りは土曜の晩の買い物客でにぎわっていた。包みをいくつも抱えたゼルトンの住人たちがボウイを押しのけ、足を踏み、さっとよけて通りすぎていく。今夜のボウイは家具付きの家を離れ、ダウンタウンにきていた。ひとりだけあの家に残されてからきょうで三日、精神的にちょっと参っていた。午前と午後は、きょうこそふたりが戻ってくるんじゃないかと考えて過ごした。しかし、チカモウはいまだにどこかエルパソの近くにいるし、Ｔダブは隠れ家の調達に歩きまわっている。

今夜、ボウイは映画を観《み》に行くつもりだった。しかし二軒ある映画館では、派手な撃ち合いが売りの西部劇しかやっていなかった。ああいう映画は気が滅入《めい》る、とボウイは思った。

コダックの製品と写真が飾られたドラッグストアのショーウインドーの前で立ち止まった。赤ん坊を連れた若い夫婦の写真があった。立派な枝角の生えた鹿《しか》を積んだトラックの横に立ったハンターや、カヌーに乗った水着姿の若い娘の写真もある。ボウイは近くから眺めた。ハンターが手にしているのは四一五口径のウィンチェスターで、鹿の角は三叉《みつまた》だった。

ボウイは歩きつづけた。あのキーチー・モブリーなら、絶対に写真うつりがいいはずだ。

板ガラスの向こうのシェードのついたランプが、色とりどりの女性服を照らしだしていた――シルクのブラウス、ドレス、ストッキング、下着。キーチーが住んでる小さな町じゃ、こんなきれいなもんにはお目にかかれないだろう。

ボウイは百貨店の入口のパネルミラーに映った自分の姿を見た。鉄灰色のスーツ、つば広の帽子、胸のポケットには白いハンカチ。右の尻ポケットはＴダブにもらった三八口径でかすかに膨らんでいる。時間の余裕ができたらホルスターとストラップを買って、脇に吊《つる》すつもりだった。そうすれば、銃も帽子くらい目立たなくなるだろう。しかしおれの見た目はまんざらでもない。Ｔダブがいってたじゃないか。「あのボウイは、泥棒っていうより、警察の人間みたいに見える」って。するとチカモウは、「街に出てきた田舎もんの若造みたいだがな」といった。あのインディアンめ。

ボウイはきびすを返して通りに戻った。安物雑貨店とＪ・Ｃ・ペニーの前を通りすぎ、ギャランティ州立銀行の建っている角を曲がると、表通りに出た。薄暗い通りには小さなカフェや安ホテルが並んでいた。通りの向かい側には、テキサス&パシフィック鉄道会社の広い芝生と、桑の林、停車場、貨物運送会社のオフィス、プラットフォームなどがあった。

白いジャケットに赤帽をかぶった黒人のポーターが、ホテルの入口前のスツールにすわっていた。入口の上の白い球には電飾文字で〈オーケー・ルームズ〉と出ている。

「今夜はすてきなレディをお探しですか、ボス?」と、ポーターが訊いた。

「いいや、探しちゃいないよ」と、ボウイはいった。

通りの角にある〈ニューヨーク・カフェ〉の前で、警官が無帽の男に話しかけていた。男は歩《ほ》道際《どうぎわ》に停めた車のバンパーに片足を乗せている。ボウイはふたりのわきを通りすぎた。警察が相手ならこっちのほうが絶対に有利だ。こちらには警官が一目でわかるが、向こうにはこっちが犯罪者だとはわからない。この町の巡査や保安官助手はみんな制服を着ているのも同然だから簡単に見わけられる。どいつもこいつもカウボーイブーツに白い帽子、黒いスーツ、ストリングタイという格好だ。いま横を通りすぎたとき、あのお巡《まわ》りはおれに気づいたか? もちろん警官は全員が拳銃を持っている。しかしおれだって持ってるだろ? ただし、近いうちにどこか田舎のほうで射撃の練習をしといたほうがいい。この三八口径に慣れとくんだ。

ボウイは鉄道の芝生のほうに足を向け、家具つきの家に帰った。

家のドライブウェイに真新しい感じの車が二台駐まっていた。ボウイは駆けだしたい衝動を抑えた。インディアンが戻ってきたのにちがいない。車はどちらもフォードのＶ８エンジンだった。片方は黒塗りでトランクがついている。もう一方はガンメタル。どちらもセダンだ。

家のドアを開けてくれたのはＴダブだった。Ｔダブは買ったばかりの青いサージのスーツを着て、タン色の靴をはいていた。

「チカモウも帰ってきてるのかい？」と、ボウイはいった。

Ｔダブはシャワーの音がしているバスルームのほうを親指でさした。「ベロンベロンに酔っぱらって風呂《ふろ》に入ってる。ファレスじゅうのテキーラをすべて買いこんできたんじゃないかね」

「あんたたちふたりとも、どっかで捕まったんじゃないかと思ってたんだ」と、ボウイはいった。「いつ帰ってきたんだい？」

「おれが帰ったのは、暗くなってすこししてからだ。そのとき、やつはもう戻ってた」Ｔダブは部屋の奥へ行って簡易ベッドに横になった。そのわきには、読み散らかした新聞が山になっていた。

「モアヘッドの件は、あんたも読んだろ？」と、ボウイはいった。「笑っちまうよな。ナンバープレートの数字のうち、合ってたのは3だけだ。しかも、車は緑のクーペだと証言してる。あのおんぼろのチェヴィで緑のところといったら、車体に入ってるストライプだけじゃないか」

「新聞の記事なんてぜんぶでたらめさ。おまえ、ここの銀行を下見したか？」

「あんたたちふたりが出ていってから、毎朝見にいってるよ。きのうの朝は夜明け前に行ってみたし、なかにも三回入ってみた。あそこの金庫は九時か、もしかしたらそれよりちょっとまえに開く。正面のドアを開けたときに開く仕組みになってるんだ」

「最初になかに入るのは誰だ？」

「黒人のポーターだ。六時頃だな。そいつがドアを開けた瞬間を狙えば、なかへ押し入るのは楽勝だ。その頃、巡回の警官は駅で乗客が入ってくるのを見てる」

「たいして心配しなくてもいいな」

「あんたのほうはなにをしてたんだい、Tダブ？」

「家を二軒手配した。どっちに行くときも、ルーラがいっしょだった。マティの妹だ。彼女のことはこのあいだ話したろ？」

「ガシャートンとクリアウォーターズかい？」

「ああ。クリアウォーターズの家は百万長者の屋敷みたいなとこだ。ルーラはすごく気に入ってる」

「外に駐めてある車は、チカモウが手配してきたんだろ？　あのガンメタルの車をここまで引っぱってくるのはさぞかし大変だったはずだ」

　Tダブは身体を起こした。「ここの銀行だが、おれは月曜にやろうと思ってる。おまえはどう思う？」

「日曜日じゃなければ、あしただっていいとこだ」

「あしたは女たちに会いに行く」と、Tダブはいった。

　チカモウがバスルームから出てきてリビングルームにやってきた。シルクのパンツとシャツを着ている。髪の毛からは水がしたたり落ち、二頭筋と前腕に浮かんだ太い血管は青ざめたミミズのようだった。

「これはこれは、われらが田舎もんのご登場か？」と、チカモウはいった。

「やあ、チカモウ」

「おれたちが留守にしてるあいだは、すぐそこの教会で日曜学校の先生でもしてたのか？」

「この町のちっちゃな銀行に行って、なにか仕事をくれないかと頼んでたよ」

「われらがボウイときたら、人にいわれたことはなんだって鵜《う》呑《の》みにしちまう」チカモウはTダブを見てウィンクをした。

「あんた以外の人間にいわれたことはね」と、ボウイはいった。

チカモウは笑い、素足でぺたぺたとベッドルームに戻っていった。

Tダブはまた新聞を拾いあげた。ボウイはロッキングチェアに腰を下ろし、タバコに火をつけた。

Tダブの放り投げた新聞が、ほかの新聞の山の上で音をたてた。

「新聞を買うたびに、あのこざかしい青二才の名前が目に入りやがる」と、Tダブがいった。「もしこんどあいつに会うようなことがあったら、あのケツを思いきり蹴《け》飛《と》ばしてやる」

「青二才って誰だよ、Tダブ？」

「新聞記者さ。あいつには一度ひどい目にあわされたことがあるんだ。この州の刑務所から脱走しようとして失敗しちまったときのことだ。その青二才がやってきて、雑誌に記事を書くから話をすべて聞かせてくれという。あんときは仲間がふたり殺され、おれはケツの肉を撃ち抜かれ、もうさんざんだった。とはいえ、その件はどっちにしろ誰でも知ってたし、あの青二才が詳しく話をしてくれりゃ原稿料を山分けにするっていうんで、話に乗ったんだ。当時のおれはタバコ銭にもこと欠くありさまだったんでな。そしたらどんな記事が載ったと思う？　おれは首謀者だってことになってた。しかも、殺されたふたりの仲間を先に送りこんだっていうんだ。そうすりゃ看守たちは弾丸をぜんぶそのふたりに撃ちこんじまって、はしごのいちばん下にいるおれや残りのやつらは無傷で逃げられると考えたからだってな。最初に飛びだしたふたりが死刑囚だったことはみんな知ってた。だから誰より先に飛びだしたんだ。クソッ、おれが出遅れたのははしごがこわれちまったからさ。安物の脚立《きゃたつ》だったんだよ。それをあの青二才は、でたらめな話をでっちあげて雑誌に売りこんだんだ」

「結局、金は送ってこなかったんだろ？」

Ｔダブは目を上げて鼻を鳴らした。

チカモウがテキーラの瓶を手に戻ってきた。ぴしっと折れ目の入った茶色いツイードのズボンをはいて、ブルーのシャツに黄色いタイを締めていた。チカモウは瓶を差しだしたが、ボウイは首を振った。

「おいおい、どうしたってんだ？　人間になれよ」

ボウイは酒を受けとった。

「ペーコスの近くのサンドイッチスタンドでロクでもないヌケサクとばったり会ったよ。アルカトナ刑務所に入ってたやつだ」と、チカモウがいった。「おれたちがケツの穴って呼んでたガキ、覚えてるか？」

ボウイとTダブはうなずいた。

「やつはおれに気づくと車のとこまでこっそり近づいてきて、たんまり金があるとこを知ってるっていうんだ」

「おおかた、三十ドル入ったブリキの貯金箱だろ」と、Tダブがいった。

「おれは調子を合わせた。いったん帰るが、所番地を教えてくれりゃ、暗くなったらすぐに行く。そしたらおまえのいう仕事をいっしょにやろうってな」

「あのガキなら覚えてるよ」と、ボウイはいった。「バンジョーがすごくうまかった」

「おまえに土産を持ってきてやったぜ、田舎じゃちょっと手に入らないやつだ」と、チカモウがいった。「たまたまいいコルトの四五口径を見つけたんだ。あの三八口径は捨てちまっていいぞ」

「へえ、そりゃ嬉《うれ》しいな」

「だけど、枕《まくら》の下に入れたまま寝たりしないって約束しろよ」

「なんだよ、なんかのジョークかい？」と、ボウイはいった。

チカモウはTダブを見てウィンクすると、「いいだろう」といって、ボウイに人差し指をつきつけた。「おまえ、寝るときはいつも銃を枕の下に入れてるだろ？」

「ああ」

チカモウはTダブを見てからボウイに目を戻した。「やっぱり思ったとおりだ。いいか、よく聞けよ。寝るとき拳銃は、掛け布団《ぶとん》の下の、身体の脇に置いとくんだ。そうすりゃ、誰かが部屋に入ってきても、相手が襲いかかってくるまえに反撃できる。こっちが先に弾をおみまいしてやりゃいい。しかし銃が枕の下にあったんじゃ、つかむこともできない……ほら、こんなふうにな」

「そんなこと、これまで考えてもみなかった」と、ボウイはいった。「教えてくれて礼をいうよ、チカモウ」

Tダブが立ちあがった。「そろそろ仕事の話をはじめないか？　ボウイは月曜日にやる準備ができてるそうだぜ、チカモウ」

「準備ができてるかどうかなんて、おれに訊く必要はないさ。おれはいつだって準備ができてる」チカモウは瓶を持ちあげ、ゴクゴクと音を立てた。

「ちなみに、こいつはおれにとって三十回目の銀行強盗になる」と、Tダブがいった。

第8章

きのうの晩、はずれくじを引いたのはＴダブだった。しかし彼は誰よりも銀行の内部に詳しいので、チカモウがＶ８の運転を担当し、ボウイがＴダブと銀行に入ることになった。三人は朝の四時に起き、油井やぐらの隠れ家にガンメタルのセダンをおいてきた。いまは六時ちょうど、ギャランティ州立銀行の隣の〈シアーズ・ローバック〉の前に停めた車のなかにすわっている。空っぽの通りは川くらい広かった。

「もしボウイとおれが九時までに出てこなかったら」と、Ｔダブがいった。「おまえもなかへ入ってこい、チカモウ」

チカモウは笑うように頭を上げた。

どこからか街路清掃機の回転音とバタンバタンという断続音が響いてきた。通りの先にあるカフェから男がひとり出てきて車に乗りこんだ。ドアを強く閉める音がビルの谷間に響いた。車は消えた。

「ほら、きたぞ」ボウイは通りの先を指さした。ケーブル編みのグレーのセーターを着た黒人が近づいてくる。ボウイとTダブは外に出て車のわきに立った。

　黒人は中年の男で、スチールウールのようなもみあげを生やしていた。彼は銀行の入口の前に立ち、キーリングから鍵《かぎ》を探しだして錠に差しこみ、ノブをつかんだ。

「いっしょに入らせてもらうぜ、シャイン（黒人の蔑称）」と、Tダブがいった。ボウイは拳銃をケーブル編みのセーターに強く押しつけ、銀行のなかに入った。まだ早朝なので、掃除の行き届いた行内は薄暗かった。ボウイは窓の前でしゃがみ、降ろされたブラインドの隙間から外を覗《のぞ》いた。チカモウが車を出すのが見えた。

　黒人は走ってきたかのように息をあえがせていた。セーターのすり切れた袖口《そでぐち》から突きだした手首がこわばっている。

「いったいどういうこってすか？」

「おまえは黙ってろ、シャイン」と、Tダブがいった。「つべこべいってると、墓穴に埋められることになるぞ」

　ボウイは黒人の両手を背中にまわし、左右の親指を銅線で縛りあげた。

「ミスタ、おれはここで二十年もポーターやってるんです。ゼルトンの誰に訊《き》いてもらってもいい。みんなテッドのこと知ってます。この銀行で二十年ずっとです。まだ古い建物だったころから。ほんとですよ、おれは……」

「もう黙れ、シャイン」と、Ｔダブがいった。「こんどの日曜日にも教会に行きたいだろ？」

「はい」

「だったらおれがこれから訊くことに答えろ」

「ええ。おれは生まれてこのかた、ウソついたことないです。ゼルトンの誰に訊いてくれてもいい」

　正面玄関の上にかけられた時計は六時三十分を指していた。入口を入ってすぐのフロアはグレーのタイル貼《ば》りになっており、左右の茶色い仕切りの内側には、きれいに片づいた机が並んでいる。机の上には〈支店長〉……〈次長〉……〈次長〉……と、役職名の書かれたプレートが立ててあった。ガラス板を敷いた書類記入用のテーブルが並んでいる中央の通路は、左右をブロンズの格子《こうし》に仕切られていて、奥の金庫室までつづいていた。金庫室は大きく、黒光りするアルミ製の大きなドアがついている。フロアの右側には、通用口のドアにつづいている通路があった。

「あのでかい金庫室の扉は何時に開くんだ、シャイン？」と、Ｔダブが訊いた。

「おれにはわかりません。お偉方も全員が知ってるわけじゃない。知ってるのはミスタ・バージャーだけです」

「そいつはいつ出勤してくる？」

「いちばん最初に。八時ちょいまえです」

ボウイはフロアを見てまわった。通用口のベネチアンブラインドの隙間から、貨物列車の駅が見えた。駅の鋼鉄製のドアはすべて閉まっている。石油トラックが通りすぎた。

時計がカチッと音を立てた。

――七：〇〇。

表通りを走りすぎる車の数が増えてきた。車輛《しゃりょう》入れ換え用機関車の警笛が響き、踏切の信号機が鳴りはじめた。バスのエンジンがかかり、排気管がポンと音を立てて振動しはじめた。ボウイは正面玄関の横のワイヤースタンドに目をやり、フットボールの試合の手書きの日程表を読んだ。

正面玄関のノブがまわり、ヘアトニックとシェイビングローションの匂《にお》いをさせた男が入ってきた。背が低く、妊娠した雌馬のように腹が出ていた。

「ミスター・バージャー？」左手に持ったポケットナイフを突きつけ、Tダブがいった。

男はドアを閉じようとして伸ばした左手を硬直させ、その場に立ちつくし、首を縦に振った。

「ミスター・バージャー、おれたちは拳銃強盗だ。あんたはこれからも五体満足のままでいたいだろ？　だったら、おとなしく協力しろ」

「わかった」と、ミスター・バージャーはいった。

——七：一五。

貨物列車の駅の重いドアが軋り、ギシギシと音を立てながら開いた。駅の構内で有《ゆう》蓋車《がいしゃ》がぶつかりあった。あちこちで車のクラクションが鳴った。

——七：四五。

通用口のブラインドの隙間から外を覗いていたボウイの目に、黒いフランネルのコートと、シルクのストッキングに包まれた女のくるぶしが見えた。ボウイが振り返ると、ミスター・バージャーと黒人のふたりといっしょに金庫室の前に立っているＴダブがうなずいた。ボウイはドアを開けた。

女はピンで刺されたかのようにはっと息をのんだ。ボウイはその口をさっとふさいだ。女は彼の腕のなかでぐったりした。

「落ちつくんだ」と、ボウイはいった。「誰もあんたを傷つけたりしないから」

「心配しなくていい、ミス・ビガースタッフ」と、ミスター・バージャーがいった。

「こいつらは無法者じゃない」

「おれは誰も殺さない」と、Ｔダブがいった。「ちゃんということをきけばな」

――八：三〇。

ボウイはブラインドの隙間から外を覗いた。黒いＶ８はもう銀行の前に停まっていた。チカモウは顔を下に向け、ハンドルに広げた新聞を読むふりをしていた。口にはマッチをくわえている。あのインディアンめ。

ミスター・バージャーとＴダブが金庫室のなかへ入った。ブロンズ製の面格子についたドアがカチッと音を立て、ガタガタ鳴った。ボウイは靴のなかでつま先を動かした。袋に入れろ、Ｔダブ。ドサッと放りこめ。もうちょっと待っててくれよ、チカモウ……。

ミスター・バージャーが出てきた。つづいて出てきたＴダブは、ぱんぱんに膨らんだ洗濯袋を背負っていた。

「用意はいいか？」と、Ｔダブがいった。

「いいよ」と、ボウイはいった。

「おまえたちをいっしょに連れていく」と、Ｔダブはいった。「玄関の正面にフォードが停まってる。外に出たらすぐそれに乗れ。誰かに目を向けたりするな。おかしな真似《まね》をすると、誰かが死ぬことになる」

通りの反対側では、荷積み用のプラットフォームで縞《しま》のオーバーオールを着たふたりの男が働いていたが、どちらも仕事の手を休めなかった。ミスター・バージャーとミス・ビガースタッフと黒人は後部座席に乗りこみ、ボウイがそれにつづいた。ボウイは黒人に床に伏せろと命じた。Tダブは助手席に乗りこんだ。チカモウが車を出した。歩道際に駐めたクーペから降りてきた若い男がこちらを見つめていた。タン色のスーツを着て、角縁《つのぶち》の眼鏡をかけていた。

Tダブが後部座席を振り返った。「あの男を知ってるか？」

「行員のひとりです」と、ミスター・バージャーがいった。

スピードメーターの針が上がった。キャンディ工場……プロデュース・カンパニー……綿圧縮工場……黒人街……。荷車に積まれた綿のてっぺんから農夫が会釈《えしゃく》をした。

チカモウは手を振り返した。

鉄道の線路を横切り、まっすぐにつづく未舗装道路を飛ばし、幹線道路に沿って並んでいる電柱が見えるほうに向かった。

ミス・ビガースタッフがボウイを見た。「わたしたちをどうするつもり？」

「心配すんなって」

「できることならなんだってするよ、きみたち」と、ミスター・バージャーがいった。

Tダブが振り返った。「おとなしくすわってりゃいい。あんたたちはよくやってくれた。もうなにも問題なしだ」

ボウイはチカモウの頬に笑いじわが刻まれているのを見た。自分も笑みを浮かべていた。スピードメーターの針は時速八十マイルをほぼ維持している。ミス・ビガースタッフが寒いかのように身体《からだ》を震わせた。

油井《ゆせい》やぐらのはしごのてっぺんにしがみついたボウイは、一台の車が幹線道路を降りてくるのに気がついた。アルミニウムを信号用の鏡のようにギラギラ光らせ、脇道《わきみち》をこちらに向かって走ってくる。ボウイが口笛を吹くと、下にいるTダブとチカモウが、紙幣の山が載っている綿摘み袋の四隅をつかんだ。

しかし、車はたんに方向転換をしただけだった。ボウイはもう一度口笛を吹き、激しく首を振った。キャンバス地の綿摘み袋がふたたび広げられた。

近くに駐《と》めた黒いセダンのなかには、ミスター・バージャーとミス・ビガースタッフと黒人がすわっていた。男たちの足は銅線で縛りあげてあった。Tダブはもう三時間も金を数えているが、いまだに指をなめなめ作業をつづけていた。こんなにすてきな光景を見るのは生まれてはじめてだ、とボウイは思った。比較になるものなんかなにひとつありゃしない。ボウイは横木に腕をかけ、ベルトをつかんだ。そうとも、ありゃしない。

チカモウが見張りを交替してくれた。

ボウイが下に降りていくと、Ｔダブはにやりと笑った。

「いうまでもないが、あそこはおれがはじめて襲った銀行じゃない。しかし、こんなにいかした銀行ははじめてだ」

「それをいうなら、上からここを見下ろしたときの光景ほどすてきなもんは、おれも見たことないよ」とボウイはいった。

黒いセダンのほうから、窓ガラスをカチカチ鳴らす音がした。ボウイがそちらに目を向けると、ミス・ビガースタッフが窓を叩《たた》いていた。

「なんの用か訊いてこい」と、Ｔダブがいった。

ボウイが戻ってきた。「あの女だ。トイレに行きたいらしい。はっきりはいわなかったけど」

「逃げやしないさ。行かせてやれ」

「バージャーの話だと、ここに有価証券で一万ドルあるそうだ。おれたちにとっちゃ無意味な代物だが、やつにとっては大きな意味があるんだってさ」

「あいつはロクでもない嘘《うそ》つきだ。ここにある有価証券を換金すりゃ六万ドルにはなる。しかし返してやるさ。おれたちには換金のしようがないからな」

　ようやく金を数え終わった。ひとりにつき二万二千六百七十五ドル。薄闇《うすやみ》のなかで、チカモウとボウイはミスター・バージャーと黒人をメスキートの木に縛りつけた。そのあとでチカモウは、脇道の向こうに姿を消した。しばらくして、ガンメタルの車のエンジンがかかる音が響いてきた。車は丘とガシャートン・ハイウェイがあるほうへ進んでいった。

　ボウイは黒い車の運転席に乗りこんだ。Tダブがミス・ビガースタッフといっしょに後部座席に乗った。

「これからあんたを二マイルほど先まで連れていく」と、Tダブがいった。「そしたらあんたはここまで引き返して、紳士がたの縛《いまし》めをほどいてやればいい」

ガシャートン・ハイウェイに着くと、ボウイとTダブはチカモウが運転するガンメタルに乗り、炎を上げて燃えあがる黒い車をそこに置き去りにした。

＊

クリアウォーターズのリゾートタウンに借りた隠れ家はスペイン風の漆喰《しっくい》造りで、部屋数は八、車が三台入るガレージとパティオがついており、パークウェイのポプラ並木はツバメでいっぱいだった。場所は通りの角で、向かいには四階建てのアパートメントが建っていた。

ボウイはリビングルームに腰を下ろし、贅沢《ぜいたく》で優雅な気分を満喫していた。ラジオとライティングデスクがあり、ソファと椅子には模様を織りこんだサテン地のカバーがかかっている。粗い漆喰の壁にはロウソクの形をした照明具がついている。床にはたくさんの女性雑誌や映画雑誌が散らばり、灰皿には口紅のついたタバコの吸い殻が山になっていた。マティとルーラがＴダブといっしょに料理をしているキッチンから、ハムエッグの匂いが漂ってきた。

髪をぺったりとなでつけたチカモウが、ヘアオイルの匂いを振りまきながら入ってくると、キッチンのほうにぐいと頭を傾《かし》げた。「三週間前にはポットさえ持ってなかった老いぼれが、いまじゃこんな家に住んでるんだからな。たいしたもんじゃないか？」

「ほんとだよな」と、ボウイはいった。

「おまえも女をひっかけ放題なんだろ？」

「まあね」

Ｔダブを従えてルーラが入ってきた。彼女は背が高く、綿の家庭着に青いアンクレットをつけていた。むだ毛を剃《そ》った脚はひっかき傷だらけで、左手の甲には赤いハートの刺青《いれずみ》が入っていた。

「ルーラとおれならいいチームになるんじゃないか？」Ｔダブはルーラとソファに腰を下ろし、彼女の腰に腕をまわすと、腹を覆《おお》っている布をいじりはじめた。「最後におれがこのエプロンを見たとき、この子はおれの膝くらいの背丈しかなかった。それがいまじゃどうだい」

「この人は頭がおかしいのよ」と、ルーラがいった。

「きみのせいさ」と、ボウイはいった。

ルーラはＴダブの手をぴしゃりと叩き、彼のジャケットのポケットに手を突っこんでタバコのパックを取りだした。彼女はそれをボウイに差しだし、つぎにチカモウに差しだした。ふたりは首を振った。

Ｔダブはマッチを擦り、ルーラのタバコに火をつけてやった。「そうとも、この子はもうすぐ、おれのために刺青を入れるはずさ」彼はまずボウイに、つづいてチカモウにウィンクした。「それも、手なんかじゃないとこにな」

ルーラは鼻から煙を吐きだし、灰皿にタバコの灰を落とした。「それはどうかしらね。あたし、夜食のまえにあのドラッグストアに行くから、まずは手はじめにお小遣いをくれないと」

マティが入ってきた。黒いシルクのドレスの前に、エプロン代わりにふきんをかけている。「さあ、向こうへいって食事にして。ルーラは出かけるとこなの、Ｔダブ？」

「食事は彼女が帰ってきてからだ」と、Ｔダブはいった。

「さあ」と、マティがいった。

彼らはナイフとフォークを使ってカチャカチャとハムエッグを切った。

「こんな料理じゃ、兄貴はなんとしても刑務所を出たいって気にはならないと思うね」と、Ｔダブがいった。

「あの人が刑務所を出たがってるのは、料理のためなんかじゃないから」と、マティがいった。

ルーラがＴダブに新聞を差しだした。「第一面は、あの話でもちきりね。どこもかしこも」

Tダブは皿をわきに押しのけ、新聞を広げた。チカモウとボウイが彼の背中越しに覗きこんだ。

九月二十八日、ゼルトン——ウエスト・テキサス史上もっとも大胆な銀行強盗事件が発生した。本日の朝、三人の武装した強盗がギャランティ州立銀行を襲撃、次長のA・T・バージャーと秘書のミス・アルマ・ビガースタッフを誘拐して逃亡した。銀行役員の話によれば、現金と有価証券で十万ドルが持ち去られたという。

夜の八時、バージャーとミス・ビガースタッフは黒人ポーターのテッド・フィリップとともに、ここゼルトンから二十一マイル東で、通りかかった車に拾われた。一日じゅう拘禁状態にあったため、ミス・ビガースタッフは恐怖のあまりヒステリー状態に陥っていた。

狡猾《こうかつ》な犯人たちは綿密な計画を立て、開店時間よりもまえに銀行に侵入した。出勤してきた行員たちは八時に入店できず、警察に通報した。簿記係のウィリアム・プレザントは自分の車を駐車しようとした際、人が大勢乗った黒いセダンが銀行の通用口前から走り去るのを目撃したが、そのときにはことの重大さに気づいていなかった。

当市にほど近いモアヘッドのファーマーズ州立銀行で三千ドル強奪事件が発生してから、まだ一週間も経《た》っていない。地元警察はおなじ一味の犯行とにらんでいる。

ロバート・ブレイクリー署長は今夜、犯人のひとりはオクラホマ刑務所から脱獄した受刑囚と判明したと発表した。

「おっと」と、Tダブがいった。「どうやらおれは面が割れたらしい」

「誰の面が割れようと知ったこっちゃない」と、チカモウがいった。「組んでるのが誰かは、やつらだってすぐに見当がつくさ」

ボウイは腹のなかの料理が膨らんだような気がした。

二百人を超える警官と一般市民が捜索隊を組み、近辺の土地をしらみつぶしに探したが、なんの成果もあげられなかった。けさ招集された商工会議所の会合で、犯人を捕まえた者に対して、生死に関わらずひとりにつき百ドルの報償金を出すことが決定された。

「さてと、どうするね？」と、チカモウがいった。

当市から四マイル東に住む農夫のＬ・Ｅ・セラーズが、けさ八時すぎに大勢の人間が乗った車が通りすぎるのを見たと通報した。車はかなりのスピードで東へ向かったという。

犯人は全員が三十歳前後で、きちんとした服を着ていた。

「ミスター・バージャーが勇気を持って行動してくれなかったら、わたしたちはいまこうして生きていなかったはずです」と、ミス・ビガースタッフはいう。「やつらは始終、命はないぞって脅してました。ミスター・バージャーが落ちついて交渉したんです」

この一週間に連続した二件の事件は、過去四年間にこの地区で発生したはじめての銀行強盗事件となる。最後に銀行強盗事件が起きたのは当市から南西に四十マイルのストックトン、犯人は有名なトローラー・ギャングだった。トローラーは去年の十二月に脱獄を試みて看守のひとりを殺害し、怒りに駆られた暴徒によってストックトンで吊し首になった。

Tダブは新聞を横に押しやった。「さてと、こういう状況ってわけだ」

「第一面をぜんぶ使ってるでしょ？」と、ルーラがいった。

「つぎのときには、なんかもっといいニュースを持ってこい」と、Tダブはいった。

「いいから飯を食っちまおうぜ」と、チカモウがいった。

ボウイは象牙《ぞうげ》が象嵌《ぞうがん》されたフレームのベッドに横たわっていた。シルクのなめらかな肌掛けの感触が心地よかった。鏡張りの部屋は女性的で、おしろいと化粧水の匂いがいまだに消えずに残っていた。こうなったからにはもうだめだ、とボウイは思った。五千ドル手に入れたらアルカトナ刑務所に戻るって手はもう使えない。

リビングルームからルーラの忍び笑いが聞こえ、つづいてTダブの大きな笑い声が響いてきた。国境の放送局に合わせたラジオからは、メキシコの楽団が演奏する〈ラ・ゴロンドリーナ〉が流れていた。歌声のバックでギターが哀《かな》しげな音色を響かせている。

ボウイが体を動かすと、冷たい四五口径が裸の腿《もも》に触れた。そうとも、あの刑務所にはもう戻れない。しかしおまえは、いったいなにを悩んでるんだ？　ベッドの下には二万二千ドルあるんだぜ。

第9章

　クリアウォーターズ・スタッコにきてから三日目の午後、チカモウはまっすぐに歩けないほど酔っぱらい、シャツの裾《すそ》をたらしたまま家じゅうをうろついてあちこちにぶつかり、おれのテキーラを隠したのはどこのどいつだと怒鳴り散らした。マティとルーラは出ていくと脅し、Ｔダブを青ざめさせた。ボウイはようやくのことでチカモウを奥のベッドルームに閉じこめた。

「頼むよ、チカモウ。しばらく眠ったほうがいい。さもないと体に毒だ」

「眠くなんてねえんだよ」と、チカモウはいった。「おれは酔いどれなんだ。正直に認めるにやぶさかじゃないね。おれが好きなもんはふたつだけ。愛と酒だ。なのにこのあたりに女なんぞいないときやがる。そしたら飲むしかないだろが。なんのために脱獄したと思ってんだ？」

「そんなにでっかい声を出すなよ、チカモウ」

「おれがなんのために脱獄したと思ってる？　チコリコーヒーを飲んで、アート雑誌を読むためだとでも？」

「落ちつけって」

「はいはい、わかったよ」

「女たちがビビってるじゃないか」

「ガミガミ女には出てってもらうんだな」

「もうおとなしくしてくれよ、チカモウ」

「われらがカントリーボーイのお説教か？　おまえなんぞ、がたいがデカいだけの田舎もんじゃねえか、ボウイ。でもな、クソッタレ、おまえはなんかを持ってるよ。いったいそれがなんなのか、おれにはさっぱり見当がつかないけどな。おまえとおれと、ふたりでここから出てこうぜ、ボウイ。オクラホマに行くんだ。バスに乗ってダラスに行き、パッカードを買おう。思いきり楽しもうぜ。おまえ、おれといっしょにオクラホマに行かないか、相棒？」

「あと何日かはここでほとぼりを冷まさないと。まだ外をうろちょろするのはヤバいって」

「おれといっしょにオクラホマに行こうぜ、相棒」

「その話はまたあとにしよう。いまはちょっと寝たほうがいい。気分転換をしなきゃだめだ。けさ、例の不動産屋が備え付け家具の明細書を持ってここにきて、そこらじゅうをあれこれ調べてったんだ。それに国勢調査員だとかいうやつが訪ねてきて、おなじくらいいろいろうるさく訊いてった。いつここでちょっとした戦争が勃発《ぼっぱつ》してたっておかしくないんだぜ」

「おれといっしょにオクラホマに行かねえのかよ、相棒？」

「そいつはあんたがすこし眠ってからにしよう。メキシコに行くって話もな」

「つれないこというなよ、ボウイ。おまえ、オクラホマに行っておれのかわいい従妹《いとこ》に会いたくないのか？」

「彼女はおれになんか会いたくないさ」

「おれの故郷の町はあそこからほんの四十マイルだ。おれは家族のみんなに会いたいんだ、ボウイ。会わなきゃいけないんだ」

「おれもディーが三、四百ドル手に入れるとこを見たいよ」

チカモウは唇を堅く引き結んで目を閉じた。息をするたびに鼻が鳴った。ボウイはしばらく様子を見てから、その場にひざまずいてチカモウの靴紐《くつひも》を解《ほど》いた。チカモウが目を開けた。

「なんでおれがオクラホマに行きたいか知ってるか？」

「ああ、知ってるさ。親父《おやじ》さんやお袋さんに会いたいんだろ？　あんたはおれをいっしょに連れてって、ポンプ式散弾銃を持たせて通りの角に立たせ、誰かがあれこれ詮《せん》索《さく》しにこないか見張らせたいんだ」

「それだけじゃない」

「家族と話がしたいってんだろ？」

「親父やお袋はおれがなにを望んでるか知ってるし、おれは生活のための金を持っていってやらなきゃならない。おれの親はとんでもなく貧乏なんでね。どうしても金を渡さないと。いいか、ボウイ。たとえ警察に捕まらなくたって、医学部の死体保存用タンクに浮かぶ羽目になったら意味ないんだぜ。葬儀屋に支払う金がなきゃ、そういうことになるんだ。おまえはどっかのタンクに投げこまれ、最後には切り刻まれることになるのさ」

「そんなに悲観的になるなんて、飲みすぎだよ」

「クソッ、おれはちゃんと埋葬してもらいたいね。葬儀の金はしっかり残して、きちんと埋葬してもらいたい」

「冷やしたタオルを持ってくるよ」

「おれをおいてかないでくれ」

Tダブが部屋に入ってきた。ひげはきれいに剃られ、頬がピンク色になっている。ルーラに酢でリンスしてもらったせいで、白い髪がベビー用ブラシのようにふわふわしていた。Tダブは敬礼するように額に指先をあてた。

「気分はよくなったか、チカモウ？」

「あのテキーラを隠したのは誰なんだ、Tダブ？」

「どこにあるのか、おれは知らん」

「あのガミガミ女に、探してこいといってくれ」

「おまえは酔っぱらってるんだよ、チカモウ。もうおとなしくしたほうがいい」と、Tダブはいった。

「ずる賢い老いぼれめ」と、チカモウはいった。「まったくよ」

マティが入ってきて、ページを広げた雑誌を差しだした。「これを見りゃ、すこしは酔いも冷めるんじゃないのかい」

雑誌は〈トゥルー・ディテクティブ〉で、広げたページには三人の写真が載っていた。

——オクラホマ脱獄囚。報賞金、一〇〇ドル。

ボウイは手のひらで雑誌をはねのけた。「こいつはそんなもん見ないよ。そのロクでもない雑誌は燃やしちまってくれ」

Tダブとマティは出ていった。

「ボウイ、おれといっしょにオクラホマに行ってくれるか？」

「ああ、いま寝てくれりゃ行くって約束するよ。いや、寝なくたって行くさ。ぜったい行くって」

「そのあとで、メキシコに連れてくよ、ボウイ」

「そいつはうれしいね」

ボウイがベッドの端に腰を下ろすと、しばらくしてチカモウは眠りに落ちた。

ボウイはリビングルームに戻った。マティとルーラが玄関の前に立っていた。すっかり身支度を整えていて、床にはバッグがいくつも並んでいる。Tダブの顔はまたもや青ざめていた。

「こいつらは、兄貴に会いに刑務所に行くんだ」と、Tダブはいった。「駅まで送ってくるよ」

ボウイはうなずいた。

「あんたの友だちは、おとなしくなったかい？」と、マティがいった。毛皮のショートジャケットは、下にもうひとつバッグを持っているかのように膨らんでいた。

「あいつならもう心配要らないよ」と、ボウイはいった。

「いま、こいつらに話してたとこなんだ。しらふのときは、あいつはずっといいやつなんだってな」と、Ｔダブがいった。

「あいつなら心配要らないって」と、ボウイはいった。

「近いうちにまた会えるのを楽しみにしてるわ、ボウイ」ルーラのあごには口紅がついていた。

「じゃあな」と、ボウイはいった。

　Ｔダブと女たちが出ていってしまうと、ボウイはベッドルームに戻り、チカモウを見た。彼は口を開けていびきをかいていた。外が暗くなってきたので、ボウイは窓まで歩いていってブラインドをすこしだけ上げた。それから、ドレッシングテーブルの前の椅子《いす》に腰を下ろした。

　チカモウといっしょに行こう、と思った。ほかにすることはなにもない。それに、この隠れ家には女が多すぎる。いますぐにひとりでメキシコに行ったっていいし、Ｔダブとチカモウがガシャートンの銀行をやるっていうんなら手伝ってもいい。でも、このままひとりだけ抜けてもよかった。

チカモウの喉《のど》からは、たるんだタイヤから空気が漏れるときのような音がしていた。

メキシコ？　鹿《しか》や七面鳥、クーガー、それに熊《くま》だっているかもしれない。鹿撃ちをするんなら、四一四ウィンチェスターがいちばんだろう。熊撃ちには？　まあ、そいつは向こうに着いてから考えればいい。しかし考えてもみろ。たとえメキシコだって、二二口径さえあればおれは満足だ。ウサギを狩るだけでいい。あそこにおれを連れてってくれよ、そしたらウサギを探しまわるからさ。

玄関のドアが開く音が聞こえたので、ボウイはリビングルームに行った。Tダブだった。Tダブはソファまで歩いていって腰を下ろした。サージの青いズボンに包まれた太い腿に、タバコの灰がかすかな点を散らしはじめた。

「あのかわいい娘が行っちまうのを見るのはつらかったよ」と、Tダブはいった。

「また会えるじゃないか」と、ボウイはいった。

「奥で寝てるチカモウのせいで、ひでえことになっちまった。あいつときたら、女は金で買うもんだと思ってやがる。やったら出ていくみたいな話は、上品な女にゃ通用しないんだ。ま、あいつは頭がおかしいからな」

「この商売には女を巻きこまないほうがいい」と、ボウイはいった。「あいつがいいたかったのはそういうことさ」

「マティがいなかったら、いまごろおれたちはどこにいると思う？」

「わかってる。たんに、そういう考え方もあるってことだよ」

もしおまえとチカモウがオクラホマに行くんなら、おれはヒューストンに行く、とTダブはいった。いっしょにガルヴェストンかニューオリンズに行かないかと、ルーラを誘ってみるよ。マティは戻ってきて隠れ家の管理をしてくれるだろう。車を一台買って、日々の生活に必要なものを揃《そろ》えさせるために、あいつには二千ドル渡してあるんだ。

その二千ドルについてはおれとチカモウも負担するよ、とボウイはいった。

どこか遠くでサイレンの音が響き、ふたりは顔を見合わせて耳をすました。サイレンが近づいてくるにつれ、消防車の鐘の音も聞こえ、ふたりはほっと力を抜いた。

「でも思うんだよ、ボウイ。いまのおれたちみたいな三人組は、めったに組めるもんじゃない。いまみたいな隠れ家だって、そうそう簡単には手配できない。このまうまいことやれば、二カ月かそこらでひとり五万ドルは儲《もう》けられる。そしたらあとは、その金を手に引退すればいいさ」

「もしガシャートンの銀行をやるつもりなら、喜んで手を貸すよ。それでおしまいにする」

Tダブは首を振った。「ここいらの銀行はもう警戒してるはずだ。例のふたりのガキがおとといどうなったか、おまえも知ってるだろ？　おれたちの事件で世間が熱くなってるときにあんなことするからだ」

「あいつらみたいに人を殺したりすれば、そりゃ当然ヤバいことにもなるさ」

「やつらは世間知らずの田舎もんさ」

ボウイは折ったマッチで爪《つめ》の掃除をはじめた。

「もしできるなら」と、Tダブはいった。「五万ドル手に入れて、そいつをそっくりそのままでっかいシンジケートに投資したいね。そうすりゃ、ひと月に二百ドルか三百ドルの払戻金を受け取れる。それから、おれたちとおなじ泥棒の医者を見つけて指紋を削ってもらい、ひげを長く伸ばし、ケンタッキーの山奥の小さな農場にこもって、世界が終わるまでジャケットの後ろにヤドリギをぶらさげて生きるんだ（クリスマスの日にはヤドリギの下でキスをしてもいいという風習から、「おれのケツにキスをしろ」＝「くたばりやがれ」の意）」

「こんなふうに家んなかに閉じこもってるなんて、おれはまっぴらごめんだな」と、ボウイはいった。「だけど頭が悪いもんだから、自分がなにをしたいのかもわからない」

「そりゃ我慢しなきゃならないこともある。おまえがどうやって金をつくるかはおれの知ったこっちゃない。どんなことだろうと、いちかばちかやってみることはできるさ。パイロットになったっていい。おれの従弟《いとこ》に、軍隊に入ったやつがいる。兄貴に送ってきた手紙によると、単独飛行で飛びまわってるそうだ。あいつはおれより若死にするね、間違いないよ」

「この仕事にここまで深く足をつっこむつもりはなかったんだ。おれもいつかは、あのインディアンみたいになっちまうんだろう。この道をできるかぎり遠くまで行く。勝とうが負けようが、引き分けに終わろうが」

「おれが道を誤ったのはガキのときだ」Ｔダブは片方の脚を上げ、磨き抜かれた靴先をじっくりと眺めた。「でも、ガキってやつはものが見えてないもんだからな。おれだって、弁護士になるか店を経営するか、選挙に立候補するかして、拳銃《けんじゅう》なんかじゃなく、頭を使って人の金を盗めばよかったんだ。だけどおれは、へいこら働いても日給二、三ドルにしかならないような仕事にゃ向いていなかった」

「おれは自分になにかべつのことができたとは思わない」と、ボウイはいった。「なるようにしかならなかったのさ」

真夜中の十二時をすこしまわった頃、廊下をぺたぺたと歩いてくる音が聞こえ、明かりのついた部屋にチカモウが入ってきた。彼は鼻をこすり、顔をしかめた。

「誰か、タバコ持ってないか？」

ボウイがタバコを差しだした。チカモウは部屋を歩いていき、ソファにすわっているＴダブの隣に腰を下ろした。タバコを持つ手が震えていた。彼は両足のくるぶしをこすり合わせていたが、それからとうとう手を伸ばして左のくるぶしをかいた。

「いま何時だ？」

「十二時過ぎだ」と、ボウイはいった。

「おれはここでなにをしてたんだ？　すげえ気分が悪い」

「酒がちょいとすぎたみたいだな」と、Ｔダブがいった。「女たちは出てったよ」

「そうなのか？」

「おれの兄貴に会いに行った」

チカモウはこんどは反対のくるぶしをかき、それから肘《ひじ》をかいた。

「ボウイとおれは仕事の話をしてたとこだ」と、Ｔダブがいった。「もしおまえたちふたりがオクラホマに行くんなら、一カ月だけ様子を見て、そのあとでまた三人で会うっていうのはどうだ？　場所はガシャートンの例の隠れ家。日取りは……十一月の十五日ってことで」

手にしたタバコを床に落としてしまい、チカモウは唸《うな》りながら拾いあげた。「おれはそれでいい」

「おれもだ」と、ボウイはいった。

「なら、十一月十五日にガシャートンで」と、Tダブはいった。「もしあそこで銀行をやることになったら、おれにとっちゃ三十一番目の仕事ってことになる」

第10章

けさは冷えこみが厳しく、風に吹かれたポプラの落ち葉が歩道の上でカサカサと音を立てていた。ボウイはチカモウの大きな革のトランクと自分の茶色い肩掛けかばんをガンメタルの車まで運び、後部座席に押しこんだ。ダラスに行ったらオーバーコートを買おう。現ナマがポケットに入ってて、コートだろうがなんだろうが必要なものはなんでも買えるとわかってるのは、なかなかいいもんだ。間違いない、金はちゃんと持ってる。あのバッグのなかには七千ドル、このジャケットのポケットとズボンのふたつのポケットには、合わせて一万ドル。さらに、この車のトランクには三千ドル相当の銀貨が積んである。

毛布に包んだ銃器類を抱えてチカモウが出てきた。黒い大型トランクを持ったTダブがそれにつづいた。Tダブは服の襟を立てて喉を覆い、蝶番《ちょうつがい》でつなげた骨みたいな動き方をしていた。当人の話だとリウマチらしい。

「たっぷりルーラを服用すれば、すぐに回復するさ」と、チカモウがいった。

Ｔダブはダウンタウンのサンタフェ駅で車を降り、にやりと笑って敬礼してから、建物のなかへ姿を消した。列車でヒューストンに向かうのだ。

ダラスへの道中、ボウイとチカモウは今後どうするかを話し合った。ふたりはいちばん大きなホテルに部屋を取った。ボウイはＡ・Ｊ・ピーボディと名乗り、チカモウはコロラド州デンヴァーの野球選手からとって、フランク・マスターズと名乗った。ここには丸一日滞在し、チカモウが車を買う予定だった。そして、暗くなったらオクラホマを目指して出発する。

「あんまりでかい車にしないほうがいいんじゃないかな」と、ボウイはいった。「でっかい車に乗ってると、誰もがじろじろ見るだろ？」

「おまえはなにもわかっちゃいないな。もし真っ赤なタイヤホイールとでっかいホーンのついたグリーンのパッカードが手に入るんなら、おれはそれに乗るね。そしたら世間のやつらは車に目を奪われて、おれなんか見もしないだろうからな」

「この車をディーにやったら、おれはまたＶ８を買うよ」と、ボウイはいった。

厚い絨毯《じゅうたん》の敷かれた静かなホテルの部屋――八一四号室――にはバスルームがついており、ボウイはいま、ひとりでバスタブにつかっていた。ホテルってやつはどこよりも安全だ、と思った。たとえば、ホテルのフロント係がなにかに気づいたとしたら？　おそらくそいつは、大急ぎで警察に通報したりはしないだろう。ホテルの滞在客は、自分のすぐ目の前で戦争がおっぱじまるのを喜んだりしない。それに、金を景気よくばらまいている人間は、すぐには逮捕されたりしないものだ。金を受け取った人間は、その場で警察に駆けつけたりしない。人間ってやつはそんなふうにはできていない。ボウイはジャケットの内ポケットから札束を取りだし、青いベッドカバーの上にポンと落とした。

「そして、ばらまく金ならここにある」

風呂《ふろ》に入ってひげを剃ったあとで、ボウイは下へ行ってロビーに腰を下ろした。周囲にいる男たちはみな、プレスのきいたスーツを着ていた。靴はどれもぴかぴかに磨かれているし、ベストには懐中時計のチェーンが伸びている。他人をじろじろ見るような人種じゃない、とボウイは思った。そんなことをするのは、小さなガソリンスタンドに閉じこめられ、タバコを嚙《か》みながらロクでもない犯罪実話雑誌を読むしかすることのない世間知らずの田舎者だけだ。

その後しばらくしてから、通りに出て店のウインドーを見てまわった。鏡に映った自分の姿をじっくり見て、この帽子はつばが広すぎると思った。まるでカウボーイみたいだ。通りの角にある百貨店に行き、新しい帽子と青いダブルのオーバーコート、手提げかばんをふたつ、背中にベルトのついたパウダーブルーのスーツを買った。あのインディアンに、ちょいと洒落《しゃれ》た格好をしたところを見せてやる。

つづいて宝石店に行き、ガラスの蓋《ふた》がついた懐中時計とチェーンを買った。それから、バンドにダイヤモンドが六つついた女性用の腕時計も買った。こいつを渡したら、あの小さな兵隊は目をまんまるにするだろう。

八一四号室に帰ったときには正午になっていたが、チカモウはまだ戻っていなかった。

ボウイは試しにパウダーブルーのスーツを着てみたが、なんだかギャングみたいで、彼にはちょっと派手すぎた。これを着て行ったら、あの小さな兵隊は失笑するにちがいない。なんだっておれは、あの娘のことを考えて浮かれてるんだ？　こんなところでバカをしていても、ただの空回りじゃないか。彼女にはほかに考えることがいろいろあるんだ。おまえみたいな泥棒のことなんか、考えてるはずないだろ。

もうそろそろ、母さんに金を送らないとな、とボウイは思った。百ドル札を五枚、ホテルの部屋に備え付けの便箋《びんせん》に包み、封筒に入れた。あのいいとこなしの亭主がいなければ、五千ドル送ってもいいとこだ。あの男はありったけの金をむしりとっちまう。あの二番目の亭主だったら問題はなかったんだ。あいつは結構いいやつだった。頭は悪かったが、あいつなら助けてやってもいい。

アルカトナ刑務所に入ったままのジムとレッドにもすこし送ってやろう。ジムは甘い牛乳が好きだが、町なら一クォートで五セントなのに、あそこの刑務所じゃ二十セントもする。レッドは機械巻きのタバコしか吸わない。いいかおまえら、おれが買ってやるからな。近いうちに郵便局へ行って、ひとりにつき百ドル送ってやるよ。しかしまずは、あちこちの町に寄って一ドル札を二十ドル札に両替しなきゃならない。いまは一ドル札がごっそりある。それを持って銀行の窓口をまわり、一回につき二、三十ドル分両替する。そしたらじきに、すべて処分することができる。

ボウイは靴を脱ぎ、ベッドに横になった。八一四。おいおい、八足す一足す四は十三だぞ。いや、こんなことに意味はない。そりゃ考えすぎってもんだ。

メキシコ？　あそこじゃなんたって金がものをいう。一ドルが三ペソ。二万ドルだったら？　とんでもない額だ。こっちにいるあいだに車やらなにやらを買ったりと、準備のための金がある程度必要だが、それでも一万五千ドルは残るから、四万五千ペソになる。もしガシャートンでもう一回銀行強盗をやったら？　すごいぞ。おれはとんでもない大金持ちに……。

ボウイが目を覚ますと、チカモウが見下ろしていた。

「拳銃でもぶっ放さなきゃ起きないかと思ったぞ。しょうもないやつだな」チカモウは酒の臭《にお》いがした。

「いま何時だい？」

「暗くなったらすぐに出るつもりなら、さっさと用意をしたほうがいい」

ボウイは腹の奥に、かすかなしぶきのような感覚を覚えた。

新車のオーバーンに乗って前を行くチカモウが窓から手を突きだして合図した。ボウイはスピードを落とし、ハンドルを切ってサンドイッチスタンドの前に車を乗り入れ、チカモウの車の脇に停めた。店の前にはビールの絵のネオンサインがあり、サンドイッチの値段を書いたボードが出ていた。制服を着た若い娘がやってくると、チカモウは持ち帰りでビールを十二本注文した。

娘が店に戻ったあとで、チカモウは通りの先の左手の角にあるガソリンスタンドを指さした。〈ガソリン……13セント〉という看板が出ている。

「おれはあのガソリンスタンドに入ったことがあるんだ。店の爺《じい》さんはおれを見て目玉が飛びだすほど驚いてた。たしか木の義足をつけてたな。爺さんがこっちを見てるのを、おれは目の隅で観察してた。しばらくして、その爺さんはいった。『なんてこった、おれには関わりのない話だが、おまえが誰だか知ってるよ』ってな。だからおれは、『人違いだろ』といってやった。すると爺さんはいった。『いや、おまえは間違いなくエルモ・モブリーだ。だけどな、おまえさんがここを出てったらすぐに忘れるよ。おれは誰も見たりしなかった。おまえさんに似てる人間もな』」

「ほんとにあんたを知ってたんだな？」

「ああ、そうだ。しかしおれは認めたりしなかった。爺さんはいった。『ここの銀行が破産しておれの預金がフイになっちまうまえに、あんたが強盗に入ってくれてりゃよかったんだがな。銀行のクソ野郎たちに持ってかれるよりは、おまえさんみたいな貧乏小僧に持っててもらったほうがよっぽどましだ。あの銀行家はもうどっちも刑務所を出て、ここに住む四、五百人の住人から盗んだ金でいまも贅沢三昧《ぜいたくざんまい》の生活を送ってるよ』」

「へぇー、じつにまっとうな人間《リアル・ピープル》じゃないか」

「おれは十ドル札を出して、釣りはとっとけといってやった」

「ときにはまっとうな人間もいるってことだな」

若い娘がビールを袋に入れて戻ってきた。チカモウはそれを車に積みこみ、ボウイにいった。「もしおまえがすごく急ぐようなら、この町を出るまではおまえが自分の好きなスピードで先を走ってもいいぞ。ただしいっとくが、アクセルを踏みこんだほうがいい。さもなきゃおれが轢《ひ》いちまう」

「オーケー」と、ボウイはいった。

ボウイは大通りを折れてオクラホマ・ハイウェイを目指した。バックミラーに後ろをついてくるチカモウの車のヘッドライトが反射していた。一時間半もしたらケオタに着いているだろう。車がイカれてしまうかもしれないが、どうとでもなれだ。ベストの左ポケットに入れた小さな硬い膨らみが感じられた。だいじょうぶ、時計はちゃんと入ってる。ボウイはさらに強くアクセルを踏んだ。

通りの先で交差している脇道《わきみち》の右側から、ヘッドライトがひとつしかついていない車が近づいてきた。しかし、あそこには一時停止の標識がある。ボウイはアクセルをやや緩めた。ところが、向こうの車は一時停止を無視して突き進んできた。ボウイは急ブレーキを踏んでクラッチを切り、ハンドルを切って車線からそれた。しかし二台の車は激突し、バケットシートがボウイの頭に落ちてきたのにつづき、砕け散ったガラスが大量に降りそそいだ。ボウイは思った——こいつはマズいことになるぞ……。

吹き飛んだドアから外の草地に投げだされたボウイは、ゆっくりと立ちあがった。映画のスローモーション場面に出てくる人物にでもなったような気がした。いまは二本の脚で立っているが、背中が怖いほど重い。向こうに自分の車が見える。斜めに傾いだ街灯柱にラジエーターがめりこんでおり、その向こうに古いクーペが見える。なかで誰かがうめいた。片方だけついていたヘッドライトはいまだに光を放っていた。

人間の形をした影のようなものがボウイのそばに寄ってきた。「怪我《けが》はないか？」と影がいった。「ああ」とボウイはいった。自分の車のほうに向かって歩きはじめたが、鋤《すき》を引っぱっているかのように身体《からだ》が重かった。あれを取ってこないと……あれを絶対に……。

潰《つぶ》れたクーペのなかにいるのは女だった——「ああどうしようああどうしようああどうしよう……」

ボウイは自分の車にたどりつき、眠りこんでしまったように感じられる両手でハンドルをつかんだ。誰かに押され、身体がよろめいた。「なに考えてんだよマヌケ、おれの車に乗れ」と、チカモウがいった。

ギアをローに入れた千台近いトラックが高い丘を必死に登ってくるような音がどこからか聞こえてくる。いや、あれはトラックじゃない、とボウイは思った。サイレンだ。ズボンの右ポケットに指を突っこんだが、空っぽだった。銃が消えている。おれの運なんて、結局はこんなところだ。ボウイは作業をしている黒い影のあいだを縫って通りを横切り、重い鋤を引っぱってチカモウの車に向かった。前部座席に這《は》いのぼった。後部座席にバッグを放りこむ音がドサッと響いた。ほかのもんはクソ食らえだ、チカモウ。早くしろ。やつらが犬を連れてこっちに……。

懐中電灯の光がガスバーナーの火のようにボウイの顔を照らした。その向こうから声がした。「なにをそんなに急いでいるんだね？」

「急いじゃいないよ」と、ボウイはいった。

「こいつを医者に連れてくとこなんですよ、おまわりさん」と、チカモウがいった。バッグがもうひとつ、後部座席にドサッと投げこまれた。「かなり強く身体を打ったんでね」

「かなり強く打ったんだ」と、ボウイはいった。懐中電灯のスイッチが切られ、警官の顔が見えた。膨れあがったあごはまるで豚足のようだった。隣には黒い帽子をかぶった警官がもうひとりいた。

「どこからきたんだね？」と、警官がいった。

「デンヴァーです」と、チカモウがいった。「もし話が聞きたいんだったら、病院までいっしょについてきてくれませんかね」

「向こうの女性は怪我をしてる。聞いたところだと、きみがスピードを出しすぎてたらしいじゃないか」と、警官がいった。「車から降りてわたしといっしょにくるんだ。おまえもだぞ、相棒」

「今回は勘弁してくださいよ」と、チカモウがいった。

　二番目の警官がいった。「いっとくが、しのごのいってると留置場に放りこまれることになるぞ」

「勘弁してくれませんか、おまわりさん……」靴が地面を蹴《け》る音につづき、ボウイの頭上で千頭の馬がひづめの音を轟《とどろ》かせ、車のルーフを駆け抜けた。銃声だ！　ボウイはパネルポケットに手を伸ばした。こいつは命を落とすことになりかねないぞ。

　ラジオを切ったかのように音が消えた。つぎの瞬間、チカモウがハンドルの前にすわっていた。離陸する飛行機のようにエンジンが唸り声を上げ、前方の路上の影がウサギのようにちりぢりに逃げ去った。

　車はぐつぐつ煮え立った湯のような音を立てて突き進み、ハイウェイの風を切り裂いた。チカモウがパネルのボタンを押すとスピードメーターの明かりがついた。ボウイの目には、霧の向こうで明かりがともったように見えた。チカモウがボタンを叩《たた》くと、計器盤はふたたび暗くなった。

「おまえ、屠所《としょ》のブタみたいに血を流してるぞ」

「おれならだいじょうぶだよ」

「気持ちを切り替えるんだ」

「ちょっとした戦争だったな」

「警官のやつらも、おっぱじめるだけの度胸はあったな。受けて立つだけの度胸がよ」

「ヘッドライトが片方切れたあのポンコツのせいだ。いきなりまともに突っこんできやがったんだ」

「おまえのことはディーのとこに落としてく。警察はしゃかりきに追ってくるはずだ。おれはおまえを落としたら、そのままひとっ走りして、どこかでこの車を燃やす」

「ちょいとした戦争になっちまったな。あのポンコツのせいで」

「怪我はたいしたことないんだろ？　屠所のブタみたいに血を流してるが」

「おれならだいじょうぶだって」

　チカモウはべつの車の赤いテールランプを急ハンドルで追い抜き、つづいてさらにもう一台追い抜いた。

　ちょっと胸がムカムカするだけだ、とボウイは思った。それだけさ。母さんに髪をカットしてもらったあとは、いつだって立ちあがっただけで気持ち悪くなったもんだ。

当時の母さんはピーボディって姓だった。いやちがう、あれは最初の再婚相手の名前だ。あの頃の亭主は大工で、名前はヴァインズだ。ほらな、チカモウ、もう気持ちは切り替わったよ。頭もすっきりしてる。名前はヴァインズだ。モンキーレンチでつかんでひねりあげたかのように、ボウイの背中に激痛が走り、腹筋が引き攣《つ》って洗濯板のように硬くなった。

「どうした？」と、チカモウがいった。

「おれはだいじょうぶだ」

ディー・モブリーのガソリンスタンドに着くと、チカモウは日除《ひよ》け屋根の下の暗がりに車を乗り入れ、外に降りて店の裏に姿を消した。一時間だけ寝かせてくれ、とボウイは思った。そしたらすっかり気分がよくなるはずだ。

ボウイが車から降りたところで、チカモウがディーを連れて戻ってきた。ボウイはがっくり膝《ひざ》をついた。両足が茹《ゆ》でたマカロニになってしまった気がした。「なんかおかしくないか？」と、ボウイはいった。チカモウとディーは彼をベッドに運んだ。

「おまえの荷物はぜんぶベッドの下に入れてある」と、チカモウがいった。

「ありがとう、チカモウ」

エンジンの音を響かせチカモウが去ってしまうと、ディー・モブリーがウィスキーを一杯飲ませてくれた。酒は指の爪のように、ボウイの口と喉をぎゅっと締めあげた。

ディーは無言で腰を下ろしたり立ちあがったり部屋を歩きまわったりしていたが、やがてようやくのことでいった。「傷はそれほど深くはないんだろ？」

「ああ」と、ボウイはいった。

「おれにここにいてほしいか？」

ボウイは首を振った。「心配いらないよ、ディー」

「おまえらがどんなトラブルに巻きこまれたかは知らん」と、ディーはいった。「しかしな、いまおれがおまえのそばにいても意味がないと思うんだよ。ただ、ここはいくら使ってくれてもかまわない。こんな店、売っても損するだけでね。そうでなきゃ、とっととたたんで入口に〈閉店〉の看板を下げ、タルシーに行ってるとこだ。食いもんはたっぷり用意しといてやるし、水はあるから、好きなだけいてくれてかまわない」

「金のことは心配しなくていい」

「しかし、おれのほうはそうもいかなくてな」

ボウイはディーに五十ドル札を十枚渡した。「あんたの家族には、おれには近づかないほうがいいといっといてくれ」

「そもそもここにくるのはキーチーだけだ。あいつにはこの金をすこし渡しとく。そうすりゃあいつも、マスコギーかどっかに行ける」

「そうしてくれ」

小屋のブリキの屋根にペカンの木の枝がこすれ、猫が網戸をひっかくような音がした。もっと悪いことになってたかもしれないんだぞ、ボウイ。前向きに考えなきゃだめだ。いまもあそこに横たわってたかもしれないんだ。なのにこうして息をしてるじゃないか。まだ金もある。銀貨はもうないが、あんなもんはクソくらえだ。あのポンコツめ。八一四。あれだ。八足す一足す四は十三。やっぱりそうだ、だからいわんこっちゃない。それに、もしあのときチカモウがいっしょにいてくれなかったら？

第11章

ドアの隙間《すきま》と窓のブラインドの隙間から朝日が入りこみ、凍りついて離れない身体の痛みに、重い鉛のようにのしかかった。ディー・モブリーの小汚い冬用の下着がベッドの支柱に引っかかっていた。あと一分したら起きるぞ、とボウイは思った。そしてストーブに火をつけるんだ。身体がすっかり冷えきっている。だから調子が悪いんだ。

舌の先でぐらぐらになった前歯に触れると、歯槽が軋《きし》った。鈍いエンジン音を響かせながらカーブを曲がってきた車がガソリンスタンドの前を爆音で通りすぎ、空を飛ぶ鳥の群のような音を響かせながら遠ざかっていった。

おれは起きるぞ。ひとつは金のため、ふたつはショーのため。四つ数えたらさあ行くぜ——で身体を起こすんだ。だけど身体を起こしてなんの意味がある？　一日じゅう、することなんかなにもないんだぞ。ひとつは金のため……チカモウが車を処分するのに二日以上かかることはないだろう。今夜には顔を見せるはずだ。ひとつは金のため……。

　これは現実なんかじゃないんだ。こんなとこに横になって、起きあがろうとしてるなんて。おれは霊になってるんじゃないか？　本物のおれはまだあの道路《どうろ》際《ぎわ》にいるんだ。いや、それもおれの霊だ、本物のおれは電気椅子にすわってるんだ。おれは九つの命を持つ猫みたいなもんだ。そうとも、そのうちのひとりは電気椅子にすわってて、もうひとりはあの道路際にいる。残る命はあと七つ。こんなとこに横になってたら、頭がおかしくなっちまう。ひとつは金のため！……ガソリンスタンドの日除け屋根の下に車が入ってきた。ボウイは身体を起こし、右手を床にのばした。おいおい、銃さえないのか……。

　ノブがまわってドアが開き、赤いセーターを着た人影が見えた。武器はなにも持っていない。キーチーだった。ボウイは顔がセロファンの仮面で覆《おお》われているような気がした。うっかり息をしたら、顔の皮膚がバリバリと音を立てそうだ。

　キーチーはドアを閉めてボウイのほうにやってきた。「いったいどうしたの？」

　ボウイは息をついた。「事故にあったんだ」

　キーチーはベッドのわきに立った。「なにがあったの？」

ボウイは自分の唇に触れた。「おれの唇が見えるだろ。ひどく腫《は》れてるはずだ」

「怪我や骨折は？」

ボウイは首を振った。

「撃たれたの？」

「ちょっと背中を打っただけだ」

キーチーは灯油ストーブのほうに歩いていった。マッチを擦るポッという音につづき、ストーブの芯《しん》がパチパチと音を立てた。

ボウイはふたたび身体を横たえ、枕《まくら》に頭を乗せた。ストーブの上でやかんがカタカタいいはじめた。

キーチーの薄くて乾いた唇の両端から頬骨にかけて、二本のしわが寄った。その瞳《ひとみ》は焦《こ》がした砂糖の粉末のような色をしていた。

「おなかは空《す》いてる？」

ボウイは首を振った。「きみはマスコギーかどっかに行くことになってるって、お父さんがいってたぜ」

「へえ、そう」

「お父さんは無事に出てったんだろ？」

「ええ」

「ここには近づかないほうがいい。おれはちょっとマズいことになってるんだ」

「そうみたいね」

熱い濡《ぬ》れタオルがボウイの顔の薄くパリパリした皮を溶かし、唇を柔らかくした。キーチーの指が顔に触れた。ボウイはそれをなめたかった。もうしばらくそばにいてほしかった。もうすこしだけ……。

「おれには金がある」と、ボウイはいった。「いま着てる服と、ベッドの下の茶色いバッグのなかに。ぜんぶで一万九千ドルある」

キーチーは両手でタオルをすくいあげるように持ったまま背筋を伸ばし、ボウイを見た。

「なんでそんなことを話したのか、自分でもわからない」

「手に入ってよかったわね。それがあなたのほしいものだってことなら」

「おれがいいたかったのはそういうことじゃないんだ。ここにいるのはきみのためにならないんじゃないかって言いたかっただけさ」

「あなたには助けが必要よ」

「ちょっと思ったんだよ。金ならあるんだから、きみは旅にでも出るか、どこかに行けばいいんじゃないかってさ。若い女の子はどっかに行くのが好きだろ？」

「ほかの子たちがなにをしたがってるかなんて、わたしは知らない」

「なにも深い意味があっていったんじゃないよ、キーチー。誤解しないでくれ」

「怪我をしてるのが犬でもわたしはおなじことをするわ」と、キーチーはいった。

「うつ伏せになってシャツをまくりあげて。背中に薬を塗ってあげるから」

　キーチーは正午に帰っていったが、また戻ってくるといった。たぶん、暗くなってからになると思うけど。ギプス用の石膏《せっこう》と、タバコと、なにかうがいをするものを持ってくるわ。Ｔ型フォードは使わずに、歩いて戻ってくる。マーラ伯母さんには町を出るといっておくつもり。寝泊まりはガソリンスタンドでする。

　ボウイはキルトと枕にもたれかかり、ベッドで休んだ。すべてよしだ、と思った。さんざんな悪運に見舞われたんだから、これから二、三日はなにごとも起こらないだろう。

　ベッドの上に載っている綿の下着は、死んだウサギの皮のように見えた。ボウイは立ちあがり、窓の下枠においてあった錆《さ》びた爪やすりを手に取ると、その先に下着を引っかけて床に落とした。それから、ベッドの下に蹴りこんだ。

第12章

半熟の卵と細かく砕いたクラッカーを入れたピーナッツバターの空き瓶のなかで、ふたりのスプーンがカチカチと鳴った。石油ストーブのギザギザした王冠のような炎が、ベッドの足側の端に腰を下ろしているキーチーの顔に黄金色の光をちらちらと投げかけていた。

「もっと食べなくちゃだめだよ」と、ボウイはいった。「きみはずっとなにも食べてないし、ろくに寝てもいない。そんなやつ、普通いないぞ。一晩に二時間か三時間しか寝てないじゃないか。そんな話、聞いたこともない」

「わたしなら三日徹夜してもぜんぜん平気。生まれてからずっとそう」

「最後に会ったときに較《くら》べてすこしやせたよ。しっかり寝て、もっと食べなきゃだめだ。おれなんか、毎晩八時間か九時間か十時間は寝てる。さもなきゃ、息を吹きかけられただけで吹っ飛んじまう」

空っぽになった瓶のなかをスプーンでひっかきながら、ふたりは笑った。

「この町を出ていきたいと思ったことはないのかい？」

「ええ」キーチーは立ちあがり、ボウイの手から瓶を取りあげ、自分の瓶といっしょにテーブルに持っていった。それから、戻ってきて腰を下ろした。彼女は話した。その声はストーブの真鍮《しんちゅう》にぼんやり映った顔のように柔らかだった。

一度、ガソリンスタンドに給油にきた老夫婦と親しくなったことがあるの、とキーチーはいった。ご主人のほうは身体が麻痺《まひ》していて、療養のために田舎をまわってたのよ。ふたりはわたしに何度も葉書を寄こし、いっしょに住まないかと誘ってきた。わたしは行きたいと思ったけど、やがて葉書がこなくなって、そしてとうとうある日、おばあさんから葉書が届いたの。おじいさんが死んだって。

「そりゃつらいだろうな。きみは女の子だし、いなかったわけだから……」

「いなかったって？」

「お母さんがだよ」

キーチーは首を振った。「どんな母親かにもよるわ」

「おれは母さんがいなけりゃ、どうしていいかわからない。おれには声ひとつ上げたことがないんだ」

「伯母さんの話じゃ、父さんが酒に溺《おぼ》れていまみたいになったのは、母さんのせいなんだって。だけど、そんなの関係ない。悪いのは父さんで、母さんはいい人だったのかもしれない。でも、母さんがいい人だなんて思えないの」

小屋の外から、テキサコシティのサイレンのような音が響いてきた。ボウイは身体を硬直させ、あごと喉《のど》の皮膚を引き攣らせた。

「どうしたの？」キーチーが立ちあがった。

幹線道路沿いに伸びている電話線が風に吹かれただけだった。

「なんでもない」と、ボウイはいった。

「背中は？」

ボウイは首を振った。「古い世界は古い世界にすぎない。そうじゃないか、キーチー？」

「そうね」

「きみの恋人はどんなやつなんだい、キーチー？」

「なんでそんなこと訊くの？」

「なぜって、ただちょっと訊いてみようと思っただけさ」

「なぜ？」

「おれには関係のないことだけど、女の子にはたいてい恋人がいるだろ。だから訊いてみたんだ」

「たいていの女の子がどうしてるかなんて、わたしは知らない」

「男があんまり好きじゃないのかい？」

「べつに、女より劣るとは思わないけど」

「きみは人に厳しいみたいだな」

「そう？」

「恋人がいたことはないのか？」

「ええ」

「いっしょに教会に行くとかいった相手も？」

「ええ、いない。いたほうがいいと思う？」

「いや、そうじゃない。ただ訊いてるだけだ。おれには関係ない話だしな」

「恋人がいても、それがなんかの得になるとは思えない」キーチーはボウイの身体ごしに手を伸ばし、窓の下枠からタバコのパックを取りあげた。ポロシャツの下で胸が震えた。

「おれにも一本くれ」と、ボウイはいった。「チカモウはいったいどうしてるのかな。

たぶん、家族に会ってるんだと思うんだけど」

「あんな男とつるんでなければ、あなたはもっとずっとうまくやっていけるのに」

「おい、キーチー、きみは従兄《いとこ》のことを誤解してるよ」

「わたしには親戚《しんせき》なんて誰もいない」

「きみは小さな兵隊だな。間違いない」

「なんでそんなふうに呼ぶの」

「なぜって、きみは小さな兵隊じゃないか。だろ?」

「そうね」

キーチーはテーブルまで行き、頑丈なコーヒーポットを持ちあげてなかを見た。それからいったんテーブルにおき、もう一度手に取った。

「キーチー」

彼女はコーヒーポットを持ったまま振り返った。

「ここにきてから、ずっと渡したいと思ってたものがあるんだ。いま受けとってくれるかな」

「なんなの?」

「小さな古い時計だ」

キーチーはポットをテーブルに戻した。

「ほしいかい？」

「あなたはもらってほしい？」

「ああ」

「なら、ほしいわ」

第13章

四日目の晩、チカモウが戻ってきた。顔色はハムの皮のようで、ジステンパーにかかった犬のような目をしていた。ボウイは大声を上げて喜んだが、キーチーはお帰りのひとこともかけずに小屋を出ていった。

「どうやらだいぶよくなったみたいだな」と、チカモウがいった。

「おれならだいじょうぶだ」

「おれのほうはそううまくいかなかった。金はぜんぶ使っちまったよ」

「どういうことだよ、チカモウ。なにかまずいことでも?」

タルサのホテルでギャンブルをやって、有り金をぜんぶすっちまったんだ、とチカモウはいった。ただし新しい車と銃器類はまだ手元にある。小型機関銃もだ。そうとも、いま外に駐《と》めてあるビッグ・パパさえあれば、ちょいとした戦争くらいいつだっておっぱじめられるぜ。

「家族には会ったのかい？」

チカモウは首を振り、鼻毛を抜きはじめた。「こんなヤバいときに、接触したりしたくなかったんだよ、ボウイ」

「でも、あんたは無一文ってわけじゃない。おれの金はまだある。な？　必要なもんがあったらなんでもいってくれ」

「ガシャートンに戻ってTダブとまたひと稼ぎするのが待ちきれない気分だ。あと何日か休めば、起きてまた車を運転できそうか？」

「いまだってやれるくらいさ」

「いや、いますぐとはいっちゃいない。もし五千ドル貸してくれれば、家族に会いに行くよ。六千ドルならなおありがたいんだがな。どうだ？」

「もちろんいいとも」

「しかし、あれだけの大金をいっぺんにすっちまうなんて信じられるか、ボウイ？　おまえも知ってのとおり、ポーカーの腕前にかけちゃ、おれはちょっとしたもんだ。なのにすっからかんに巻きあげられちまった。よく考えてみりゃ、なんかイカサマをしてたに違いないんだ」

「大物のギャンブラーってやつは泥棒だからな。あいつらには近づかないほうがいい」

「新聞はちゃんと見てるんだろ？」

「いや、ぜんぜん」

「ぜんぜん？」

「ここでずっと寝てたんだ。テキサコシティのことかい？」

「世間はおれたちの話で持ちきりだぞ」

「警察は？」

「ほかのニュースなんか、ぜんぶ吹っ飛んじまった」

なにかを引っかくような音がした。ボウイは期待のこもった目をドアに向けたが、それは閉じたまま開かなかった。ペカンの木の枝が小屋の壁に当たっただけらしい。

チカモウは小屋を出て、すぐに戻ってきた。ボウイは茶色いバッグをベッドの上に引っぱりあげ、なかから金を出した。チカモウは四五口径をベッドの上においた。

「拳銃《けんじゅう》があると嬉《うれ》しいね」と、ボウイはいった。

「貸してくれてありがとよ」と、チカモウはいった。「おれはずっとおまえのことを考えてたんだ。おまえは金をすったりしないし、酒を飲んだりもしない。ただのでっかい田舎もんだ。でもな、おまえならきっとうまくやってくはずさ。おまえはなにか持ってる。それがなんなのか、おれにはさっぱりわからんが」

「テキサコシティじゃヘマをしちまったけど」

「じゃあ、おれは行くよ、ボウイ。なにかあっておれが二、三日で戻れなかったり、おまえが急いでここを出なきゃならなくなった場合には、ガシャートンで会おう。Tダブをがっかりさせるわけにはいかないからな」

「気をつけろよ、チカモウ。酒は控えろよな」

「もし二、三日で戻ってこないときは、ガシャートンで会うってことでいいか?」

「メキシコの言葉でオーケーはなんていうんだ?」と、ボウイはいった。

「エスタ・ビエンだ」と、チカモウはいった。

「エスタ・ビエン」と、ボウイはいった。「ほんと、近いうちにメキシコに行きたいもんだな。こんな暮らしはいつまでもつづけられないよ、チカモウ。だろ?」

「きっと行けるさ。心配すんなって」

第14章

早朝の光が部屋の闇《やみ》をぼんやりと灰色に染めはじめるのを眺めながら、ボウイはひとりベッドに横たわったまま、豚足みたいなあごの警官のことを思い出していた。狭苦しいバケットシート、砕け散ったガラス――電気椅子《いす》、霊魂、猫。ペカンの木の枝が何度となく屋根を引っかいていたが、キーチーはいっこうに姿を見せなかった。ああ、なんてこった、ピシッ。しかし、ようやくのことでキーチーが姿を見せると、霊魂がどうとかいったイカれた考えは、ボウイの頭から一気に消し飛んだ。

やがて夕闇が降り、きれいに磨かれたピーナッツバターの空き瓶が、灯油ストーブの青い炎をうけて優美にきらめきはじめた。ボウイはキーチーを見つめた。彼女が両手でふきんをパンパンと振ると、風に吹かれたスカートのようだった。ボウイの視線はその力強い指に釘《くぎ》づけになった。今夜は口紅を引いていた。しかし、キーチーの唇を見つめるのは、鍵穴《かぎあな》から彼女の裸をこっそりのぞき見るようなものだった。

キーチーは伸ばしたふきんを椅子の背にかけ、灯油の缶を手に取った。

「夜にそなえて、ストーブに灯油を足しておいたほうがいいみたい」

「きみはコートを着るべきだ」と、ボウイはいった。

キーチーが行ってしまうと、あすの朝起きたらなにをしようかと考えた。彼女が持ってきてくれた日曜版の大衆紙は朝になるまで読まない。第一、ボウイが読むのは娯楽面とコミックくらいなのだ。

キーチーが戻ってきて、ストーブに灯油を入れ終えると、ベッドのほうにやってきた。

「ゆっくり眠れるといいわね」

ボウイはシャツの襟の先をいじっていた。「きみが行っちまうのはいやだな」

「そう？」

「今夜はなんだか気持ちがブルーなんだ」

「仕事はもうぜんぶ終わったけど、べつに急いでるわけじゃないわ。もしここにいてほしいんなら……」

「急いでないなら、もうちょっとだけいてくれよ」

キーチーはベッドの端に腰を下ろし、脚を組んだ。ペカンの木の立てる音は、いまは優しい雨のようだった。

「おれは後ろを振り返りたくないんだ」と、ボウイはいった。「これからはいいことがあるんじゃないかって考えるようにしてる。だけどほんとは、なにが起こるかわかってるような気がする」

「いいえ、わかってなんかいないわ、ボウイ。あなたがいちばん怖《おそ》れてるようなことは起こらない。いろんな点で、わたしはあなたよりずっと大人だから」

「きみみたいな人にはこれまで会ったことがないよ、キーチー。なぜ男が女房をもらって弁当箱をぶらさげて歩くのか、ようやくわかった」

「それ、本気なの？」

「ああ」

キーチーが身体を動かした。ボウイはさっと手を伸ばした。

「行かないでくれ――」

「ええ」

「耳が鳴ってる」と、ボウイはいった。

キーチーは身体をかがめ、ボウイの顔に触れた。ボウイは彼女をつかみ、ぐっと引き寄せた。

「行かないでくれ、お願いだから」

「行かないわよ、ボウイ」

ボウイのなかで力が膨れあがった。この手で彼女の細い身体を折ることだってできる。ぎゅっと握っただけで壊すことができる。きつく閉じたキーチーの唇が抵抗をやめ、柔らかさだけが残った。やがて、キーチーの息は彼女の身体くらい裸になり……。

*

灯油ストーブの上のフライパンの上でパチパチと音を立てていたベーコンがいきなり弾《はじ》けた。キーチーははっと身体をのけぞらせると、振り返ってボウイに微笑《ほほえ》みかけた。

「気をつけろよ、リトルガール」と、ボウイはいった。キーチーはすっかり違って見えた。この子がかわいくないなんて、いったいどうして思ったんだろう？　例の顔のしわ。あれはどこに行った？　あの小さな口は柔らかくてかわいらしい。

「ちょっとここにきてダディにキスする時間はあるかい？」

キーチーはフォークを片手にやってきて身体をかがめた。「もうどこも痛むとこなんてないくせに」

ボウイは彼女にキスをした。「もう絶好調さ。ベッドを出て、食事前に半マイルくらい走ってこようかと思ってたとこだ」

「おとなしくここにいて。卵はどうやって食べる？」

「なんだっていい」

「自分で決めてよ」

「なんだっていいよ、ハニー。普通の目玉焼きでいい。焼けたら一回、ちょっとだけ裏返してくれ。あと、手が空いたときにあそこの新聞を取ってくれないか」

キーチーはボウイに新聞を渡し、窓のそばの割れた床板に射《さ》している三本の淡い光の筋を指さした。

「見て。きょうは日射しが強くなりそう」

「きのうの夜、星を見て思ったんだ。あしたはいい天気になるだろうってね」

新聞のページをめくりはじめたボウイの目に、記事のひとつが飛びこんできた。

　十月六日、テキサス州テキサコシティ——先週、私服警官のヴィク・レッドフォードとジェイク・ハドマンが殺害された事件で、逃亡犯が現場に置き去りにした大破した新車のハンドルから指紋が検出された。本日発表を行なったマッサー刑事局長によると、これが犯人逮捕の突破口になるだろうという。また現場近くからは凶器のリボルバーも発見された。

ベテラン刑事のレッドフォードとハドマンは、エクター・ブールヴァードで発生した自動車衝突事故の現場に急行し、銃撃戦に巻きこまれて殺害された。また、この衝突事故でひとりの女性が軽傷を負った。

「けさはたくさん食べられそう?」と、キーチーが訊いた。

新聞の白い紙が舗装道路の熱気のようにちらちら光っていた。ボウイははっと目を離した。

「いま、なんて言った?」

「どうしたの、ボウイ?」

「なんでもないよ。ほんとなんでもない。ただ新聞を読んでただけだ」

「なんの記事?」

「べつに、とくにどれってわけじゃない」

この事件の容疑者として逮捕された者のうち、六人はすでに釈放された。現在、残る二人が尋問を受けている。

乗り捨てられた殺人犯の車は、テキサス州エルパソで購入されたと報告されている。目撃者たちの証言によると、銃撃戦後に走り去った車のなかには三人か四人の人間が乗っていたという。目撃者の一人は、犯人の車には女性が一人いたと断言している。

亡《な》くなった二名の警官の未亡人には、昨夜、警察から三百二十ドルの給付金が支給された。

ボウイは卵とベーコンの載った温かい皿をキーチーから受けとり、膝の上においた。それからしばらくして、卵の黄身にやおらフォークを突き刺した。

「いったいどうしたの、ボウイ?」キーチーがベッドの端に腰を下ろし、自分の皿を膝に載せた。

「きみにはなにも隠しごとをしたくないんだ、キーチー。おれはこの仕事にどっぷり浸《つ》かってる。前回ここにきたときより、ずっと深みにはまってるんだ。そのことをきみに知っててもらいたい」

「どういうこと？」

「ここにくる道中、トラブルに巻きこまれた。警官がふたり死んだ」

キーチーは自分の皿を床においた。

「おれがどれだけヤバいことになってるか、わかったろ？」

「あなたが殺したの？」

「警官たちをかい？」

「ええ」

ボウイはうなずいた。

「あなたは殺してない。でも、わたしにそうはいえない。誰が殺したのか、わたしにはわかってる。チカモウよ。わたしに隠しごとをしようったってだめ」キーチーはボウイのズボンの折り返しをつかんだ。「あいつがやったのよ」

「誰が殺したかはたいした問題じゃない。それに、きみはチカモウを誤解してる。あいつがいなければ、おれはいまここにすわってなかったはずだ」

「ボウイ、あなたはやってない」

「正直にいうよ。おれはトラブルを背負いこんでる。簡単に切り抜けることはできない」

キーチーが立ちあがり、床においた皿が派手な音を立てて割れた。彼女はそれを見下ろし、一瞬、このまま泣きだすのではないかと思えるくらい口を歪《ゆが》ませた。

ボウイは自分の皿を持ちあげた。「気にするなよ。これをふたりで分けよう」

キーチーは割れた皿の破片と飛び散った料理を拾いあげた。テーブルの上には、まったく手をつけていないボウイの皿が載っていた。

「ただ正直に話しておきたかったんだ、キーチー。後悔はしてない。これまでにやってきたことを後悔したことは一度だってないんだ。まだほんのガキだったときに死刑を宣告された件はべつだけどな。でも、銀行強盗に関しちゃ後悔してないよ。唯一《ゆいいつ》の後悔は、手に入ったのが十万ドルじゃなくて、たったの一万ドルぽっちだったことだけだ。おれは正真正銘の悪党《ブラック・シープ》で、簡単に切り抜けることはできない」

「あなたにどこか黒い《ブラック》ところがあるとしたら、髪の毛だけよ」とキーチーはいった。

「きみは小さな兵隊だよ、キーチー。つま先から髪の毛の先まで、どこをとっても小さな兵隊だ。でも、おれと関わり合っちゃだめだ」

キーチーはボウイが拳《こぶし》で顔を殴りつけたかのように顔を歪めた。ボウイは彼女の腕をつかんだ。

「いったいどうしたんだよ？」

キーチーは首を振った。

ボウイは彼女を抱き寄せた。「いったいどうしたっていうんだい、ハニー?」

「きのうの夜のことは、本気じゃなかったの?」

「本気って、なにがさ?」

「ボウイ、わたしがいってることはわかってるはずよ」

「ハニー、すべてをいますぐに考えることはできないよ。どうしたんだい? さあ、話してくれ」

「あなた、わたしがほしいっていったでしょ」

「いったとも。たしかにいったよ」

「なら、さっきの言葉はどういう意味? あなたと関わり合いすぎたっていうの?」

「わからないのかい? 警察に追われて新聞に書き立てられてる男が相手なら、やつらは質問するより先に撃つはずだ。その男といっしょの女だってすぐさまハチの巣さ」

「あなたがいいたいのはそういうこと?」

「な、もうわかっただろ?」

「誰かに弱みを握られてるとかいうわけじゃないのね、ボウイ? ほかには誰もいない？」キーチーはボウイの腕のなかから逃れた。

「どういう意味だよ？」

「ほかに誰もいないの？　女は？」

「おい、なんだよ、ハニー。いるわけないだろ」

「ただ知っておきたかっただけ」

「なんだってそんなことを訊《き》くんだい？」

「わたしはどっぷり浸かってるの。だから知っておきたかっただけ」

　ボウイは枕に寄りかかった。

「キーチー、こっちにきて、おれの横にすこし寝っ転がれよ」

　彼女はボウイのわきに横たわった。

「おれのことが好きかい、キーチー？」

「ええ」

「すごく？」

「ええ」

「ものすごく？」

「ええ」

「ほんとにものすごく？」

「ええ」

「ほんとにぜったい心の底からものすごく？」

「ええ」

「キーチー、愛してるよ」

彼女の指の爪《つめ》が、ボウイの喉に食いこんだ。

*

ガソリンスタンドのほうで音がした。キーチーはベッドを出て、暗い部屋を横切ってドアに向かった。ボウイは四五口径を右手に、下着姿であとにつづいた。キーチーは用心深くドアをすこしだけ開け、隙間から外をのぞいた。しばらくしてから、彼女は身体《からだ》の力を抜いてドアを閉めた。ボウイは一歩後ろに下がった。

「伯母さんよ。食品や雑貨品を盗んでいくの」

ボウイもキーチーも眠けが吹き飛んでいた。ふたりはベッドに横たわり、ひとつの枕に頭を並べた。

「ずっと考えてたんだよ、キーチー。おれはいつまでもここにいるわけにはいかない。ここに転がりこんでから、もう八日になる。近いうちにディーも戻ってくるだろう。そしたら、こんな暮らしはつづけてられない」

「なにか当てでもあるの？」

「おれといっしょに行く気はあるかい？」

「ついてきてほしい？」

「そんなこと、わかってるじゃないか」

「どうするつもり？」

「大きな街に行こうと思ってる。ニューオリンズとかルイヴィルとかいった大都市にね。Tダブから何度も話を聞いてるんだ。ああいう大都市じゃ、人は他人をあれこれ詮索《せんさく》しない。トラブルさえ起こさなけりゃ、好きなだけ暮らしてられる」

「そうかも」

「ただ、チカモウがどうなっちまったんだかわからない。まあ、あのインディアンなら、自分の面倒くらい自分で見られるだろうけどな。もう両親の家には顔を出して、用事はすべてすませたはずなんだ」

「あのふたりといっしょに行動しなきゃいけないわけじゃないでしょ？　ミスター・

メイスフェルドやチカモウなんかと？」

「もちろんだよ、ハニー。きみをあいつらといっしょになんかできない。絶対にね」

「わたしも考えてたことがあるのよ、ボウイ。以前、伯母の家の隣に住んでた人たちから聞いた話を思い出したの。カーペンター夫妻といって、わたしと同い年くらいのアグネスって子供がいたわ。あるとき、カーペンターさんが結核だとわかって、一家はテキサスのグアダルーペ山脈に引っ越したの。メキシコとの国境のすぐ近くにね。アグネスが手紙をくれて、どんなところだか教えてくれた。家があるのはすごい山奥で、町には二カ月にいっぺんくらいしか行かないんだって書いてあった。たまにメキシコ人の羊飼いを見かけるけど、あとはカーペンターさんとおなじ病気の人が何人か住んでるだけなんですって。みんな回復を追い求めてるんだって、アグネスはいってた」

「メキシコの近く？」

「ねえ、そういう土地に行ってもいいわけでしょ？　ふたりきりで暮らすのよ。そしたら、世間の人たちはボウイ・バウアーズのことなんかじきに忘れちゃって、あとには本物のボウイ・バウアーズだけが残るの」

「そいつは考えてなかったな。でも、小さい町はまずいよ、キーチー。誰もかれもが、あれこれ詮索してくるはずだ」

「町なんかじゃない。山奥の土地だから、誰かに会ったりする必要はないわ」

「そいつはぜんぜん考えてなかったな」

「わたしはそういうところに行きたい」

「たしかに、それだけの金はある。このベッドの下と、向こうにおいてあるコートとズボンのポケットに」

「そうするのがいちばんよ。知り合いとはいっさい顔を合わせないで暮らすの」

「ここからどうやって出ていくんだ？　車がないだろ？」

「それくらいどうにかできる」

「夜中に列車は停まるのかい？」

「二時のタルシー行きがあるわ」

「よし、だったらそれに乗ろう。きみはおれより半ブロック先を歩いて、切符を二枚買う。おれはすこし離れたところにいて、ときどききみと目くばせを交わす。列車に乗ったらべつべつの座席にすわって……」

「列車ではいっしょにすわりましょ」

「そうだな、列車のなかではいっしょにすわろう。それから、タルシーに着いたら新しいV8を買って、グアダルーペ山脈に向けてすっ飛ばす。そのグアダルーペっていうのは、いったいぜんたいどこにあるんだい、キーチー？」

「何百回も地図で見たわ。アグネスに手紙をもらってから、そこに行きたくてたまらなかったの。アグネスの話だと、鹿《しか》や野生の七面鳥やリスやなんかがいるんですって」

「へえ、だったらおれは鹿撃ちをするかな。三〇‐三〇口径のライフルか四一五口径のウィンチェスターを買って、きみとおれで鹿肉を食べるんだ。きみはおれをそこに連れてってくれるだけでいい。銃さえいらないよ。大きな石がひとつあれば」

「もしほんとに行くんなら、わたしかあなたが肺病患者のふりをしなくちゃ。結核だってことにするの。ふたりともかかってるってことにしたほうがいいかもしれない。長期的に借りられるコテージかなにかを探さなきゃ」

「いまのおれくらい結核に見える人間はほかにいないよ」

「じゃあ、そうするってことでいいわね。あなたは、これまでの知り合いのことはすべて忘れるの」

「タルシーできみの着るものを買わなきゃな。毛皮のコートはどうだい？　きみにあげたあの腕時計にきっと似合うよ」

「それについてはあとで考えましょ」

「ショーウインドーに飾ってある服をぜんぶだっていい。好きな服をなんだって買ってやる。きみはただ指をさせばいいんだ」

「百万長者みたいにふるまうわけにはいかないわ。わたしたちは病気なんですもの」

「だったら数は絞ろう。乗馬用のブーツとズボンなんかはどうだい、キーチー？　でもまあ、ズボン姿のきみをほんとに見たいのか、自分でもわからないな。ドレスを何枚か買うんでもいい。それに、シルクのあれやこれやをどっさりね。魔法瓶を二本買って、ソーダをつめよう。それに毛布とサングラス、予備のガソリンを一缶か二缶。そしたら風を切って出発だ」

「いつごろ出発する？」

「いまは何時だい？」

「たぶん十二時くらい」

「だったら間に合う。あと二時間あるからな。さあ、とっとと支度をするんだ、ハニー」

「今夜ってこと？」

「いいだしたのはきみじゃないか。しかも金ならあるんだ。たっぷり二万ドルはある。

いや、一万四千ドルか。それでも大金だぜ、キーチー。きみがどう思おうと勝手だけど、金ってやつはものをいうんだ」

「そうね」と、キーチーはいった。「なら、服を着替えましょ」

第15章

こんな山裾《やますそ》の土地でも、メスキートの木は幅を利《き》かせていた。しかし、平原はいまや後方の遠い彼方《かなた》だった。あたりにはスパニッシュオークとヒマラヤスギが茂り、ヤマヨモギが午後の光をうけてラベンダー色に輝いている。前方では、険しい山々が地平線を彩《いろど》っていた。その上に目をやると、白くて硬いパネルのような雲が連なり、空に筋をつけている。まるで雨が白く結晶化し、雷鳴を合図に解放されるのを待っているかのようだ。

車はキーチーが運転し、ボウイはポケットに両手を突っこんで座席に身を沈めていた。彼女の運転はチカモウに似ていた。左手をクロスバーに当て、右手でハンドルを握り、カーブに差しかかってもそんなものは存在していないかのように運転する。ボウイの左脇《ひだりわき》のホルスターには四五口径が収まっていた。パネルポケットにも一挺《ちょう》ある。後部座席には毛布が四枚とコーヒーの入った魔法瓶、サンドイッチの包み、機械巻きのタバコが四カートン。キーチーは二ドルのストッキングと十ドルの靴をはき、防水の軍用コートを着ていた。毛皮のコートを着ていないのは、彼女が買おうとしなかったからだった。しかし、軍用コートを着たキーチーは小さな兵隊そのものだったので、ボウイとしてはこれでオーケーするしかなかった。彼女があの小さな茶色い帽子をちょっと傾《かし》げてかぶったときの様子ときたら……。

道路を進んでいくと、〈この先カーブあり〉の標識を過ぎたところで、コンクリートの道がいきなり消えた——まっすぐ先には白く塗った低い柵《さく》と広大な空間と青い空があるだけだ。もしハンドルを切りそこね、あそこに突っこんでいたら？　谷の上を飛行機のように突き進んでいただろう。しかし車は空を飛ばない。もし崖《がけ》から飛びだしていたら？　ボウイとキーチーはロクでもないカードを引いたことになる。しかし、もしうまくいったとしたら？　これからもずっと運に恵まれて……。

カーブではタイヤが路面に食いこむ甲高い音が響いたが、車は無事に曲がりきり、いまはまた長い直線部分を走っている。おれたちを止めるものはなにもないぜ、小さな兵隊。

「タバコに火をつけてくれる？」

「仰《おお》せのとおりに」

緑色の縁取りのある白い乳牛舎の上を、白と黒の鳩《はと》が大きな円を描いて飛んでいた。母屋《おもや》のポーチには大きな犬が寝そべり、端から前足を垂らしている。ふたりは古いセダンのわきを通りすぎた。セダンの細いタイヤはぐらぐらになり、布製のトップはずたずたに裂けて三角形のペナントになっていた。

「すっかりポンコツだな」と、ボウイはいった。「こんなので道を走ったら、いつ事故を起こしたっておかしくない。貧乏は犯罪じゃないけど、こんな車で道路を走るのは法律で禁止しなきゃだめだ」

　ふたりの乗った車は学校の校舎と、二軒のガソリンスタンドを通りすぎた。雑貨店のポーチでは、腰を下ろしたふたりの男がチェッカー盤をにらんでいた。道路《どうろ》際《ぎわ》に黒い文字で書かれた標識が見えてきた――〈サンアントニオまで――１８６マイル〉。

　あと三十マイル走ったら、舗装されていない土の道に折れて西に向かう。その道を百マイルほど行った山裾に、アンテロープ・センターやアーバックルといった小さな町が点在している。家探しはそのあたりではじめるつもりだった。

　左手に見えてきた墓地に、低い墓石が半ダースほど並んでいた。近くにはペンキの塗られていない箱のような家が一軒あり、そこからさらに下っていくと、木製の門のところで二頭の牛が乳搾りを待っていた。

「牛のことって、なにか知ってる、ボウイ？　牛にも双子っているのかしら」

「さあ、さっぱりわからないな」

「どうなんだろうって、ちょっと思っただけなんだけど」

「いてもおかしくないんじゃないか。五つ子を生んだ例のカナダ人女性のことを考えれば、牛にも双子くらいいて不思議はないよ」

「さっきの牛たちを見て、ふと思いついたの」

「例のカナダ人のことは、きみも知ってるだろ、キーチー？　彼女のことを考えりゃ、この世に不可能なことなんかないと思わないか？」

「ええ、そうね」

「向こうにいたとき考えたんだ。きみがいってたろ、ここにやってくる人たちは回復を追い求めてるんだって。もしおれたちがほんとうに結核だったら？　よくわかんないけど、そんなもんにかかるくらいなら、いまよりもっと熱があるほうがまだましだよ。そう思わないか？」

「ええ、思うわ」

ボウイはスタッコ塗りの大きなガソリンスタンドを選んだ。キーチーはハンドルを切り、カーブを描いたドライブウェイに車を乗り入れた。大きな日除《ひよ》け屋根の下には、運転席に女性の乗った車が一台停まっていたが、キーチーが車を停めると出ていった。こんどガソリンを入れるときには、住む家も決まっているだろう、とボウイは思った。あと五十マイルでアーバックルの町に入る。

革のジャケットを着たガソリンスタンドの店員がいった。「いかがしましょう？」

「満タンにしてくれ。あと、予備のガソリンを二缶」

キーチーはトイレのドアの向こうに姿を消した。ボウイはコカ・コーラのアイスボックスの前に行き、ふたを開けた。バイクの排気管のブォンという音が響いた。振り返ると、警官がふたり入ってきた。

警官たちがコカ・コーラのボックスのほうにやってきたので、ボウイは場所をあけた。背の高いほうの警官はサドルレザーのように茶色く日焼けしていた。低いほうは唇がひび割れ、ぼろぼろになっている。ふたりはグレーの制服を着て、肩から黒いサムブラウンベルトをかけていた。どちらの拳銃も、グリップはパールだ。

「なんにする？」背の高い警官がいった。

「コーク」背の低いほうがいった。

瓶の口に唇をあてて中身を飲む音がした。

「あんたの車は新車みたいだな?」背の高い警官がいった。

「ああ」と、ボウイはいった。「でも、あんたたちのバイクなら、バックで走ってもおれの車より速いんじゃないか?」

「ああ、あの車には負けないよ」

「道路を走ってるもんが相手なら、なんにだって負けそうにないけどな」

「妙な考えは起こすなよ、ミスター」背の低い警官がいった。「でもな、おれはなんでも追いかけるわけじゃない」

「場合によっては交通を遮断することもある」背の高い警官がいった。

「あのバイクじゃ時速九十マイルぐらいが限度だ」と、背の低い警官がいった。「それよりもっと速い車に乗ってるやつがいたら、ナンバーをチェックするだけだ」

建物の角をまわって出てきたキーチーが足を止め、ドレスの腰のしわを伸ばした。ボウイが目くばせすると、彼女は車のほうへ歩いていき、運転席に乗りこんだ。

「ほかにはなにかありませんか?」と、店員がいった。

ボウイは金を払った。

キーチーが車を出し、ボウイは振り返って後部座席に手を伸ばした。背の高い警官と背の低い警官はコカ・コーラのボックスにすわっていた。

「きみはまばたきひとつしなかったな、まったくたいしたやつだよ。ぴくりともさせなかった」

「なんの話をしてたの？」

「おれにわかるもんか」

「なんだか、あのふたりと親しくしようとしてるみたいに見えたけど」

「おれが誰なのか、あいつらはまったくわかっちゃいなかった。アメリカのどこに行っても警官はあんな感じさ。どうしてやつらにわかったりするはずがある？　たしかに写真は見てるだろうさ。でも、だからどうしたっていうんだ？」

「わたしなら警官には近づかない」

「やつらがガソリンスタンドに入ってきたときには、たしかに思わず思ったよ――ちょっとした戦争がおっぱじまるかな、ってね」

「後ろに気をつけてたほうがいいわ」

ボウイは車の後方に目をやった。まっすぐのびる幹線道路は空っぽだった。

「誰も追ってきちゃいないよ、ハニー。なんにも見えない。それにしても、きみはまばたきひとつしないんだからな」

「わたしも、そこのポケットに入ってる銃を持ち歩いたほうがいいかしら」

「このでかいやつはだめだ。この銃じゃ、きみの手から吹っ飛んじまう。近いうちに小型の銃を手に入れてやるよ。女はみんな銃を持つべきだ。一挺手に入れてやる。相手が女と見るとなめてかかる男はいつだっているからな」

「わたしなら、その銃だって怖くない」

「四五口径を撃ったことがあるのか？」

「いいえ。でも握力なら自信があるの。学校じゃ、ペカンの実を割らせてわたしに勝てる女の子はひとりもいなかった。あの遊び、覚えてるでしょ？　わたしは連戦連勝だったわ」

「ああ、覚えてるよ。なんていったっけ？」

「ハリー・ガリー」

「ああ、そうだった。だけどさ、あんまり心配することはないよ、キーチー。アーバックルの町に着いたら、おれは堂々と警察に行って、家具つきの貸家に心当たりがないか訊いてみる。向こうはぜったいおれが誰だか気づかないはずさ」

「家探しはわたしがやるわ。不動産屋に行って訊いてみる」

「不動産屋のやつらに、肺を病んでるって話はするのかい？」

「そもそもそれが目的でしょ、ボウイ。忘れないで」

ボウイはゴホゴホと空咳《からせき》をして、胸を叩《たた》いた。「結核菌のせいでこのていたらくだよ。きみも胸が痛むんだろ？」

「なかなかうまいじゃない、ほんとに片足を棺桶《かんおけ》に突っこんでる感じよ」

＊

キーチーが話を聞いた不動産屋の女性によると、アーバックルだけでなく、近隣の小さな町にも家具付きの貸家はないとのことだった。しかし、四十マイルほど西のアンテロープ・センターに行けば、古いサナトリウムを改造したコテージが何軒かあり、旅行客や病気療養者や鹿狩り客が利用しているという。ボウイとキーチーはそこに行ってみることにした。

アンテロープ・センターの二マイル西で砂利敷きの道を降りたときには、正午近くになっていた。ハンドルを切ってアーチ形のゲートを抜け、中央の盛りあがった狭い道を登った。霜で茶色くなったオークやヒマラヤスギの林を抜けると、山の斜面に大きな灰色の建物が建っていた。

「監獄みたいだな」と、ボウイはいった。

「見せてもらっても損はないでしょ」

閉鎖されたその建物は古い病院で、セメントは枯れたエニシダのような色をしていた。土ぼこりで汚れた窓の向こうには、布団《ふとん》を引き剝《は》がされたベッドフレームと、マットレスを積んだ山がいくつも並んでいる。裏手と東側にはスタッコ塗りの小さなコテージが並び、古い病院の建物を直角定規のように囲っている。コテージはどれもガラス張りの部屋と石造りの煙突があり、入口の上には〈カム・イン〉〈スーツ・アス〉〈ジャーニーズ・イン〉〈ベラ・ヴィスタ〉などと書かれたボードが貼《は》られていた。

直角定規の直角部分にあたる角に建つコテージの前で、ひとりの男がレーキで雑草をかいていた。男は手をとめ、レーキの柄に寄りかかり、ふたりの車に目を向けた。キーチーが車を降りると、男はレーキをその場に倒してこちらにやってきた。

男はカーキ色のアーミーシャツを着て、なめらかな青いサージのズボンに白い布製のベルトをしていた。中年の男で、あちこち欠けた歯はタバコのヤニで黄ばんでいる。

ああ、空いてるコテージならあるよ。おれはここの管理人なんだ。手入れを終えたばかりのコテージがひとつある。家賃は月十二ドル五十セント。水道代と電気代も込みでね。この並びのいちばん奥のコテージだ。いまおれはこの角のコテージに住んでる。その向こうのコテージに住んでるのは独身の男性教師、その隣は自動車のセールスマンと奥さんとふたりの子供だ。いまはほかに誰も住んでない。でも、ほかのコテージを修理する予定はない。みんないい人たちだよ、ここに住んでるのは。

「あなた、なかを見てみたい？」と、キーチーがいった。

「ああ、ぜひともね」

「学校の教師が住んでるのはあそこのコテージだ」と、管理人はいった。「シアーズ・ローバックで買ったホットプレートを持っててね。女房がいなくてもぜんぜん困ってない」

ボウイは車から降りた。

管理人が手を差しだした。「おれはランバート。ビル・ランバートだ。三十五年間、サンアントニオを旅してまわってた。サドルやグリップや馬具といった革製品のセールスをやってたんだ。一年ほどまえに気胸を患《わずら》ってここにきたんだがね、ここの空気はとてもいいよ。仕事はなにをしているんだい？」

ボウイは握手していた手を離した。「いまは病人ですね。以前は野球をやってました」

「きみはまさにぴったりの場所にきたよ。合衆国広しといえど、ここより健康にいい土地はほかにない。野球選手だって？　学校の教師がひとりにセールスマンがふたり、加えてこんどは野球選手ときたか。あそこに住んでるセールスマンは、以前はアンテロープで会社を経営してて、かなり稼いでたんだ。ところがよくある話で、その会社が倒産しちまってね。最初のうち、奥さんはここが気に入ってなかった。愉快な人間や高価なものに慣れてたんだな。しかしいまじゃ気に入ってるよ。あんたの奥さんもきっと好きになるはずだ」

「ずいぶん静かなところみたいですね？」と、ボウイはいった。

「淋《さび》しく感じることはないよ。セールスマンがラジオを持ってるし、住んでるのはみんないい人たちばかりだから」

「昔はたくさん人がいたんでしょう？」

「おれはここの歴史に詳しいってわけじゃない。たしかここの建物は、すべて戦後すぐに建てられたもんのはずだ。それからだんだんさびれてきて、しばらくのあいだは旅行客用の宿泊施設になってた。なんであんたたちにそんなことまで話すかっていうと、おれは隠しごとはなにもしない主義だからだ。ここはアンテロープの連中にはかなり評判が悪い。何年かまえまでは密造酒業者どもが根城にしてて、大勢の人間がやってきて騒々しいパーティを開いてたんだよ。しかしそれも昔の話さ。あんたの奥さんにとっても、世界中でここより安全なところはほかにないよ」

「主人は安静にしてなきゃならないんです」と、キーチーがいった。「コテージを見せていただけません？」

ビル・ランバートはふたりの先に立ち、閉鎖されたコテージの前の狭い舗道を歩きながら、唾《つば》を飛ばしてまくしたてた。

「まあ、すごく豪華ってわけじゃないがね、でもなにか希望があれば改造工事だってしてやるよ。それと、キッチンにリノリウムを張ってやる。もし友だちかなんかが遊びにくるんで余分なベッドが必要なときは、ひとこといってくれ」

ランバートはいちばんはずれのコテージ――〈ウェルカム・イン〉――の前で立ち止まり、すり切れたスクリーンドアを開けると、錠前に鍵を差しこんだ。なかに足を踏み入れたとたん、木の床が軋《きし》んだ。ドアを入ってすぐのリビングルームには、黒く煤《すす》けた空っぽの暖炉と、黄色くなったベッドカバーのかかった鉄製の軍用簡易ベッドがあった。毛皮シートのロッキングチェアが二脚に、いまにも壊れそうな朝食用テーブル。窓のついた寝室には広々とした鉄製のベッドがひとつと、くすんだ鏡のついた大型の化粧ダンス、背のまっすぐなダイニングルーム用の椅子《いす》が二脚。キッチンにはコンロが三つ、固まった油がこびりついた灯油ストーブ、シンク、エナメル天板のテーブル。バスルームはシャワー付きで、トイレの便座は割れ、破片がセメントの床に落ちていた。

「強力洗剤とモップに水漆喰《みずしっくい》があればきれいになるわ」と、キーチーがいった。「そう思わない、ハニー?」

ボウイはにやりと笑った。「でも、家賃がこんな高いとやってけないんじゃないか?」

「だったらどうだろう、ミスター……」とビル・ランバートがいった。「名前はなんといったかな?」

「ヴァインズだ。V、I、N、E、S」

「まあ聞いてくれないか、ミスター・ヴァインズ。おれとしてはこれ以上どうしようもないんだよ。ここを所有してるのは百万長者の連中でね。あいつらがどんな人間かは、あんたも知ってるだろう? おれはここの修理にベストをつくすために、連中からなんとかその費用を引きだそうと努力してる。コテージを借りる側の人間からすれば、金を払うんならすこしでも住みやすいほうがいいわけだからね。しかし、ああいう百万長者から金を引きだすのは、貧乏人から金を絞りとるよりむずかしい。たとえば、向こうに住んでるミスター・フィルポットはセールスマンなんだが、あの一家は自分たちのコテージを手入れしてすごくきれいにしてる」

「たしかに、だいぶ手を入れる必要がありそうね」と、キーチーがいった。

「おれも手を貸すよ」と、ビル・ランバートはいった。「急《せ》かすつもりはないが、もしあんたたちが借りてくれるんだったら、ハーフコード（縦、横、高さ四フィート分）の薪《まき》をただで提供する。それに、食事をとったら午後いちばんでリノリウムを張っておく」

「できるだけ静かに生活したいの」と、キーチーはいった。

「それなら心配いらないよ、ミセス・ヴァインズ。先月ここを借りてたら話はべつだったがね。あれは九月十五日の夜だった。なんだか酒臭いカップルがやってきてさ。おれは面倒なことになるのがいやで、貸すことにしたんだ。ところがふたりは、二、三日泊まりたいだけだった。しかもだぜ、最初の夜が明けないうちから、女のほうがなにも着ないで家のなかを走りまわって、とんでもない大騒ぎをはじめやがった。しかもブラインドは全開のままときた。そこでおれは、ここでそういう騒ぎはやめてくれと丁重にいってやったんだ。わかるだろ？　あんただって奥さんのことは守りたいはずだ。おれはここをそういうふうに運営してる。ここはまともな人たちを相手に商売してるんだ。騒ぎを起こすようなやつらは……」

「わかりましたよ、ミスター・ランバート」と、ボウイはいった。

「もうひとつだけいわせてくれ、ミスター・ヴァインズ。それでもうあんたたちを解放するよ。あそこのコテージに住んでるミセス・フィルポットだけどさ、あるとき彼女が外出中に、灯油ストーブが火を噴いたことがあるんだ。おれはすぐさま押し入って、全焼するのを防いだ。すごく感謝されたよ」

「いろいろ教えてくれてありがとう」と、ボウイはいった。

「無断でここに入るのは、火が出たときだけにしてほしいわね」と、キーチーがいった。

ランバートは笑った。「いいとも奥さん。そうするよ。なら、おれは失礼しようかな。おふたりでゆっくり検討してくれ」

ふたりきりになると、ボウイとキーチーは部屋を見てまわった。

「ここならいいかい、キーチー？」

「もうすっかり首ったけ」

「もしあのうさんくさいやつがここをのぞいてるとこを捕まえたら、ケツを蹴《け》りあげてやる」と、ボウイはいった。

「べつに無害な人よ。ボウイ、ここなら申し分ないわ」

ボウイが寝室に入ると、キーチーもついてきた。

「大きな赤いインディアン毛布が似合いそうだな。それに、でっかいラジオを買ってあそこにおこう」

「きょうの午後、町へ行って三カ月分の食料を買いこんでくる」と、キーチーはいった。

「あのうさんくさいやつに、このあたりにほんとに鹿がいるのか訊くのを忘れたな」と、ボウイはいった。

キーチーはベッドの端に腰を下ろし、試すように腰を上下させた。

「スプリングもマットレスも悪くないわ」

「おれも気に入った」と、ボウイはいった。「ちょっと行って、あのうさんくさいやつに二カ月分の家賃を払ってくる。それと、リノリウムは自分で張るといっとくよ」

第16章

大型ベッドと簡易ベッドに使う明るい色の毛布、リビングルームの暖炉とおなじくらい大きなラジオ、オートマティックの散弾銃二挺、炉棚の上に飾っておくためのライフル一挺、さらにダイヤモンドが一粒入ったキーチー用のシガレットケース——これらをすべて買うのに百ドルかかった。最初の四週間、ふたりは仕事をどっさりこなした。例のうさんくさい管理人があたりをうろつくことはなくなり、セールスマンの妻のミセス・フィルポットが砂糖を借りに一度やってきただけだった。フィルポットの息子の幼いアルヴィン以外、このあたりで人の姿を見かけることはまったくなかった。アルヴィンはスポッツという名のスピッツを連れ、二二口径のライフルを手に、コテージの裏の森をよく探索していた。

今夜、ボウイはラジオの前にすわり、キーチーが好きなマウスピースの湾曲したパイプをくゆらしながら、万事うまくいっているなと思った。キーチーは食料品がたっぷり用意されたキッチンで、ボウイの好みに合わせてジャガイモを茶色くカリカリに揚げている。

そのうち、町へ行って映画を見たりもできるようになるだろう。おれはべつにどっちでもいいが、女は外出して店やなんかに行きたがるもんだ。あの町の警官は？　何度か見かけたが、ボウイのほうに近づいてこようとはしなかった。

暗くなったリビングルームで、暖炉の薪の火が天井と壁に光を投げかけていた。今夜は薪を運び入れただろうか？　ああ、やった。いま何時だ？　七時三十分。おっと、キーチーが好きなメキシコの楽団が出る時間だぞ。ボウイはスイッチのダイヤルをまわした。この局で間違いない。なのにいまは、便秘薬の能書きを垂れている。

もしいますぐ逃げださなければならないようなことになったら、このラジオやなんかはすべてここにおいていくしかない。しかしおれは、一週間に十ドルしか稼げない無学な若造じゃない。また買えばいいだけの話だ。五百ドルのラジオと、二百ドルの毛布。それに、もし一文なしになっても、どこに行けばどっさり金があるかはわかってる。

暖炉にもう一本薪を入れ、椅子にすわり直した。炎が大きくなるにつれ、何本もの細い光の筋が壁でシャドーボクシングをはじめ、狂ったようにフックやジャブをくりだした。楽団が演奏をはじめると、ボウイは立ちあがってキッチンに戻った。キーチーはふきんを手に、オーブンの前に立っていた。

「あの曲が聞こえるかい？」

キーチーはうなずいた。「〈ラ・ゴロンドリーナ〉ね」

「この曲を聴くと、いつもなんだか悲しくなるんだ。あいつらのことを思い出してね」

「なぜ？」

「わからない。ただ、ずっとチカモウのことが頭を離れないんだ。ケオタであいつを待ってなくてほんとによかったのか、自分でもわからないんだよ、キーチー。あいつはおれが待ってると期待してたかもしれない。なのにおれは、書き置きのひとつも残してこなかった」

「どんな書き置きを残すつもりだったの？」

「わからない」

「だったら、そんなことを気に病むのはやめなさい」

「だけど考えずにはいられないんだよ」

「いまは心配しなきゃならない相手がほかにいるはずでしょ」

「おれたちは最初っから三人でやってきた。だからつい考えちまうんだ」

ボウイはリビングルームに戻って腰を下ろした。暖炉の炎は小さくなり、熾火《おきび》が光を浴びた網戸のように暗闇《くらやみ》を漉《こ》していた。ラジオではカウボーイ歌手が平原の歌をヨーデル風にうたっている。

ガシャートンであいつらに会わないと、とボウイは思った。あいつらはおれをがっかりさせたりしない。おれだってあいつらをがっかりはさせられない。だってそうだろ？　あいつらはおれを待って待って待つにちがいないんだ。そんなこと、あいつらにさせられない。キーチーもわかってくれる。わかってくれるだろう、ハニー？

カウボーイが〈彼女はおれだけのもの《ノーバディーズ・ダーリン・バット・マイン》〉をうたっていた。


　　さよなら、さよなら、リトル・ダーリン。

　　おれは住み慣れたこの町を出ていく。

　　ああ、お願いだから約束してほしい。

　　おれ以外の誰かのものにならないと。


ボウイはスイッチを切って歌声を消した。ムッソリーニやアフリカや議会のことなんかどうでもいいから、新聞の社会記事みたいなニュースをラジオでももっと流せばいいのに、と思った。ただし、知らせがないのはよい知らせともいうじゃないか。あのふたりの身になにかあれば、きっとラジオのニュースでもやるだろう。

キーチーが呼ぶ声がした。エナメルのテーブルの上には、黒目豆、コーンブレッド、フライドポテト、缶詰のパイナップル、それにブラックコーヒーが並んでいた。

夕食のあとで、お湯の入った楕円《だえん》形の大きなブリキのたらいをコンロの上からリビングルームに運び、炉床の熾火が光を投げている床に下ろした。キーチーが風呂《ふろ》に入るのだ。

ボウイはバスマットとタオルを何枚かブリキのたらいの周囲に広げ、部屋を見まわした。ブラインドはしっかり閉めてあった。

キーチーが裸で立つと、たらいから上がる湯気を通して腿《もも》と脚がキラキラと光った。彼女はほんとに肉づきがいい、とボウイは思った。彼女は石鹸《せっけん》をつけた手ぬぐいを右手に持ち、左腕を上げて脇の下を洗った。

「きみがそんなに毛深いなんて知らなかったよ」と、ボウイはいった。

キーチーは腕を下ろした。「剃《そ》ったほうがいい？」

「いや、剃らないほうがいい。いまのままが好きだな。剃ったりしちゃだめだ」

「なら剃らない。あなたといっしょにいるかぎり」

キーチーが乾いたバスタオルで身体を叩くように拭《ふ》きはじめると、肌が見えたり見えなくなったりして、つややかに光る彼女の身体がまぶしく燃えあがっているように見えた。ボウイは立ちあがり、ラジオの上から白いフランネルのパジャマを取りあげた。パジャマは石鹼の匂《にお》いがした。ボウイはそれをキーチーに手渡した。

「あなた、今夜は足を洗う？」

「今夜は洗わないよ。きのう洗ったからね」

ふたりは柔らかくて温かい毛布の下に横たわった。キーチーは指先で、ボウイのフランネルのパジャマの胸のあたりをもてあそんでいる。コテージの外では、風に蹴散らされた木の葉が、狭いセメント張りの舗道でカサカサと音を立てていた。昼のあいだ、ボウイはオークの木から葉が落ちるのをずっと眺めていた。木の葉はエアガンで撃たれた鳥の群れのように地面で旋回し、らせん状に巻き上がった。

隣に横たわったキーチーが静かになった。ボウイはそっと声をかけた。

「キーチー？」

彼女は半分身体を起こした。「どうしたの、ボウイ？　いま呼んだ？」

「眠ってるのかと思ったんだ」

キーチーはにらむように彼を見た。「なによ？」

「なんでもないよ、ハニー。起こそうと思ったわけじゃない」

「なにか用があるんでしょ、ボウイ？」

ボウイの耳に、ピンと張られた電線がどこか遠くでかすかに振動する音が響いてきた。

「ちょっと考えてたんだけどさ」

「なにを？」

「ただなんとなく漠然とだよ。アルカトナ刑務所にいたやつらのことを考えてたんだ。あいつらは刑務所に入ってくると、外にいたときにつきあってた女の自慢をするんだ。自分を待っててくれてるんだといってね。でもしばらくすると、すっかり口をつぐんじまって、女の話はいっさいしなくなる」

「へえ、知らなかった」

「だからどうしたって話だけどさ。男がどんな人間の場合だっておんなじだよ。医者だろうがでかい大学の教授だろうが、男が死ねば、残された女房はほかの誰かとつきあうようになる。そういう未亡人は、ほかの女たちとおなじくらい悪い」

「そういう女の人って、わたしにはわからない」

「なかには、亭主を埋葬してすぐにほかの男を引っかける女だっている。いいかい、キーチー、一生のあいだに十人以上の男と関係を持つ女だっているんだ。つぎからつぎへと」

「そういう人には、愛がないのよ」

「まあ、おれにはわからないけどね。そういう女は本気で全員に首ったけだったのかもしれないし、誰のことも愛してなかったのかもしれない。でも、何人かのことは本気で愛してたはずだ」

「女は一度しか愛せない」

「しばらくひとりの男と暮らして、それからほかの男に乗り換えて、それからさらに四人も五人も男を変えていくなんて、どうしてできるんだろう？」

「そういう人は愛してないのよ」

「いや、好きでやってるんだと思うな。さもなきゃやるはずがない」

「ほかの女の人がなにをするかなんて、わたしは知らない。もしかしたら、いくら探してもこれはという相手が見つからないもんだから、生活のためにそのうちの何人かと結婚するのかも」

「じゃあ、きみならどうする、キーチー？　おれがどこかでちょいとヤバいことになって、きみと二度と会えないなんてことになったら」

キーチーはなにもいわなかった。電線のかすかな音はいまやコオロギの鳴き声ほどの大きさになり、ボウイの耳のなかで膨れあがりはじめた。

「なんで黙ってるんだよ?」

「あなたがいなくなったら、わたしにはもうなにもないもの。考えたって意味がない」

「ほかの女たちを見ろよ。あいつらだって、最初の一年間はそうかもしれない。もしかしたら、二年や三年や四年はね。だけど、いつかはべつの男にべたべたキスをしてまわるようになる」

キーチーは黙りこんだ。

「それについてはどう思う、キーチー?」

「女は犬みたいなものなのよ。いい犬は、ご主人が死ぬと誰からも餌《えさ》をうけつけなくなるの。頭をなでようとする人には嚙《か》みつくし、それでもしつこくすると、餌を自分で探してくるようになって、ほとんどの場合は自分も死んでしまう」

「ほんとかい?」

「悪い犬は誰の手からでも餌を食べて、誰からでもものを受けとる」

「ものすごく金のかかる血統書つきの犬はそうだろうな。あいつらは本物の犬だ」

「そうかもしれない。本物の血統書つきの犬なんて、たぶん見たことないけど。わたしが考えてたのはケオタにいた犬。なんて種類なのかは知らない。たぶん誰も知らなかったと思う。飼ってたのはハンフリーっていうおじいさんでね。おじいさんが死んでしまったとき、わたしはその犬がかわいそうになったの。でもその犬は、ほかの人からはなにも受けとらなかった。なにも食べもしなければ、飲みもしなくなって、そのまま死んでしまったわ」

「ほんとかよ、キーチー。だったら間違いない。きみが実際に見たわけだからな。やっぱり思ったとおりだよ、ハニー。きみはおれがこれまでに会ったなかでいちばん頭がいい」

「頭なんかよくないわ」

「間違いなくきみは、小さな兵隊だ」

「あなたももう寝ないと」

ボウイの頭のなかで鳴っていた音がどんどん遠ざかっていった。やがてまぶたが重くなり……。

第17章

〈ウェルカム・イン〉の裏庭は裏通りほどの幅があり、有刺鉄線のフェンスの向こうには、ヤマヨモギやエニシダが茂った牧場が広がっていた。そのさらに向こうには、花粉をまき散らしている緑のヒマラヤスギと背の低い灰色のオークの森が遠くまでつづいている。そんな景色を背景に、角の長い白い顔の牛たちが草を食《は》んでいる姿が見える。ときどきフェンスのほうへやってきて、空き缶やゴミの燃えかすが入っている錆《さ》びたドラム缶に鼻を突っこむ牛もいる。一度、雄鹿《おじか》を見かけたキーチーが大声でボウイを呼んだこともあったが、彼が裏口に出ていったときには、鹿は姿を消していた。南の森のさらに向こうには、地を這って四方から迫ってくるような山々が空にくっきりと浮かびあがっており、いまは沈みゆく夕陽が地平線をキーチーの下着のようなピンク色に染めていた。

ふたりはいま、コテージの裏口のステップに腰を下ろしていた。キーチーはボウイのグレーのスーツのジャケットを羽織っていた。彼女はちょっと変わっていて、いつもなにかボウイの服を着ている。十五ドルも出してネグリジェと女性用スリッパを買ってやったのに、夜寝るときもボウイのシャツを着る。

　キーチーが指をさしたほうに目をやると、フィルポットの息子のアルヴィンが犬を連れて森を歩いているのが見えた。

「いつかあの子といっしょに、夕方にあのあたりをぶらつきたいな」と、ボウイはいった。「あの子がなにか仕留めてきたとこは、一度も見たことがない」

「それでも楽しいのよ」と、キーチーはいった。

「たぶんおれは、いろいろ考えすぎるんだな」ボウイはパイプの皿を逆さにし、手のひらの上でぽんぽんと叩くと、指をぱっと開くように振って黒い灰を投げ捨て、腿で手をぬぐった。唇がぎゅっとこわばるのが感じられた。舌の先をとがらせ、切りだすのは部屋に戻ってからにしようと思った。あと四日したら、ガシャートンに行かなくてはならない。ただそれだけのことだ。

「アルヴィンを見ていると、伯母さんの家のそばに住んでた女の子を思い出すわ。その子、死んじゃったの」

「へえ」と、ボウイはいった。

「すっごくかわいくてね。よく教会で聖書の朗読をしてたんで、お母さんがすごくめかしこませてた。その子が亡《な》くなってからってもの、お母さんは死んだも同然だったし、お父さんが狂ってしまったのも、たぶんそれが理由だと思う。ただ、お父さんのほうは以前から頭がおかしかったけど。植字工で、金貨を貯《た》めてたわ。お金がすこしでも入ったら、銀行に行って金貨に替えるの。夜中になるとリビングルームのテーブルにすわって、金貨を数えては、いつまでも眺めてたって話よ。そんなことしてると不運をもたらすって、奥さんが言い聞かせたのに」

「そしたら娘が死んだのかい？」

「おかげで、貯めたお金をぜんぶお葬式に使わなきゃならなかった」

ボウイはパイプにタバコを詰めはじめた。

「チカモウから聞いたんだけど、あいつはメキシコにいたとき、弁護士と知り合ったらしいんだ。ホーキンスって名前のね。その弁護士は天国だとか地獄だとかいった話は信じてなくて、人間が永遠に生きる唯一《ゆいいつ》の方法は、子孫を残すことだといってたらしい。それ以外に来世なんてないって」

「だからあなたは子供がほしいの？」

ボウイはキーチーに目を向けた。「どうしてだい？　子供をつくるなんて話はぜんぜんしてないじゃないか」

「わたしにはわかるの」

「なぜ？　きみは赤ん坊がほしいのか？」

「いつかはね、たぶん」

「いつかってことなら、たしかにいいかもな」

キーチーは腰を上げて裏口のステップに立ち、ジャケットを喉《のど》もとに引きあげた。

「だけど、いまはこの暮らしに満足してる」

マッチが折れた。ボウイはそれを弾《はじ》き飛ばし、ポケットに手をつっこんでべつのマッチを探した。

「そうとも、赤ん坊なんて、いまのおれたちにはどうでもいいことだ」

「育てる余裕がないんなら、あなたとわたしのふたりだけでいい」

あたりが暗くなってきた。嵐《あらし》で折れたオークの巨木の大枝が、化石になったヘビのようにのたくっていた。

ボウイは立ちあがり、パイプの皿を靴のかかとに叩きつけ、火をつけていないタバコの葉を叩き落とした。

「おれはあいつらのことを考えてたんだ、キーチー。あと何日かしたら、あいつらに会わなきゃならない」

「なぜ?」

「ちょっとした用があってね。今月の十五日に会う約束をしたんだ」

「なぜ?」

「ちょっとした用事だ。二日くらいしかかからない。すぐに帰ってくる」

「なにを計画しているの?」

「あいつらと約束したんだよ、キーチー。それだけだ」

「なにをしようっていうの?」

「わかってくれよ、キーチー。おれはもうトラブルなんかごめんだ。約束の場所には行くけど、あいつらを無駄に待たせたくないだけで、ほかにはなにも考えちゃいない。たしかにあそこには、おれたちが目をつけた銀行がある。でも、強盗に入るつもりなんて、おれにはぜんぜんない」

キーチーは振り返り、ドアのノブをつかんだ。「わたしもついてくわ」と、彼女はいった。それから、コテージのなかに入っていった。

ボウイはひとりそこに立ちつくした。舗道に沿って並んだコテージのはずれで、斧《おの》で木を切る音がしていた。しばらくしてから、彼も部屋に戻った。

キーチーは暗い寝室のベッドに横たわっていた。ボウイはそばへ行き、ベッドの端に腰を下ろした。

「だめだよ、キーチー。きみはここで待つんだ」

キーチーはなにもいわずに立ちあがり、キッチンに姿を消した。グラスに水を注ぐ音が聞こえてきた。やがて、彼女は戻ってきた。

「きみはここで待てっていったんだ」と、ボウイはいった。

「聞こえたわ」

「おれが話してるときに、いきなりどっかに行ったりしないでくれ」

キーチーはボウイの横に腰を下ろした。

「おれのそばにいるだけでもヤバいんだぞ、おれたち三人の仕事にはぜったい関わっちゃだめだ。それについては、ずっとまえから心に決めてるんだ」

「いいわ《オールライト》」

「だったらはっきりさせておこう。なにがいいわ《オールライト》なんだ？」

「なにもかもうまくいく《オールライト》って意味よ」

「おれが帰ってきたら、きみはどう感じる？」

「ほっとする《オールライト》」

「ここで待っててくれるか？」

「ええ」

「ちゃんと納得《オールライト》した？」

キーチーは立ちあがってジャケットを脱ぎ、たたんでベッドの横木にかけた。

「あなたはいつだって約束を守るもの。あいつらには、もうこういう仕事からは足を洗ったとはっきりいって」

「ガシャートンから帰ったら、すっぱり縁を切る」

「わたしがなにを期待してるか、わかってるでしょ、ボウイ？」

「ああ、わかってるとも」

「だったら、それでいい《オールライト》」

キーチーはキッチンに入っていった。灯油ストーブの芯《しん》がボッと音を立てるのが聞こえ、つづいてやかんを載せるカタンという音がした。ボウイはベッドに横になった。しばらくして、やかんの湯が沸騰《ふっとう》しはじめた。それは、赤ん坊のむずかる声のように聞こえた。

第18章

ガシャートンの家の玄関ドアがかすかに開き、ベーコンと生タマネギの匂いが漂ってきたのにつづいて、細い隙間《すきま》から厚化粧をしたルーラの顔が覗《のぞ》いた。ルーラはドアを大きく開いた。ボウイはなかに入り、Ｔダブの岩のような手を握った。

「チカモウはどこだい？」と、ボウイはいった。

Ｔダブは頭を傾《かし》げ、家の裏手のほうを指した。「寝てるよ」

「お願いだから起こさないでよ」と、ルーラがいった。彼女はくるぶしまである緑のヴェルヴェットのディナードレスに身を包み、耳たぶに金のイヤリングをつけているところだった。「もし起こしたら、あたしはぜったいに出てくから」

「やつは大酒を食らってたんだよ、ボウイ」と、Ｔダブがいった。「いったいどうしちまったんだろうな、あいつは」

「いまは寝てるのかい？」と、ボウイはいった。

「起こしたりしないでよ」と、ルーラがいった。

ボウイはスタジオカウチに腰を下ろし、ぴったりとくっつけた膝《ひざ》の上で帽子をもてあそんだ。Ｔダブは疲れた様子だった。朝まで一晩じゅう線路の枕木《まくらぎ》の上を歩いたときのようだ。

「ボウイの帽子を預かってやれよ、ルーラ」と、Ｔダブはいった。「どうしたんだよ、ボウイ。ちょっとあいさつに寄っただけって感じじゃないか」

「きょうはずっと猛スピードで車を飛ばしてたんでね」と、ボウイはいった。ルーラが帽子を受けとり、玄関わきの鏡の下のテーブルにおいた。

「どこに隠れてたんだ、ボウイ？」

「南のほうさ。それより、チカモウはそんなに飲んだのかい？」

「いやはや、飲んだなんてもんじゃない。きのうの晩、あいつはここに売春婦を連れこんだんだ。ありゃ間違いなく、黒人街で拾ったんだな。ここにはルーラがいるってのに」

「しかもその女、チカモウとおんなじくらい酔ってて、さんざん騒いでったのよ」と、ルーラがいった。「あたしはＴ・Ｗにいったの。ボウイが今夜の九時までにこなければ、荷物をまとめてホテルに行くって」

「あの女はひどく酔っぱらってて、なにも気づいちゃいなかった」と、Ｔダブはいった。「だからおれは、チカモウが気を失っているあいだにその女を連れだして、放りだしてきたんだ」

ルーラは反対の耳にイヤリングをつけながら、ボウイに微笑《ほほえ》みかけた。「あなたに見せたいものがあるの。そこにすわってて。いま持ってくるから」

「オーケー」と、ボウイはいった。ルーラは奥に姿を消した。

「おまえがくるからってんで、あいつは二時間もかけてめかしこんだんだ」と、Ｔダブはいった。

「あんたはどうしてたんだい、Ｔダブ？」

「まあ、ぎりぎりの生活ってやつだな。おとといチカモウがマクマスターズに住んでる弁護士のとこに行って、ガソリンや食いもんを買う金を五十ドル借りてきた」

「あれだけの金をぜんぶ使っちまったのかい？」

「おれには家族ってもんがあるんだよ、ボウイ。おれは兄貴とマティのために、マクマスターズにある旅行者用モーテルに一万二千ドル投資したんだ」

「兄さんはどうしてる？」

「ツキに見離されてる感じだね。仮釈放監察委員会には申請を却下された。しかし、来年にはなんとかなるんじゃないかと思ってる」

「そりゃ残念だったな。かわいそうに、マティはすごく期待してただろうに」

「おれとルーラはかなり楽しいときを過ごしたよ。ニューオリンズでな。あそこじゃ、金はごく自然にどんどんなくなってくんだ」

「チカモウもいっしょだったのかい?」

Tダブは首を振った。「おれはずっと、おまえといっしょなんだと思ってた。そうじゃないってことは、しばらくして気づいたけどな。ただし、顔はずっと見てなかったんだ。ここに姿を現わしたのは三日前でね。密造酒をしこたま飲んでたよ」

「まったく、もうすこし控えてくれりゃいいんだがな」

ルーラが部屋に戻ってきて、Tダブのほうを見た。その手には、筒のようにまるめて赤いリボンで結んだ羊皮紙のようなものが握られていた。「これを見せてあげてもいい?」

Tダブはにやりと笑ってうなずいた。

つけたばかりの香水の匂いを漂わせたルーラは、ボウイに向かってかがみ、羊皮紙を開いて彼の膝の上に広げた。それは結婚許可証だった。

「結婚したのか?」

Tダブはしきりにうなずいている。

「ちょっとおい、本名が書いてあるじゃないか、Tダブ」と、ボウイはいった。

「イニシャルを逆さにして、W・T・メイスフェルドにしたんだ」

「びっくり仰天ってやつだな」ボウイは許可証をルーラに返した。

「例のちっちゃなオクラホマ娘とおまえはどんな具合なんだ？」と、Tダブがいった。

ボウイの目が引き攣《つ》った。「誰のことだよ？」

「名前か？　名前はキーチーだ。キーチー・モブリー」

「彼女のなにを知ってるっていうんだ？」

「忘れたのかよ、ボウイ。三人でディーのガソリンスタンドに行ったとき、おれもあの子に会ったじゃないか。ただし、あの記事を新聞で見るまで、おまえらふたりがデキてることは知らなかったけどな」

喉仏を殴りつけられたかのような衝撃に、ボウイは息を吸いこむことができなかった。「あの記事って？」

「おまえ、見てないのか？」

ボウイは首を振った。

「たしか、先週の日曜の新聞だったはずよ」と、ルーラがいった。「あの子の写真も載ってた」

「写真？」と、ボウイはいった。

「おいおい、なんだよ。おれはてっきり知ってるもんだとばかり思ってた。あのディー・モブリーが、おまえが彼女を誘拐したって訴えたんだ。だからおれはルーラにいったのさ。あの男は臆病風《おくびょうかぜ》に吹かれただけだってね。警察にちょいと締めあげられて、ぺらぺらといいかげんな話をした――おおかたそんなとこだろう。おまえが誘拐なんかするはずないことは、おれにはよくわかってる。すくなくとも、あんな娘を誘拐するはずはない」

「その話が、新聞に載ったのかい？」と、ボウイはいった。

「最後に載ったのは、つい先週の日曜よ」と、ルーラがいった。「あたしも見たことのある写真が載ってた。あの子が高校に入るときに撮ったやつ」

「知らなかったよ」と、ボウイはいった。

「しばらくすりゃほとぼりもさめるさ。おれなら心配しないね」

「心配なんかしちゃいないさ」

ルーラはTダブのところに行き、横座りで膝の上に乗った。Tダブが膝を開くと、ルーラは彼にしなだれかかり、首に腕を巻きつけた。筒にまるめた結婚許可証は左手に握られている。

ということは、きみとおれは岐路に立たされてるってことだぜ、小さな兵隊、とボウイは思った。きみはもうおれといっしょに逃げられない。

　Ｔダブとルーラが音を立ててキスをしはじめた。

　きみはオクラホマに帰って、まともな生活に戻るんだ。世間のやつらには思いたいように思わせておけ。いまじゃきみにはちょっとした金があるんだからな、小さな兵隊。あの親父《おやじ》には、地獄に落ちろといってやればいい。

「おまえは奥にいって、もっとめかしこんでおいで、シュガー」と、Ｔダブがいった。「ボウイとおれは、ちょいと仕事の話があるんだ」

「どっかに行って、頭痛でももらってきたら？」と、ルーラがいった。

　おれがいないあいだに警察がうるさくつきまとったら、すぐに教えるんだぜ、キーチー。きみには指一本触れさせない。いいか、ポリ公、おれにちょっかいを出すのはかまわない。でもな、あの子に指一本でも触れたらただじゃおかない。マシンガンで蜂《はち》の巣にしてやる！

　ルーラは家の奥に消えた。

「この銀行は押し入ってみる価値がある」と、Ｔダブがいった。「十セントにもならないかもしれないが、五万ドルになるかもしれん」

「金ならいくらあってもいい」と、ボウイはいった。「この仕事をしていると、いつどれだけの金が必要になるかわからないからね」

「おれたちみたいな三人が顔を揃《そろ》えることなんて、めったにあることっちゃない」と、Ｔダブはいった。「おれはそう思うね」

「で、チカモウはだいぶ意気消沈してるのかい？」

「おれたちが手伝わなきゃ、あいつはあの銀行をあすにでもひとりでやるぞ」

「いや、ひとりでやる必要なんてないさ」

＊

翌日の十時一分、三人はガシャートンのファーストナショナル銀行に押し入った。ボウイの車を運転するチカモウは、急性肺結核にでもなったかのように憔悴《しょうすい》していた。Ｔダブはリウマチが痛むと悪態をつきどおしだった。面倒なことはなにも起こらなかった。三人は十時十五分に車を交換し、ボウイの車に火をつけた。十時三十分、チカモウがＴダブの車を運転し、Ｔダブとボウイは後部座席に身を潜めていた。チカモウは街のはずれにある隠れ家のガレージに車をすべりこませた。まずチカモウが家に入り、十五分後にＴダブがそれにつづいた。さらにしばらく間をおいて、ボウイも家に入った。

儲《もう》けはたったの一万七千ドルだった。

正午、Ｔダブがベーコンエッグをつくり、トーストを焼いたが、食べたのはチカモウだけだった。ボウイはコーヒーを飲んだ。

その日の午後、ラジオでフットボールの試合が放送された。ボウイはチカモウに十ドル負けた。

「おまえたちふたりにはイライラさせられるよ」と、チカモウがいった。「なんか話でもしたらどうだ？」

「おまえはたんに飲みたいだけだろ」と、Ｔダブがいった。

「おれは神経を鎮《しず》めてくれるもんがほしいだけだ。暗くなったらすぐに、町へ行って調達してくる」

夕暮れが近づいた頃、一台の車がドライブウェイに入ってきた。三人は銃を手に取ったが、どこかのアホが方向転換しただけで、車はすぐに町のほうへ走り去った。日が暮れると、Ｔダブは近くのドラッグストアに行き、レッドボネット・ホテルに泊まっているルーラに電話を入れた。

「おれはあいつを拾いに行って、今夜はニューオリンズで豪遊してくるつもりだ。おまえたちもいっしょに行きたいか?」

「おれは行きたいね」と、チカモウがいった。

「ふたりとも行くんなら、おれも乗っけてってくれ」と、ボウイはいった。「おれのことはバス停で落としてくれりゃいい。ちょっと行かなきゃならないとこがあるんだ。早いとこ終わらせときたいんだよ」

チカモウが帽子をかぶった。「ちょっとくらいおれたちにつきあったらどうだ、ボウイ。なんか問題でもかかえてるのか?」

「すぐに戻ってくるって」

「バスには気をつけたほうがいいぞ」と、Tダブがいった。

「二百マイルくらい先まで行ったら降りて、車を買うよ」と、ボウイはいった。

Tダブはニューオリンズのバーボン・ストリートにあるナイトクラブの名前を挙げ、自分とルーラは十二月一日の夜にそこに泊まっているといった。

「オーケー」と、ボウイはいった。「あんたもくるだろ、チカモウ?」

「つま先をどっかにぶつけたりしないかぎりな」と、チカモウはいった。

＊

短いコートを着た幼い女の子が、待合室のベンチから下りた。コートの裾《すそ》の下からズロースがのぞいている。女の子は両手を後ろで組み、ボウイを見た。ボウイはもう一度ウィンクした。女の子は近づいてきて、そばまでくると手を差しだし、手のひらを上に向けて指を開いた。

「五セントほしいのかい？」と、ボウイはいった。

母親が立ちあがった。安っぽい毛皮の襟のついた、色のあせた赤いコートを着た女で、両手を差しだしながらボウイたちのほうに寄ってきた。

「お邪魔でしょう？」と、母親はいった。

「そんなことありませんよ。どこに行くのかな、お嬢ちゃん？」

「おじいちゃんち」女の子はもう一方の手も差しだした。

「まあ、お行儀が悪い」と、母親がいった。

ボウイが手のひらに二十五セント硬貨をおくと、指が閉じられた。

「しばらくぼくの横にすわらないか？」ボウイはベンチをぽんぽんとたたいた。子供は硬貨に目をやり、つぎに母親を見上げた。母親は娘がベンチにすわるのを手伝った。

タイル張りの床に大きな靴音を響かせながら、警官が切符売り場の窓口のほうへ歩いていき、しばらく係員と話をしてから、ドアのほうに引き返した。ドアの前で警官は一歩下がって脇《わき》に寄り、毛皮のコートを着たふたりの若い娘に道をあけた。ふたりは週末旅行用のバッグを持ち、ツイードのコートを着た男を従えていた。警官は出ていき、ふたりの娘とツイードのコートの男は切符売り場の窓口の前に立った。

ボウイは女の子を両腕で抱え、混雑したバスに乗りこんだ。三番目の座席にすわっていたはげ頭の男が立ちあがり、ボウイと母親に席を譲った。

母親はあれこれしゃべった。彼女の眼窩《がんか》は、タバコのヤニで黄ばんだタバコの巻紙のような色をしていた。夫は理髪師なのだが、仕事が見つからないため、状況がよくなるまで実家の父親のところへ身を寄せるのだという。娘はひどい風邪から回復したばかりだということだった。

女の子はボウイの膝の上で眠ってしまった。ボウイは彼女の身体《からだ》をすこしずらし、脇に吊《つる》した拳銃《けんじゅう》に頭が触れないようにした。夫がクリスマスまでには職につけるといいのだけれど、と母親はいった。

女の子の爪《つめ》は柔らかく、紙のように見えた。爪の先が汚れていて、そこだけ黒い三日月になっている。キーチーの爪はいつも清潔で、まるく切りそろえられ、きれいだ。ルーラの爪のように長くて鋭かったりしない。ボウイが家を出るまえの晩、彼女はボウイの足の爪を切ってくれた。なんてこった、おまえはまたキーチーのことを考えてるぞ。もういいかげんにしろ……女の子の母親はいまつらい目にあっていて、ちょっと金があればひと息つけるんだ。そして、いまのおれは六千ドル近い金を持っている。

母親はすでに口を閉ざし、頭をシートにあずけて目を閉じていた。膝の上のハンドバッグは表面が擦り切れ、芯のボール紙が見えていた。

もしこのハンドバッグに二十ドル札を一枚すべりこませたらどうなるだろう？　いまこのハンドバッグに触れたら、彼女はおれの手をつかんで大声を出すだろうか？　もちろん、そんなことをしてもおれの得になるわけじゃない。しかし、うまくすればあのハンドバッグのなかに金を入れられるかもしれない。もしあのハンドバッグに二十ドル札を五枚入れても彼女が目を覚まさなかったら、この道の先に待っている不運はすべて消え去る。もし十三数えるうちにあのハンドバッグのなかに二十ドル札を五枚入れたら、この旅でおれを阻《はば》むものはなにもない。

母親は寝息を立てはじめた。金はすでにハンドバッグのなかだった。

夜が明けてすぐに、女の子と母親はバスを降りた。ボウイも八時にサンアンジェロで降り、十時に新しい車で南を目指した。

　地平線に沈みかけた太陽の上の雲は、月光に照らされた海の波の写真のようだった。ボウイの腹のなかで小さな炎が燃えていた。なにか食べないとだめだ。最後に食事をとったのは……なんてこった……おとといからなにも食べてない。クソッ、まごまごしてるとこのまま飢え死にしちまうぞ。ほかのことに気を取られてて飢え死になんかしたら、しゃれにもならない。

〈食事〉という看板が目に入った。ボウイは広いパークウェイに車を乗り入れ、道路《どうろ》際《ぎわ》のランチスタンドのスクリーンドアのそばに停めた。ランチスタンドは背の低い建物で、ブリキのビールの看板がいくつも貼《は》ってあった。

　ボウイはなかに入った。カウンターがひとつにスツールが五つ、スロットマシンの横では電気蓄音機がまわっている。白いエプロンをつけた男がアーチ形のドアの奥から出てきて、カウンターに入った。厨房《ちゅうぼう》の小窓から女の顔がのぞいた。

「半熟の卵をふたつとコーヒー」と声をかけ、ボウイはいちばん手前のスツールにまたがった。

　店の男はでっぷりと太っていて、たるんだあごの肉は柔らかいカエルの腹のようだった。

蓄音機からは〈エル・ランチョ・グランデ〉が流れていた。キャッシュレジスターの隣に、ケチャップの瓶とホワイトマスタードの広口瓶にはさまれて、新聞が立ててあった。ボウイは手を伸ばしかけたが、すぐに引っこめた。新聞なんてクソくらえだ。音楽が終わり、カチッカチッという機械の音が響き、やがて静かになった。カエルあごがキャッシュレジスターの脇をまわってカウンターから出てきた。しばらくすると、コイン投入口に硬貨が当たるカチッという音がして、ふたたび蓄音機が〈エル・ランチョ・グランデ〉を演奏しはじめた。

ボウイは半熟の卵をかきまぜてから、クラッカーを割り、グラスのなかにかけらを落とした。塩とコショウを取り、それから新聞を手に取った。サンアントニオの新聞だった。料理を口に入れてから、一面を広げた。

十一月十六日、テキサス州ガシャートン——今夜、当市でひとりの犯罪者が死亡し、もうひとりが怪我《けが》を負ったほか、死亡した犯罪者の妻が共犯容疑で逮捕された。これらの死傷者は、本日の朝ファーストナショナル銀行で発生した一万七千ドル強奪事件の犯人と目されている。

死亡したT・W・〝トミーガン〟・メイスフェルドは、オクラホマの刑務所から脱走した服役囚で、ウェストテキサスで過去二カ月間に起こった六件の銀行強盗事件の容疑者として追われていた。同容疑者はレッドボネット・ホテルの前に駐車していた車に乗っているところを警官に射殺された。相棒のエルモ・〝三本足指〟・モブリーは重傷を負い、現在は当市の病院で厳重な警護下に置かれている。

　銀行強盗団のリーダーで凶悪殺人犯のボウイ・A・バウアーズは、三百名以上の警官と怒れる市民によって構成された捜索隊によるしらみつぶしの捜索にもかかわらず、今夜半になってもいまだに発見されていない。

　射殺された強盗の妻と目されているミセス・ルーラ・メイスフェルドは、銃撃戦の数分後に逮捕され、留置場に拘束されている。

　ダウンタウンでの銃撃戦は大勢の歩行者を恐怖に陥《おとしい》れ、車を運転していた者たちはあわてて安全な場所に身を隠した。警官隊はすばやく拳銃を抜き、犯人に発砲する間をあたえなかった。

　ファーストナショナル銀行から強奪された金のうち、一万ドルは穴だらけになった車から回収された。強盗犯たちに対する大打撃は、ホテル探偵のクリス・ロートンのお手柄だった。ロートンの通報によって、強盗団を罠《わな》にかけることができたのだ。

「どうかしたのかい」と、カエルあごがいった。「卵の焼き具合は、それでよかったか？」

「ああ」と、ボウイはいった。彼はスプーンをグラスのなかに落とした。

当地でのセンセーショナルな強奪事件には、すくなくとも三人の男と、二人の女が関与したものと目されている。犯人のうち、ボウイ・バウアーズおよびメイスフェルドと判明した二人は、十時に銀行に入った。二人は六人の行員と十人ほどの客に拳銃を突きつけて金庫室に監禁し、金庫と現金入れ引き出しの中身をすべて奪い、外で待っていた仲間の車で逃走した。目撃者によると、猛スピードで走り去った車のなかには女性がひとり乗っていたという。

殺人罪による終身刑でオクラホマ刑務所に服役していたバウアーズは、同刑務所を脱走したのち、テキサコシティの警官が二名殺害された事件をはじめ、オクラホマ、カンザス、テキサスで発生した六件の銀行強盗事件に関連して指名手配されている。バウアーズは神出鬼没で、車に女を乗せて田舎町を猛スピードで飛ばしている姿を何度も目撃されている。オクラホマ当局によれば、同行している女はキーチー・モブリーといい、今夜当市で重傷を負って逮捕された男の従妹《いとこ》だという。

「ほかにはなにもいらないか？」

「ああ」と、ボウイはいった。一口食べてみたが、痰《たん》のような味がした。

　バウアーズがテキサコシティから逃走するにあたっては、陰で女が手を貸したと目されている。捜査当局は、当市から姿を消した際にも、同様に女の手引きがあったものと見ている。

　モブリーは頭部と胸に傷を負ったが、担当医師によると、一命を取り留めることも考えられるという。しかしその場合には、電気椅子《いす》に送られる可能性が高い。地方検事のハーバート・モートンは今夜、モブリーが裁判にかけられた場合には、極刑を求刑すると宣言した。

「あたしは世界でいちばんトミーを愛してました」まだ幼さの残る十九歳のルーラ・メイスフェルドは、留置場で涙を流した。「あの人は世界でいちばん……」

ボウイは新聞をたたみ、瓶と広口瓶のあいだに戻した。それから立ちあがり、キャッシュレジスターに向かいながらポケットに手を突っこんだ。

「最近じゃ、誰かに喜んでもらうのも楽じゃない」と、カエルあごがいった。

「たんに腹が減ってないんだ」と、ボウイはいった。

車に向かって歩いていった。足がサボテンの針だらけになったような気がした。

第19章

〈ウェルカム・イン〉のキッチンでは、緑色のシェードのついたランプが煌々《こうこう》と光を放っていた。ボウイが不在のあいだに手入れがなかったという合図だ。ボウイは車のドアをそっと閉めた。舗道の上の落ち葉が靴の下でカサカサ鳴った。ドアが軋《きし》まないようにノブを押しあげながら開け、なかに入った。暖炉には黒っぽい灰が山となっており、そのあちこちに白っぽい石炭が顔をのぞかせていた。ボウイがふと目をやると、キーチーは影に沈んだラジオのわきの簡易ベッドに腰を下ろしていた。

「帰ったよ」と、ボウイはいった。言葉が空っぽの胃のなかに溶けていってしまい、口のなかにはなんの音も残っていないような気がした。彼は身体をこわばらせた。

「明かりが煌々とついているのが見えた。ちゃんと覚えてたんだな」

「あなたが帰ってくるのかこないのかわからなかった」

ボウイは暖炉の前まで歩いていき、背中で両手を組んだ。キッチンのシンクで蛇口から水の垂れる音がした。「こっちはどうだった？」

「問題なかった」

スピードを上げて幹線道路を遠ざかっていく車のエンジン音が、ドラムのタムの音のように響いた。

「キッチンの明かりを消してほしいかい？」

「あなたがそうしたいなら」

「どっちでもいいよ。おれにはほんと、どっちだっていいんだ」

「あなたが帰ってきてもこなくても、なにか違いがあるのかわからない」

頭《ず》蓋《がい》底《てい》がいきなり熱くなり、目のかすみが煙のように目を焼いた。「それって、おれのことだよな？」

「ええ」

「なにもかもが、とんでもない速さで起こったんだよ」と、ボウイはいった。「ほんと、あっというまのことだったんだ。あの件は知ってるんだろ？」

「ええ」

「きみのことは？」

「知ってる」

ボウイはキーチーのほうに近づいた。「ちくしょう。きみをこんな仕事に関わらせるつもりはなかったんだ」

「わたしのことなら心配しないで」

　ボウイは足を止めた。

「自分の面倒は自分で見ることを覚えるから」

「例の金はぜんぶきみのもんだ。あれだけあればなんとかやっていける。だからあの……きみの親父のところには戻るな」

「戻るつもりはないわ。そのことは心配しないで」

「いつかはあそこに戻らなきゃならないだろう。だけど、おれのやらかしたことは心配しなくていい。あのとんまなウスノロどもは、きみに罪を着せることなんかできっこない。ぜったいにね」

「わたしのことを考えはじめたのは、いつ？」

「きみのことを考える？」

「ここから出ていったあと、わたしのことなんかぜんぜん考えなかったでしょ？」

「ここを出ていったあと、きみのことを考えなかった？」

キーチーは立ちあがった。「あなたはわたしに嘘《うそ》をついた。騙《だま》したのよ」

ないんだ」

「わたしにさわらないで」キーチーは拳《こぶし》を握った。「あなたはあのふたりを取った。わたしを取るかあいつらを取るか、どっちかひとつだった。そのことはあなただってわかってたはずよ。そして、あなたはあのふたりを取った」

ボウイは両手を下げた。「あいつらのことは、きみとは話したくない」

「あのふたりのことなんて、どうだっていい。あいつらのことを気にかけたことなんか、一度もないわ。それはあなただってわかってるはず。いいわ、あなたとわたしはこれで終わり」

キーチーはドアに向かって歩きだした。ボウイは彼女が軍用コートを手にしているのに気がついた。床にはバッグがふたつ置かれていた。

「どこへいくつもりだよ？」と、ボウイはいった。

「あなたになんの関係があるっていうの？」

ボウイは身をかがめて手を伸ばし、バッグを拾いあげようとするキーチーの手首をつかんだ。彼女は身体をよじって逃れようとした。

「さわらないでっていったでしょ」

「ちょっと待ってくれ」

キーチーはその場に立ったまま、鼻の穴がつまってしまったかのように、音を立てて口で息をした。

「こんなふうに出て行きたいのかい？」

「ええ、そうよ」

「こんなふうに腹を立てたまま？」

「なんとでもいえばいいでしょ」

ボウイは下腹からすっと力が抜けるのを感じた。

「いいたいことはそれだけ？」と、キーチーはいった。

「ちょっとだけ待ってくれ」

「止めないで」

「いいや、止めたりはしない。だけどちょっとだけ待ってくれ」

その場に立ったままのキーチーを残し、ボウイは振り返って暖炉の前へ行き、くすぶっている石炭に目をやった。それからキッチンに行き、くしゃくしゃにまるめた新聞紙とたきつけを手に戻ってくると、暖炉の灰をわきに寄せてから、新聞紙を石炭の上に置いた。新聞紙が燃えあがった。ボウイはその上にたきつけをかざした。

「こんな夜遅くに出ていく必要はないだろ。もしこの時間にどちらかが出ていくとしたら、それはおれのほうだ」

「わたしはここにいるつもりがないの」

「いいだろう。おれはちょっと頭を整理してくる。どうしても出ていくっていうんならそれでもいい。おれはいますぐここを出て長めの散歩をしてくるから、もし気持ちが絶対に変わらないんなら、外に車がある。キーは差したままだ。金のある場所は知ってるだろ？」

「あなたのものはなにひとつほしくない」

「バカいうなよ」

ノブをつかむと耳ざわりな音が響いた。ボウイはドアを開けて外に出た。

濃灰色の丸い月の底に重たそうな三日月がしがみついていた。風が木々に吹きつけ、遠くから響いてくる川のせせらぎのような音を立てている。コバルト色の星空を背景に、黒いシルエットになったヒマラヤスギのてっぺんが嵐のなかのクリスマスツリーのようにしなり、宙を鞭打《むちう》った。ボウイは木こりが使う曲がりくねった灰色の道をたどり、森の奥深くへと分け入った。

これがおまえの望みなんだろ？　そうじゃないのか、ビッグボーイ？　いつかは終わりにしなきゃならないんだ。どんな終わりを迎えようと関係ない。とにかくこの道を歩きつづけ、このロクでもない脚がもげるまで歩くんだ。ガソリンスタンドの小屋の灯油ストーブの前にしゃがんでいたキーチー、床のほこりがスカートのすそについていて……おいおい、あいつのことを思い出すのはやめろ。

冷気がズボンの裾から脚を這《は》いあがり、シャツの襟からも忍び入ってくる。ボウイはジャケットの襟を立てた。おれにはやらなきゃならないことがどっさりある。新しい世界に行っちまったあんたのためにできることはなにもないんだよ、Tダブ、だけどな、チカモウ、あんたには友だちがついてる。いいか、ボウイ、おまえにまっとうな生き方ができるなんて思うなよ。遅かれ早かれ悪事に手を出すんだ。どうせあと一年もしないうちにな。

自分の影が短くなったり長く伸びたり形を変えながら、道のすぐわきをすべるように走っている。キーチーが床からタバコの吸い殻をいくつも拾いあげて自分で見つけた巻きタバコ用の薄紙でタバコを一本つくってくれる。またぞろそんなことを考えるのはやめろ。どんな経緯でそんなことになったかなんて関係ない。たんにそんなふうになっただけだ。オーケー。オーケー。オーケー。オーケー！

向こうに折れた木の幹が転がっている。二本の短い大枝が外に向かって広がっているせいで、人間のように見える。ボウイは脇の下のホルスターに差してある銃の握りに手のひらを押しつけた。ちくしょう、警官ひとりを相手に拳銃なんかいりゃしない。勇敢な男たち。ヒーローたち。ひとりの泥棒を捕まえるのに五十人がかり。いや、百人、二百人、三百人がかりだ。大物ども。ヒーローたち。

まっすぐに落下してきた隕石《いんせき》の破片が、揺すられた薪《まき》の火花のように天空に光の線を描き、消えていった。あれはきみが去っちまったというしるしだな、小さな兵隊。きみが去っちまったしるしだ。

ボウイは森をあとにし、空き地を横切って〈ウェルカム・イン〉に戻った。ふるいにかけた灰のように、夜明けの靄《もや》があたりを漂っていた。車は彼が駐車した場所に停まったままだった。なんてこった、きみは歩いてここを出ていったのか、キーチー？いや、そうじゃない、出てかなかったんだ。なぜだい、キーチー、トラブルに巻きこまれるかもしれないんだぞ……煙突からは煙が立ちのぼっていた。

キーチーは燃え盛る薪の前に腰を下ろし、コートを脱いでタバコを吸っていた。

「出ていけなかったの」と、彼女はいった。

ボウイは首が硬くこわばっていて、動かすことができなかった。

「出ていけなかったの」キーチーはくりかえした。

「外に車があるのに気づいたよ」と、ボウイはいった。

「ここ以外の場所に、わたしのほしいものなんかなにもないから」と、キーチーはいった。「なにひとつ。ぜんぜん！」

ボウイは彼女の肩に手をおき、軽くたたいた。「もう寝たほうがいい」

「そうね」

「おれも寝るよ」

しばらくしてから、キーチーは立ちあがって寝室に入っていった。ボウイはそれにつづいた。ドア口に立ち、キーチーがベッドに横になるのを見つめた。それから、そばに行ってベッドの端に腰を下ろした。

「あなたから離れたくない」と、キーチーはいった。

ボウイはうなずいた。

「あなたはわたしを行かせなかったでしょ、ボウイ？」

「ああ」

「もしわたしが出ていきたかったとしても」

「ああ」

「ここにいてもいい？」

「ああ」

「わたしはあなたの役に立ってるでしょ、ボウイ？」

「ああ」

「すごくすごく役に立ってる？」

「ああ」

　キーチーは目を閉じ、口と鼻から深く息を吸いこみ、痙攣《けいれん》的に身体をビクッと震わせた。ボウイは両手をそっと彼女に当てた。身体がまたビクッと震えた。ただし、さっきよりは穏やかだった。いまは口を閉じ、眠っている。ボウイはホルスターから銃を抜き、ベッドのすぐ下におき、ネクタイを緩め、カラーのボタンをはずした。それから、キーチーの隣に横になった。

第20章

今年はサンタクロースも橇《そり》じゃなくてボートでこなきゃならないみたいね、とキーチーがいった。もう六日も雨が降りどおしだった。昼になっても森は雨に煙り、丘は空と溶け合い、コテージは小さな島に建っているかのようだった。ふたりが眠りにつくときに屋根を愛撫《あいぶ》していた雨は、朝になってもやさしい不規則なリズムを刻んでいた。

もうすぐ夕方の五時だから、そろそろアルヴィン・フィルポットがサンアントニオの新聞を運んでくるはずだった。ボウイは四週間前にアルヴィンと取引をし、週に五十セントで新聞を毎日配達してもらっていた。アルヴィンは学校の帰りに新聞を運んでくる。ボウイとキーチーは、四日後に迫ったクリスマスになにかプレゼントをあげるつもりだった。

「クリスマスにエッグノッグはどう?」と、キーチーがいった。彼女はキッチンのドア口に立ち、片手にサツマイモ、もう片方の手に皮むきナイフを持っていた。

ボウイは磨き終わったキーチーのオックスフォードシューズを床におき、もう片方を手に取った。「きみは飲んだことあるのかい？」

キーチーは首を振った。「ちっちゃいときにあるかもしれないけど、覚えてないわ。たんに新聞でレシピを見つけたの。クリスマスの季節にはほとんど誰もがエッグノッグを飲むんだと思ってた。卵は身体にいいでしょ」

「それよりも」とボウイはいった。「ウィスキーの一クォート瓶を買ってきてストレートで飲もう。エッグノッグは遠慮しとくよ。まえに一度飲んですごく気持ち悪くなって、もう二度と飲まないと誓ったんだ」

キーチーは笑ってキッチンに戻っていった。夕食はポークチョップとサツマイモの砂糖煮の予定だった。

ボウイはキーチーの靴に茶色い靴墨を擦りこんだ。クリスマスにはなにか特別なことをしよう、と思った。いつもの日とおなじというわけにはいかない。ママへのプレゼントはもう手配してある。千ドルだ。きのう、ボウイとキーチーはサンアントニオまで車で出かけ、封筒を投函《とうかん》してきた。ただし、近いうちにしなければならないことがひとつある。マクマスターズに住んでいるチカモウの友人の弁護士、アーチボルド・

J・ホーキンスに金を送るのだ。キーチーとまたサンアントニオに行って手配しなければならない。封筒に二千ドルの現金を入れて弁護士に？　そいつはすでに死んでいて、誰かべつの人間が受けとるかもしれないのに？　それは得策じゃない。サンアントニオの銀行で為替手形を買って送るのだ。泥棒の金を着服したらまずいことくらい、弁護士なら誰だって知っている。以前、タルサの弁護士で痛い目にあったやつがいるじゃないか。それから、チカモウに百ドルの郵便為替を送ろう。クリスマスシーズンだから、サンアントニオの銀行や郵便局は混雑しているだろう。おれやキーチーに目を光らせているやつはいない。

　スクリーンドアをガタガタ揺らす音がした。ボウイは立ちあがってドアのところへ行った。アルヴィンだった。ずぶ濡《ぬ》れになった少年の鼻からは水がしたたり落ちていた。彼はぐっしょり濡れたコートの下から乾いた新聞を取りだした。

「気をつけないと、びしょ濡れになっちまうぞ」と、ボウイはいった。

「へっちゃらだよ」と、アルヴィンはいった。

アルヴィンが去ってしまうと、ボウイはキッチンに戻った。「あの子へのプレゼントを思いついたよ。レインコートだ」

「散弾銃よりはいいわね」と、キーチーはいった。

新聞にはこれといったニュースは載っていなかった。しかし、おとといの新聞でもうあれこれわかったからな、とボウイは思った。チカモウの裁判は二月四日に決まった。弁護士のホーキンスには早めに金を送ったほうがいい。さもないと、チカモウは電気椅子送りになっちまう。

夕食のあとで、キーチーとボウイはチェッカーをやった。雨がさっきよりも激しくなっていた。風が網戸を鳴らし、ひさしから落ちてくる雨水が下の水たまりを叩《たた》いていた。

ボウイはスライド式のふたがついた箱にチェッカーの駒《こま》をしまった。

「ちょっと考えてたんだよ、キーチー。このあいだきみがいったじゃないか、男より女のほうが変装が簡単だって。でも、じつは男のほうが簡単だと思うんだ。男ならひげをはやしたり、眼鏡をかけたり、髪型を変えたりできるだろ」

「でも、あれこれ化粧はできないわ」

「そんなことないよ。女装して女のふりだってできる」

「あなたが女装したとこなら見てみたい」

「おれはしないよ」

「わたしも男装なんてするつもりはないけど」

「わかってる」と、ボウイはいった。「だけどさ、キーチー、この世にはいつも女の服を着てる男だっているだろ？　ああいうやつらはよくないよ」

「ケオタに、葉巻を吸って男みたいにふるまってる女の人がいたわ」

「そういうやつらはよくないよ、キーチー。ぜんぜんな。あいつらはよくない」

「この世界には、いい人よりよくない人のほうが多いじゃない」と、キーチーはいった。「そんなこと、目の見えない人にだって見えてる」

「アルカトナ刑務所じゃ事情が違う。どこを見てもよくないやつらばっかりで、驚くくらいさ。あそこにいるのが耐えられなくなったのは、それも理由のひとつなんだ。でももしかしたら、それは刑務所の外でもおなじなのかもしれない」

　窓の網戸が甲高い音を立て、ボウイは耳をすました。それから、指を耳に突っこんで小刻みに動かした。

「わかったよ、たしかにきみのいうとおりだ。このゲームに勝つにはここから出ていって、世捨て人みたいな生活をするしかない。友だちをひとりもつくらずに」

「信用できる人なんかいないのよ、ボウイ」

「おれもいつだってそういってたんだ、ハニー。いまこの瞬間そこのドアからイエス・キリストが入ってきたとしても、おれは信用しない」

「この世界で頼れるのは自分だけ」と、キーチーはいった。

ボウイは立ちあがり、チェッカーの駒が入った箱とボードを炉棚の上に戻した。彼はキーチーのほうに向き直り、炉棚の端に肘《ひじ》をつくと、暖炉の熱が直接あたらないように腰を遠ざけた。

「だけど、きみもわかってるだろ、キーチー。おれたちみたいな三人組はそうそうお目にかかれるもんじゃない。おれは刑務所にいるチカモウのことを考えてるんだ。あいつはいまたったひとりで、タバコ銭さえ持ってないにちがいない」

「いまとなっては、彼を救えるのは弁護士だけよ」

「わかってる。おれが考えてたのはそのことなんだ。あいつはいま、自分にはこの世に友だちなんてひとりもいないと思ってる」

「あなたにできることなんてなにもないわ。お金をあげたいっていうならべつだけど」

「それだよ、キーチー。この世の中じゃ、物事の九割は金でどうにかなる。おれはそれをしなきゃならない。あいつのために弁護士を手配するんだ。それも腕利《うでき》きの弁護士をね」

「それだったら、自分は表に出なくてもいいってわけ？」

「おれをバカだとでも思ってるのかい？　当然じゃないか。腕利きの弁護士に現ナマを渡すだけさ。それ以外はなにもしない」

キーチーは立ちあがって木箱のところに歩いていき、薪を一本、暖炉まで運んできた。「ちょっとどいて、ボウイ」

薪を放り投げると、火花が散った。キーチーはその場に立ったまま、炎が大きくなるのを見守った。「雨の音がうるさいわね」

「なんていったんだい、キーチー」

「屋根に雨が当たる音にうんざりしないかって訊《き》いたの」

「ああ、まあね。たしかにうんざりだ。きみのいうとおりだよ」

「わたしは好き」と、キーチーはいった。

ボウイが足を踏みだすと、床板が鳴った。「きょうのうちにもっと焚《た》き木を運んどかないとな。この雨は永遠に降りつづきそうじゃないか」

＊

クリスマスイブの朝、ひさしにはつららができていたが、夜明けの空には雲ひとつなく、ひさしぶりに晴れそうだった。ボウイとキーチーはベッドに横たわったまま、きょうの午後レインコートをプレゼントしたらアルヴィンはどんな顔をするだろうと話し合った。レインコートはきのう、六枚のハンカチといっしょにアンテロープ・センターで買ってあった。ハンカチはアルヴィンに託して、例のうさんくさい管理人に渡してもらうつもりだった。

「午前中にサンアントニオに行って四時までに帰ってくるんなら、もう起きて支度をしないと」と、ボウイはいった。「ぼやぼやしてると用事を片づけられないぞ。ましてや、ショウを見るなんてぜったいに無理だ」

「あら、あなたをこのベッドに縛りつけてるものなんてなにもないじゃない、ブォーウィー」と、キーチーがいった。

「きみはいつも、ぼくより先に起きるだろ？　なぜけさはぐずぐずしてるんだ？　きょうはつららを取ってこなくていいのか？」

「ええ。あなたがすっごく男らしい男だってところを見せてくれるのを待ってるの。けさはあなたが先に起きて暖炉に火を入れてくれない？」

「おれが？」

「いま話しかけてる相手があなたであることを願うわ。ほかの誰かじゃなくて」

「いやはや、おれもそう願うよ。なら教えてくれ。おれはただ起きて隣の部屋に行って、暖炉に火をつければいいんだな？　わかったよ、きみの勝ちだ。キーチー・ウィーチー」

ボウイは上掛けをさっとめくり、外に出て、毛布をキーチーの身体の下にたくしこむと、裸足《はだし》のまま急ぎ足で冷えきったリビングルームに入っていった。

つづいてキッチンへ行き、床が水浸しになっているのに気がついた。バスルームを覗《のぞ》いてみると、シャワーのパイプが破裂していた。

「管理人のところに行って、配管工を呼ぶように頼んでくるわ」と、キーチーがいった。

「いや、きみはここにいろ。おれが行ってくる」

工具を積んだフォードのピックアップがガタガタとやってきてコテージの前に停まったときには、すでに十時になっていた。ボウイはモップを片手に窓のそばに立ち、配管工が降りてくるのを眺めた。ジャガイモみたいな形の頭をした男で、口の端に火のついていない葉巻の吸いさしをくわえていた。

「ちょいと厄介なことになったってのは、あんたらかい？」と、配管工はいった。

ボウイは親指で家の奥を指さした。「バスルームだ」

配管工はベッドのわきに立っているキーチーを見て足を止めた。

「バスルームのなかだ」と、ボウイはいった。

配管工はこわばった笑みを浮かべた。顔が青白いせいで、葉巻の吸いさしがより黒く見えた。「雨つづきでどこも沼みたいでね」と、配管工はいった。「身体が凍えちまう。バスルームっていったかい？」

ボウイは指さした。

配管工はリビングルームを抜けて廊下に足を踏み入れ、バスルームに向かった。

ボウイは振り返ってキーチーを見た。

キーチーは声は出さずに口だけ動かした。

――なんか変じゃない？

ボウイはうなずいた。

配管工が廊下から姿を現わし、足早にドアへ向かった。「工具を取ってくる」と、彼はいった。

ボウイとキーチーは窓から様子をうかがった。配管工はピックアップに乗りこむとエンジンをかけ、乱暴なほど勢いよく走り去った。

ボウイはキーチーのコートを指さした。「先に行って車のエンジンをかけておくんだ」

ゲートを走り抜けるとき、水たまりの泥水が派手に飛び散り、フロントガラスに跳ねかかった。ボウイはワイパーのスイッチを入れ、幹線道路に車を乗せた。前方に伸びている道路は灰色で、痰のようにつるつるしていた。フェンダーの下で砂利がガタガタ鳴った。

「タバコに火をつけてくれ」

キーチーはパネルポケットに目をやった。「タバコはないわ、ボウイ。一本も」

「こんなことになるなんて、信じられないよな」

「どこかで買いましょ」

「まったく信じられないよ。ついてないにもほどがある。で、タバコはないのかい？一本も？」

「どこかで買えばいいでしょ、ボウイ」

「いやはや、ほんとについてないな」

雷が鳴った。周囲の山々が地割れに飲みこまれ、激しい音を立ててぶつかり合っているかのようだった。

「もう雨にはうんざりだ」と、ボウイはいった。「ほんとに嫌気が差しちまった」

「どこに向かってるの、ボウイ?」

「マクマスターズだ」

「マクマスターズ?」

「弁護士に会いに行く」

「マクマスターズ」キーチーがくりかえした。

道路は濡れた葬儀用リボンのように長く伸びており、雨にぐっしょり濡れた道路脇の雑草が後ろに飛び去っていった。

「アルヴィンはレインコートをもらえなかったわね」と、キーチーがいった。「ラジオの上に載せておいたのに」

ボウイは空咳《からせき》をした。「考えてみると、きのうガソリンを入れて予備の缶も満タンにしといてよかったな。きのうの朝みたいに、まずはガソリンを入れるところからはじめてたら? ありがたいことに、この車にはガソリンがたっぷり用意してある」

「ついてたってことね」と、キーチーがいった。

第21章

J・アーチボルド・ホーキンス弁護士の自宅は屋根の平らな二階建てで、板材のたわんだポーチがついており、隣の敷地にはファースト・クリスチャン教会が建っていた。家具でいっぱいのリビングルームにはロールトップデスクがおかれ、その上にはタン色や赤のクロス装の法律書が積んであった。ピアノの譜面台には二冊の賛美歌集が立てかけられ、ショールで覆《おお》われた天板にはフレームに入ったポートレート写真が並んでいる。絨毯《じゅうたん》はところどころがすり切れて粗製麻布のようになり、幅の広いスライディングドアのわきのひび割れたリノリウムの床では、ガスストーブが揺らめく炎を高く噴きあげていた。

ホーキンスは、微笑《ほほえ》むとくぼんだ目にしわが寄り、頬がセロファンに包まれたボールのようになった。同居している姉はアマリロに住む息子に会いに行っているとのことだった。どうやら彼は、クリスマスの夜をひとりで過ごすつもりでいたらしい。

「しかし」と、ホーキンスはいった。「うれしいことに、すてきなお客と過ごせそうだ」

鉤爪《かぎづめ》のような脚のついた革製のソファに腰を下ろしたボウイは笑みを浮かべた。キーチーは下に顔を向け、普段着のドレスに包まれた脚をコートの裾《すそ》で覆った。

「で、チカモウの件なんですが、どうでしょう?」と、ボウイはいった。

「うまく解決できるはずだ」と、ホーキンスはいった。「わたしは刑事事件が専門ではないが、ガシャートンの法律事務所の弁護士たちは個人的に知っている。彼らならどうにかできるだろう。ただし、それには金が必要だ」

「どれくらい?」と、ボウイはいった。

ホーキンスは微笑んだ。「相手からふんだくれるだけさ」

「というと?」

「あの法律事務所は、最低でも二千ドルにはならないと動かない」

「三千ドルとか?」と、ボウイはいった。

ホーキンスはうなずいた。「新聞でも大きく取りあげられているからね」

「チカモウにいくらか金を送りたいんですが。なんとかできますか?」

「面会なら簡単にできる」

「骨を折っていただくお礼に、五百ドルお渡しします」

「それはありがたい」

ボウイは脚を組み、身を乗りだして膝《ひざ》に肘をつき、頬杖をついた。「ガシャートンでなにがあったのか、詳しいことをご存じですか？　あのふたりはどうしてあんなことに？」

ホーキンスはうなずいた。「ああ、知ってるとも。例の若い娘のせいさ。名前はなんていったかな？　メイスフェルドの妻だ」

「なんてこった」と、ボウイはいった。「間違いありませんか？」

「悪意があったわけじゃない。あそこのホテルの探偵が、彼女を口説こうとしたんだ。それを不快に思った彼女は、無視する代わりに大声で騒ぎだした。支配人に苦情をいい、自分には夫もいるし、金もどっさり持ってるといったのさ。それを聞いてホテルの探偵は不審に思い、やがて確信を持つに至って、彼女の電話を盗聴した。かくして情報を手に入れたってわけだ」

「クソッ」

「チカモウの裁判で、彼女は州側の証人として証言することになってる」

「クソッ」

もうおいとましたほうがいいわとキーチーがいった。

ホーキンスは、奥のオーブンで大きなチキンを焼いたんだといった。三十分もあれば温められる。クリスマスの夜をこの老人とすごしてくれないかね？

ボウイはキーチーに目をやった。彼女はうなずいた。

弁護士はよくしゃべった。このあたりには、百万長者がどこの土地よりもたくさん住んでいてね。しかし同時に、泥棒や人殺しもよそより多い。ここが重要なところだ。極端に富があると、極端に犯罪が増える。社会制度が極端な富の獲得を許すかぎり、同等の犯罪が起こるってことさ。政府と法執行機関は、手をこまねいてそれを受け入れなきゃならない。

「金持ち連中は」と、ホーキンスはいった。「バカでかい車を運転したり、ダイヤモンドのアクセサリーをあれこれ身につけた妻を見せびらかしたり、誰もが自分を敬って当然と考えたりすべきじゃない。従順な羊たちはやつらを敬い、賛美し、こびへつらってるが、言葉にできないだけで、心のどこかではなにか納得のいかないものを感じてる。だから犯罪者を英雄視するんだ」

「おれは自分のやったことを誇りに思ったことなんかありませんよ」と、ボウイはいった。

この国じゃ、量刑は金の力でどうにでもなるんだ、とホーキンスはいった。倫理的正義なんてもんはどこにもありゃしないのさ。浮浪者が誰かべつの浮浪者から靴を盗んだら、そいつは大犯罪だ。しかし、盗まれた浮浪者が警察に届け出たってどうにもなるもんじゃない。おなじ泥棒でも、でっかい公共企業の電話ボックスから十五セントちょろまかせば十五年の刑を食らうことになるが、目の見えない物乞《ものご》いの缶からおなじ十五セントをかっさらっても、二十ドルの罰金を払わされるだけだ……。

ホーキンスの胃がゴロゴロ鳴った。ボウイは目を伏せ、自分の靴に乾いた泥がこびりついているのを見た。それからキーチーの靴に目をやった。彼女の靴にも泥がこびりついていた。

「さっき、マヌケな羊たちの話をしただろう？」と、ホーキンスはいった。「この家の向かいの角にアパートメントがあるんだが、そこの二間しかない部屋に住んでいる若者など、そのいい見本だよ。乳製品会社を経営してる百万長者に雇われて牛乳運搬用のトラックを運転してるんだが、労働時間は一日に十時間から十二時間。しかも、仕事を終えて家に帰ると赤ん坊が待っている。妻とふたりでその子の世話をしなきゃならない。妻は病気を患《わずら》ってる。出産してからってもの、身体《からだ》の調子が思わしくなくて、働きには出られない。そんな若者を考えてみるがいい。犯罪者は美化されていると新聞がいくら書き立てようが、なにも感じなくて当然さ」

「新聞ってやつは、デタラメばかり書き立てるんだ」と、ボウイはいった。「新聞を読むと、おれが足を踏み入れたこともない町で起きた銀行強盗まで、おれがやったことになってる」

「人狩りほど興奮をかきたてるものはないからな。しかも、円形闘技場での流血を盛り上げることにかけちゃ、新聞の右に出るものはない。ローマ人は残酷だったわけじゃない。すくなくとも、人狩りを扇情的に書き立てて大衆の興味を煽《あお》る新聞ほどにはね。ほんの一週間ほどまえ、乳製品会社の百万長者はマクマスターズが選ぶ本年度の名誉市民として、商工会議所から銀のトロフィーを贈られたよ。なにより皮肉なのは、そいつに雇われて週給十四ドルで働いている若者が、銀行強盗事件の陪審員に指名されることもありうるってことだ。新聞に自分の名前を載せたくてたまらない検察官の巧みな弁舌を聞かされて、その若者は思っちまうのさ。銀行強盗なんて、真っ赤に焼けた鉄釘《かなくぎ》を突き刺してやってもまだ足らないくらいだとね」

「銀行強盗はスリルがあって楽しかったですよ」と、ボウイはいった。「それを認めるにやぶさかじゃない」

キーチーがボウイの手の甲に触れた。「だいぶ遅くなったわ」

「もうすぐにおいとまするよ、ハニー」

「まだチキンが残ってる」と、ホーキンスがいった。「きみたちのような若い人から見れば、わたしなんぞ、話のくどい老いぼれの厄介者だろう」

「つづけてください」と、ボウイはいった。「お聞きしたいです」

「犯罪といえば、こんな話もある」と、ホーキンスはいった。ゴロゴロと音を立てて胃がまた鳴った。「二カ月ほどまえ、おんぼろの車に乗った肺病病みが小犬を二匹連れてデトロイトからここにやってきて、町の近くを流れてる川沿いの小さな掘っ立て小屋に移り住んだんだ。しばらくして、資産価値にして五万ドルはありそうなでっかい農場を川の反対側で経営してる男が、散弾銃でこの二匹の犬を撃ち殺した。しかし、その冷血で下劣で堕落した虐殺者を罰する法律は、この州にはなにもなかった」

「牛が犬に嚙《か》まれるんじゃないかと思ったんじゃないですか?」と、ボウイはいった。

「そうなんだ。しかし、撃ち殺すのは行きすぎだ。ガラガラヘビじゃないんだからな」

「わたしがまえに住んでた町では、逮捕された男がいたわ」と、キーチーがいった。

「毒入りのソーセージを投げあたえて犬を殺したの。車で町じゅうにばらまいて」

ボウイはキーチーを見た。「そんな話、したことなかったじゃないか」

「刑務所なんてもんは、腐敗した世界の吹き出ものにすぎない」と、ホーキンスはいった。「巨悪をなすような犯罪者――言い替えるなら、市民の安寧と平和と幸福に対する本物の敵ってやつは、刑務所とは無縁の生活を送ってるし、どこの墓地に行ってもわかるが、死ねば誰よりも大きな墓を建ててもらえる。異常な性癖を持ってる一般の人間。正常な性癖を持ってる異常な人間。いやはや。性根は腐ってるくせにあいつらがなんで臭《にお》わないのか、不思議としかいいようがない。おっと、若い娘さんのまえで口汚いことをいってしまったな。申し訳ない」

「あいつら資本家は、おれたちとおなじ泥棒なんだ」と、ボウイはいった。「やつらは未亡人や孤児から盗んでく」

「わたしは自分を偽るつもりなどない」と、ホーキンスはいった。「わたしもまた同類さ。さっききみがくれた五百ドルがそのいい証拠だ。わたしは今年、春の治安判事選に立候補をするつもりでね。挫《ざ》折《せつ》を経験した老いぼれの弁護士は、治安判事選に立候補するんだ」

「あなたは老いぼれてなんかいませんよ」

「とにかく、つぎの選挙に立候補する。たぶん当選するだろう。わたしは銃を持った治安官を何人か部下に持つことになる。彼らは街を巡回し、黒人どものさいころゲームをやめさせる。メキシコの町の小さな密造酒バーの手入れをし、時速制限をほんの数マイル超えただけの旅行者を逮捕する。罰金をがっぽり稼ぐ。わたしたちはみんなハゲタカなんだ」

「誰だって生活がありますからね」と、ボウイはいった。

「この制度の下では、犯罪者になるしかない」

「おれは、その金を失ったら困るやつからは盗んだことがない」と、ボウイはいった。

ホーキンスはキーチーに目をやった。「男がどんな道を選ぼうと、いつだってそれについていく女がいる」

「もしこの男が立ちあがっておいとまするなら」と、キーチーはいった。「わたしもすぐについていきます」

「こいつのいうことは無視してください」と、ボウイはいった。

ホーキンスの胃がまたゴロゴロ鳴った。

＊

町のメインストリートに渡された色とりどりの電飾が、誰もいない静まり返った道路を照らしていた。郡庁舎前の芝生では、電飾の施された大きなクリスマスツリーが緑や赤や黄色の光を放っている。町のはずれの看板には〈ニューオリンズまで――５９０マイル〉と書かれていた。

「あすの夜には、ニューオリンズに着けると思う？」と、キーチーがいった。

「ああ、たぶんね」と、ボウイはいった。「大物弁護士たちが刑務所の独房にやってきたらチカモウがどんな顔をするか、目に見えるようだよ。あいつは刑務所の外に友だちがひとりいることを知ることになる」

「あなたはもう、自分にできることはすべてやったわ」

ボウイはキーチーのほうを向いてにやりと笑った。「なあ、あのおしゃべり野郎の腹が鳴るのを聞いたかい？」

「永遠にしゃべりつづけるかと思った」

「あんな音は聞いたことがない」と、ボウイはいった。「家の外の通りにいたって聞こえたぞ」

第22章

ボウイとキーチーはニューオリンズに着いたら家具付きの一軒家を借りるつもりだった。しかし時間が遅かったし、ふたりともすっかり疲れていたので、最初に見せてもらったアパートメントを借りることにした。一見したところ、なにもかもが申し分なく思えたからだ。そこ――〈コロニアル・アパートメント〉――は、もともとの建物を改装したもので、ウエストテキサスの郡庁舎くらい大きかった。ヤシの木の垣根に囲まれた個人宅や大きな教会の並ぶ大通りにあり、鬱蒼《うっそう》と生い茂ったハコヤナギとエノキが日射《ひざ》しを遮っていて、サルスベリが窓を目隠ししていた。

〈コロニアル・アパートメント〉のオーナーはミセス・ラフキンといった。恰幅《かっぷく》のいい胸の大きな女性で、髪を黒く染め、いつもビール工場のような匂《にお》いをさせていた。ミセス・ラフキンは経営の実務にはほとんど関わっておらず、金歯を入れたレベッカという小柄な黒人の女にすべてをまかせていた。ボウイとキーチーはレベッカからほかの間借り人のことを教えてもらった。通りの先にある大学で教えている教授、ほとんどいつも病院に詰めているインターンと妻の看護婦、二階の二部屋に住んでいる四人の若い女子大生。レベッカによると、ミセス・ラフキンはウィスキーを五ガロン入りの樽《たる》で買い、毎晩祈りを捧《ささ》げているとのことだった。

ふたりの部屋のリビングルームは天井が高く、キーチーはボウイに抱えあげてもらってもドーム形の漆喰《しっくい》天井に手が届かなかった。部屋にはぴかぴかの花崗岩《かこうがん》でできた広くて高い暖炉があり、薪型のガスヒーターがついていた。近いうちにダウンタウンへ買い出しに行き、大型の書き物テーブルの横に置くラジオと、ビーズのシェードがついた客間用ランプを買ってこよう。キッチンテーブル用に赤いチェックのテーブルクロスがほしいわ、とキーチーはいった。

寝室の床はタイル張りで、曇りひとつない鏡のついた化粧台とベッドが床に固定されていた。キッチンは小さいが、あの大きな食品用の棚がいっぱいになれば、見た感じがずっとよくなるはずだ。バスルームはキッチンとおなじくらいの大きさで、蛇口からは勢いよく熱いお湯が出た。これなら好きなだけ風呂《ふろ》に入れるぞとボウイがいうと、わたしもそう思ってたとキーチーがいった。テキサスの山んなかじゃどうして我慢できたのかわからないよ、とボウイはいった。

ふたりは電話を引くことに決め、ドラッグストアかなにかで買い物がしたいときには、電話で注文して配達してもらうことにした。レベッカは食品雑貨店に毎朝行くので、喜んでついでに買い物をしてきてくれるという。彼女には週に何ドルか渡すことにしよう、とボウイはいった。そしたらあの黒人娘はしゃかりきに働くだろう。レベッカと配達の小僧以外とは誰とも顔を合わさない。夜になったらこっそり抜けだして、郊外にでも映画を観《み》に行けばいい。

この生活のいちばんいいとこは、世界中の誰もわたしたちの居場所を知らないことね、とキーチーはいった。彼女がネームプレート用の紙に名前を書きこみ、ボウイが郵便受けのスロットに貼《は》りつけた。

——F・T・ハヴィランド夫妻

ガシャートンでチカモウの公判がはじまった。ボウイは午後になるとキッチンに陣取り、裏のステップに新聞がドサッと投げこまれるのを待った。公判は三日つづいた。四日目の日曜日、ボウイは朝刊で公判結果を読んだ。チカモウは電気椅子《いす》をまぬがれ、九のペアを引いた——懲役九十九年だ。

ボウイは新聞を持ってキーチーのところに行った。キーチーはまだベッドに横になっていた。

「あいつは死刑をまぬがれたよ」と、ボウイはいった。「やつらがスイッチを入れるんじゃないかって心配はしなくていい。新聞のここに載ってるよ、キーチー」

「よかった」と、キーチーはいった。

「自分で読んでみろよ、キーチー。さあ、ここだ」

「すっかり気分が晴れたみたいね」

「あいつは独房にすわってるけど、脳みそまですわってるわけじゃない。あの刑務所を脱走するのに、誰かを殺す必要はないんだ。人を殺すくらいの覚悟を決めれば、刑務所を脱走するなんて簡単なもんさ」

「そんなこと、もうあなたが心配することないでしょ」

「とにかく記事を読んでくれよ。おれは朝食をつくってくるから。けさはおれに料理をまかせないか？　どうだい？」

「いいわ」

十時、開いた窓の向こうのサルスベリ越しに太陽の光が射してきて、リビングルームの絨毯とキッチンの青いリノリウムの上を四角く照らしだした。こんな日は家に閉じこもってなんかいられない、とボウイは思った。きょうはふたりで外出しよう。キーチーは黄色と赤の竜の柄が入った中国製の化粧着を着て、ヘアアイロンを手に化粧台の椅子にすわっていた。

「きょうはどこかに行かないか、キーチー。どう思う？」

「どこに？」

「どこだってかまわないさ。とにかく外に行くんだ」

「大通りの先にある公園を散歩する？」

「口笛をでっかく吹きながらね」

キーチーはヘアアイロンを化粧台の上において立ちあがった。「昼間にあそこを歩きたいって、ずっと思ってたの。わたしはグレーのフランネルのスーツを着てくわ」

「おれはあのダブルのスーツを着て、肩で風を切って歩くよ。ところでさ、きみはちょっと太ったんじゃないか、小さな兵隊」

キーチーは自分の身体を見下ろし、腰に目を向けた。

「だいぶ太ったよ」と、ボウイはいった。

「好きじゃない？」

「いや、好きだよ。きみが納屋《なや》みたいにでっかくなったとしても、おれは好きだ」

「まあ、その心配はないと思うけど」

公園にある大きなオークの木の枝は、上に伸びていくのは重労働すぎるとでもいうかのように、地面に向かって下枝を這《は》わせていた。キーチーは大枝にからみついている灰色のサルオガセモドキを見て、このオークはおじいさんなのでひげを生やしているのね、といった。ふたりはその木をぐるっとまわると、ゴルフコースのなだらかなフェアウェイを横切り、グリーンに立てられたポールではためいている三角旗のそばで足を止めてから、大きな池のほうへ向かった。前方を一組のカップルが横切っていくのが見えた。女の手には、毛の硬いテリアをつないだ革紐《かわひも》が握られていた。男のほうが足を止めてしゃがみこみ、靴紐を結び直してから、駆け足で女に追いついた。

「もし犬を飼うんなら、でっかい警察犬がいいな」と、ボウイがいった。「あいつらはすっごく凶暴なんだ」

　白鳥の群れが水面をすべっていき、残された航跡がゆっくりと消えていった。岸の湾曲した部分にはヤナギの木が生えていて、水面に枝を垂らしていた。その向こうから、三人の若い娘の乗った手漕《てこ》ぎボートが水を跳ね散らかしながらやってきた。白鳥たちは岸に近づいていく。ボートの側面には〈ネリー〉と書かれていた。オールを漕いでいる娘は茶色いスラックスをはき、白いセーターを着ていた。ボウイとキーチーは土手の端に生い茂った草の上にしゃがみ、湾曲部をまわって消えていくボートと娘たちを見下ろした。

「なにを考えてるの？」と、キーチーがいった。

「親戚《しんせき》にネルって名前の伯母さんがいてさ」と、ボウイはいった。「その伯母さんのことを考えてたんだ」

「お父さんのお姉さん？」

ボウイは首を振った。「母さんのだ。一時期、いっしょに住んでたことがあるんだよ。父さんが殺されたあと、お祖母《ばあ》さんの家でね。伯母さんのことを思い出すなんて、なんだかおかしいな」

「なんで？」

「さあ、どうしてだろう。伯母さんはよく日曜の午後にきたんだ。シナモンキャンディやリコリスキャンディなんかが入った大きな古い袋を持ってね。ああいうキャンディ、覚えてるだろ？」

キーチーはうなずいた。彼女は手を伸ばし、ボウイのシルクのソックスについた草の葉をつまんだ。

「当時よくいっしょに遊んでた友だちを思い出すよ」と、ボウイはいった。「まえに話しただろ？　最後に聞いた話じゃ、オクラホマ大学のフットボール部で活躍してるってことだったけど、当時のあいつは盗みにかけちゃたいしたもんでさ、いつもふたりで組んでたんだ。親父《おやじ》は郡の出納官で、スラム街を駆けずりまわってガラクタを集めてきちゃそいつを売ってた。息子のほうはこれまでに知り合ったやつのなかでいちばんの悪党だったな。ふたりで空き家に入りこんじゃ、配管をひっぱがして、真鍮《しんちゅう》と鉛を売り飛ばしてた。あるとき、八十セントになったことがある。おれたちは五セントのパイをひとりにつき四つ買った。あいつのポケットにはいつだって金が入ってた。夜中に、親父のズボンのポケットからくすねるんだ」

　キーチーは地面からギョウギシバを一本抜き、白い根を嚙みはじめた。

「なんであいつのことなんか思い出したのかわからない。だけど、あいつは町で起こっていることをなんだって知ってた。ある日おれが町はずれの家に行ってみたのも、それが理由なんだ。そこはいわゆる風俗街でね。そいつの話だと、そこで商売してる女がちょっとした小遣い銭をくれるっていうんだ。その女の部屋の裏口をぶらついてるだけで」

　池の反対岸の乗馬道を駆けてくる馬のひづめの音が聞こえ、木々の枝越しに明るい乗馬ジャケットを着た若い娘たちが見えた。

「おれはその女を見た。でも女のほうは、あれがおれだったとはいまだに気づいてないだろう。その女が向こうへ行きなと怒鳴りながら裏口から出てきたとき、おれは彼女を見たんだ」

「誰だったの？」と、キーチーがいった。

ボウイは彼女を見た。「伯母さんだよ。もう話したかと思ってた」

「まあ」と、キーチーはいった。

「でも、伯母さんはおれが誰だかわかってなかった」

キーチーはボウイの脚に寄りかかり、またソックスから一本枯れ草をつまみ、伸ばすようにシルクの生地をなでた。

馬に乗った若い娘たちが池の向こう岸をまた走りすぎていった。

「なんだかすごい乗り方だったと思わないか？」と、ボウイはいった。「尻《しり》をあんなに大きくバウンドさせてさ」

「そうね」

ボウイは頭をぐいと傾けて背後のグリーンのほうを指した。「おれにはあれもさっぱりわからない。なんで人があんなことをしたがるのか。小っちゃな球を打ってまわって、穴に落とすなんて」

「ああいう人たちは、ほかになにもすることがないのよ」と、キーチーはいった。

「でも当人が楽しいんなら、頭を地面につけて立ってようが、わたしにはどうでもいいわ」

「おれもだ」

ふたりは〈メモリアル野外音楽堂〉の白いドームに向かって池の土手を歩いた。ボウイは足を止め、シダレヤナギの生えた小さな島に向かってネズミが水面を泳いでいくのを指さした。

「あのネズミはあそこに隠れ家があるんだよ」

「ネズミが泳げるなんて知らなかった」と、キーチーはいった。

「泳げる種類もいるんだ。ものを盗んでばかりいるネズミも知ってるよ。臆病で腹黒くて二本脚なんだ」

「なんのことかと思ったら」と、キーチーがいった。「そういうことね」

「面倒ごとに巻きこまれるやつらにはもうひとつ共通点がある」と、ボウイはいった。「あいつらは新聞に自分の名前が載るのを見たいんだ。どういうわけか、自分の名前が新聞にでっかく載るんだったらなんだってするやつがいるんだよ、キーチー」

「そんな話、もうやめない？」

「あともうひとつだけいわせてくれ。最近、おれたちの名前を新聞で見かけなくなってきてないか？　あのマヌケな配管工のせいで雨ばっかり降ってる山奥から逃げだして以来、ほとんど見かけなくなってる」

「肝心なことはただひとつ」と、キーチーはいった。「新聞に名前が載るようなことを絶対にしないことよ」

「なあ、もし警察がここを嗅《か》ぎつけたらどうする、キーチー？　もちろん、いまみたいにトラブルを避けて行儀よくしてるかぎり、そんなことにはなりっこない。でも、もし万一逃げなきゃならなくなったら？　きみはどこに行きたい？」

「わからない」

「おれがどこに行きたいかわかるかい？　メキシコだよ。ただし、国境を越えてどこかに落ちつくには、誰か手引きをしてくれる人間がいる。そこで頼りになるのがチカモウだ。あいつなら、あそこのことを一から十まで知ってるからな」

「でもチカモウはここにいないし、くることもないでしょ」

「わかってるよ。ただいってみただけさ」

幅の狭い錆《さ》びた橋の向こうから、手をつないだカップルが歩いてきた。ボウイとキーチーは一歩わきに寄り、ふたりに道を譲った。若い娘は白いシルクのドレスを着ていた。若者のほうは黒い髪を長く伸ばし、首元でカールさせている。若者は橋を降りながら、娘を支えるように腕をまわした。

　ボウイとキーチーはそのまま歩きつづけた。

「見ただけで結婚してないのがわかるな」と、ボウイはいった。

「なぜわかるの？」

「さあ。あいつは女の子が橋から落ちるんじゃないかとでもいうように、彼女の手をつかんでただろ？　だからじゃないかな」

「鋭いのね」

「そういうちょっとしたことに気がつくんだ」

「手を貸してもらわなきゃ、彼女はほんとに落ちちゃったんじゃないかしら。結婚してようがしてなかろうが。女の子って、ああいうふうにしてもらうのが好きなのよ」

　ボウイはキーチーに目を向けた。「だったら、きみもあんなふうに手を握ってほしいのかい？」彼はキーチーに手を伸ばした。彼女はその手をさっとはねのけた。

「わたしは必要ないから」

「おいおい、なんだよ。どうしたっていうんだ？　おれがなにをした？」

　キーチーはボウイのほうにさっと顔を向けた。「帰りましょ」

「なあ、そんなに不機嫌になるなよ。おれがなにをしたっていうんだよ」

キーチーはアパートメントのほうに歩きはじめた。ボウイは追いかけて、またすぐ横に並んだ。公園の出口の大きな石造りのアーチのそばで、シャツの裾をはためかせた少年たちの一団がバスケットボールをやっていた。ボウイはキーチーにちょっと待ってくれと声をかけ、そこに立ってしばらく試合を眺めた。

　すでに太陽は沈み、空気が冷たい羽根のようにふたりの身体に触れた。大通りは静かになっていたが、信号が変わって緑の光が通りに広がると耳ざわりなギアの音が一斉に響き、停止していた車が数珠《じゅず》つなぎになって走りだした。

「ここんとこずっと、Tダブのことを考えてたんだ」と、ボウイはいった。「あのルーラって娘はほんとに馬鹿《ばか》としかいいようがない。でもさ、まえにも話したけど、結婚許可証を見せてくれたときのふたりは、まるで子どもみたいだった」

「そんな話、いまはじめて聞いたわ」と、キーチーがいった。

「話さなかったかな？　いやほんと、許可証を持ってきて見せびらかしたときのふたりは、ほんとに子どもみたいだった」

「ふたりにとっては大切なことだったんでしょ」

　ボウイはキーチーに目を向け、立てたコートの襟にはさまれていた巻き毛を外に出してやった。「そうなんだろうな。まるで子どものカップルみたいだった」

　路面電車が大きな音を立てて通りすぎ、集電器の滑車《トロリー》が弾《はじ》けるような音を響かせた。閉まった窓のなかでは乗客がひしめきあっている。交差点に差しかかり、一段高くなった歩道から車道に足を踏みだすとき、ボウイはキーチーの腕に手を当てた。

「おれと結婚してくれるかい、キーチー？」

　彼女はボウイを見上げ、それからまた前を向いた。「どうかしら」

「どういう意味だよ？」

「もしあなたの考えてる結婚ていうのが、ただの紙切れに名前を書き入れるってだけのことなら、そんなことに意味があるのかわからない」

「おれにだってわからないよ。結婚なんて意味がないって、おれもずっと思ってた。筒に巻いた紙を赤いリボンで結んで、いったいなんの意味がある？　だいたいさ、きみは知らないかもしれないけど、おれたちはもう結婚してるんだ」

　キーチーはまたボウイを見上げた。「どっからそんな考えを引っぱってきたの？」

「それが法ってもんなんだよ、キーチー。嘘《うそ》じゃない。ある女性を人前で三回以上妻として紹介したら、治安判事と九人の牧師の前で結婚したのとおなじことになるんだ。ほんと、嘘じゃないって。法律でそう決まってるから、きみがいくら否定したってどうしようもないんだ」

「知らなかった」

「きみとおれのことを考えてみろよ。例のコテージのうさんくさい管理人はおれたちを夫婦だと思ったわけだろ？　ここのミセス・ラフキンやレベッカもそうだし、郵便受けのネームプレートを見たやつだっておれたちを夫婦だと思う。いまさらなかったことにはできないんだよ」

「知らなかった」

「いまさらもう避けられないんだ」と、ボウイはいった。「それが法ってもんなんだよ」

　つぎの交差点でボウイはキーチーの腕を取り、そのまま家まで離さなかった。

第23章

ここ数日キーチーは気分がすぐれず、けさはタバコを吸ったあとで胃の調子が悪くなり、寝こんでしまった。ボウイはキッチンの蛇口でタオルをすすいで額にのせてやった。

まだ五月だというのに、七月の刑務所のようにじめついて暑かった。鼻がつまり、ボウイのもみあげから汗が流れ落ちた。気分がすぐれないのはこの暑さのせいだよ、とボウイはいった。季節の変わり目だからだ。町へ行ってこっそり医者に診てもらったほうがいい。たんにタバコを吸いすぎたせいだといってキーチーは断わった。一日かそこらしたらよくなるから、と。

正午すこしまえ、キーチーはシャーベットが食べたいといいだした。いくらだって食べられそう。オレンジ味かパイナップル味がいい。配達を頼むと一時間かそこらかかるから、おれがちょっとドラッグストアまで歩いていって買ってくるよ、とボウイはいった。食欲がなくならないうちに食べさせてやりたかった。

ドラッグストアの前のラックに朝刊が並んでいた。ボウイは一部手に取って店内に入った。ソーダファウンテン担当の店員はテーブル席のふたりの女性から注文を取っていたので、ボウイは売り場のカウンターに行って新聞を広げ、一面の見出しを眺めた。

戻ってきた店員が広げた新聞の端に手をついた。ボウイは目を上げ、「オレンジとパイナップルのシャーベットを一ドル分」といった。

見出しの〈服役囚農場〉という文字が目に飛びこんできた。ボウイはその下を読みはじめた。

> 五月二十九日、テキサス州ビンガム—ウィンクフォード郡のオスカー・ダニング保安官助手は、ビンガム服役囚農場に収容されているエイモス・アッカーマンを同郡まで移送するため、六百五十マイルもの距離を旅して昨日ビンガムに到着した。しかし、同服役囚を生きたまま勾引《こういん》するには三十分だけ遅かった。第一級謀殺罪で五年の刑を宣告されたアッカーマンは大胆にも脱走を試み、昨日の午後二時三十分に看守によって射殺されていたからだ。

ウィンクフォード郡で予定されている殺人事件の裁判でアッカーマンに証言させるため、ダニング保安官助手は同服役囚を移送する予定だった。

　アッカーマンは刑務所から二マイル離れた綿花農場で働いていた模範囚で、刑務所に作業用具を取りに戻るように命じられ、その途上で脱走を試みた。同服役囚が刑務所に姿を見せないため、捜索隊が組織され、警察犬が農場の敷地のはずれに積んであった枯れ枝の山へと看守たちを導いた。刑務所関係者の談話によると、アッカーマンは制止の声を無視して逃亡しようとしたため、射殺されたという。

　また、服役囚農場の発表によれば、今回の脱走未遂はアッカーマンの単独行動で、ほかの服役囚は関与していない。同農場のフレッド・スタマーズ所長はさらなる脱走対策を講じるよう指示を出した。現在、同農場には、州刑務所から先週移送されてきた銀行強盗のエルモ・〝三本足指〟・モブリーなど、凶悪犯罪者が多数収容されている。


　店の外に出ると、太陽の日射しがアフターシェイブローションのように顔を刺した。膝の骨が乾いたスポンジになったような気がした。ボウイは足早に歩いた。

バスルームの蛇口から勢いよく水が流れだす音が聞こえていた。ボウイはなかをのぞいた。お湯のたまったバスタブにキーチーがすわっていた。髪を頭の上に結い、乳房の下までお湯にひたっている。

「気分はよくなったかい、ハニー?」と、ボウイはいった。

「ええ」と、キーチーはいった。石鹸《せっけん》とキーチーの身体の清潔な匂いがした。長いまつげが濡《ぬ》れた肌にぺったりと貼りついている。「手に持ってるのはなに?」

「新聞だよ」

石鹸の泡のついた洗面用タオルが動きをとめた。「なにかあったの?」

「なにもない。やつらがあいつをロクでもない農場に移送しただけだ」

「チカモウ?」

「ああ」

キーチーは後ろを振り返り、お湯をほとばしらせている蛇口に目を向け、身を乗りだして栓を閉めた。

「ああいう農場がどんなところだか、きみには想像もできないだろう」と、ボウイはいった。「あいつは半年ももたない。やつらがああいう農場に送りこむのは、もう早いとこ始末したい囚人だけなんだ。すこしでも人間らしいとこを残しているやつはもたない。そしてあいつは人間なんだ」

キーチーは石鹸とタオルをラックに戻し、栓を抜いた。バスタブから抜けていく湯水が渦を巻き、ゴボゴボと音を立てた。

ボウイは洗面台の前のバスマットを持ってきて、バスタブのわきのタイルの床に敷いた。「いまは綿花を伐《き》る時期だ。やつらが囚人になにをさせるか知ってるかい？綿花畑を馬みたいに走らせて、拍車で蹴《け》りつけ、棍棒《こんぼう》で殴りつけるんだ。やつらは畑にバタンと倒れて死んじまう。一日に五人のペースでね。新聞に書いてあった」

「でも、あなたにはどうにもできないでしょ」

ボウイはキーチーがタブのへりを越えるのに手を貸し、タオルを肩にかけてやった。

「なにか手はあるはずさ！」

「たとえば？」

「望むところ道は拓《ひら》かれんだよ。誰かに車を運転させて農場に乗りつけ、看守のやつらをマシンガンで一掃してもいい。警察も新聞も薄汚いやつらばっかりだ。おれがすべての首謀者だと書き立てやがって。やつらにおれのほんとの力を見せてやる。おれがほんとうに誰かを痛めつけたいと思ったら、ここにすわってぐうたらなんかしてないよ」

キーチーは部屋着を羽織り、腰と太腿《ふともも》を覆った。「あなたはいまの生活を、ぐうたらしてると思ってるの？」

「ちがうよ、キーチー。きみとおれのことをいってるんじゃない。でも、これだけはいっとくよ。これからはもっと外出しなきゃだめだ。どこかに行って気分転換をするんだ。ラジオで話題になってるフレンチクォーターのナイトクラブに行ってもいいし、すこし酒を飲んで楽しんでもいい」

「ちょっと外出するのはいいかも」と、キーチーはいった。

「午前中気分がすぐれなかったのも、そのせいだよ」と、ボウイはいった。「こんなふうにずっと閉じこもってちゃ、誰だって調子が悪くなる」

「いまちょっと出かけてもいいけど、お酒はいらない」

「ビールでも飲めばいい」

「そうね、ビールくらいなら」

「ああいう店に入ったらなにか飲まなきゃ。ただすわってるってわけにはいかないよ。常識なしだって思われちまう」

「あなたがあっちに行って寝室用のスリッパを持ってきてくれないと、足が汚れちゃうわ」と、キーチーはいった。「左側のいちばん下の引き出し」

ボウイはスリッパを手に戻ってきた。赤いフェルト製で、黒いファーがついていた。

「いま気づいたよ。あのドラッグストアで新聞代を払ってこなかった。シャーベット代しか払ってない。店にいたやつらは、おれがちょろまかしたと思ってるはずだ」

*

ボウイはシャルトル・ストリートに縦列駐車した車のなかでキーチーを待っていた。車の上にはフレンチバルコニーのある古道具屋のひさしが張りだしている。キーチーはディナードレスとパンプスと肩掛けを買いに、すぐそこに見えているカナル・ストリートの大型百貨店に行っていた。ふたりは今夜、きちんと正装して出かけるつもりだった。

ボウイは後ろを振り返り、後部座席に積んであるラッピングされた箱に目をやった。長い箱には白いリネンのスーツ、丸い箱にはパナマ帽が入っている。もうひとつの箱には白いオックスフォードシューズとベイビーブルーのソックス。今夜はすこしばかりいかした格好をするつもりだった。ブルーのシャツと黄色いネクタイは、チカモウのコーディネートに似ていた。

車を駐《と》めたシャルトル・ストリートはすごく狭く、これまで見た通りのなかでいちばんイカれていた。アンティークショップの前には古い椅子《いす》やスタンドや壺《つぼ》が並べてあるが、どれも一ダースで十セントの価値もないようにしか見えないし、ウインドーに飾ってある油彩画には一貫性というものがどこにもない。通りの角には、〈ヴュ・カレ・ヘイヴン〉という名前のバーがあった。男がひとり、その店のスイングドアからよろよろと出てくると、その場に立ったまま不安定に身体を揺らしはじめた。白い綿のシャツに、色のあせた青いデニムのズボンをはいていた。

キーチーがまだ戻ってこないようなら、おれはあのバーに行ってビールを飲むぞ、とボウイは思った。女はなにをやらせても男より時間がかかる。しかし、キーチーがまっとうな服をなにも持っていないのは、すべておれのせいじゃないか。彼女の相手には靴屋の店員か警官のほうがお似合いかもしれない。テキサスのあちこちを荒し、ほんの二カ月たらずで約三万ドル稼いだ男なんかよりも。

酔っぱらいがボウイの車のほうに近づいてきた。男のシャツは草の染《し》みができ、裂けた袖《そで》から刺青《いれずみ》がのぞいていた。男はくつろいだ表情で笑みを浮かべた。

「十セント恵んでくんないか？　一杯飲みたいんだ」

「その臭い息をおれの顔にかけないでくれりゃ、二十五セントやるよ」ボウイはお椀《わん》のようにまるめた男の手に五十セント硬貨をのせた。

「おれはけさムショを出たばかりなんだ」と、臭い息の男はいった。「三十日のおつとめでね」

「おれの知ったことか」と、ボウイはいった。「うせろ」

男は疲れきったレスラーのように両手を広げてバーに向かい、ドアの向こうに消えた。波止場地区のほうでタグボートの警笛が響いた。

悪徳弁護士を探しだして勾引状を書いてもらうことはできないだろうか、とボウイは思った。そしたらあとは、保安官バッジとでかい帽子を手に入れればいい。服役囚農場に行って勾引状を見せれば、どの服役囚だろうが簡単に連れだせる。所長や看守は勾引状しか見ないはずだ。

ゴルフ用のニッカーズにベレー帽という格好の男が油彩画のウインドーの前で立ち止まり、目の上に手のひらをかざしてショーウィンドーのガラスに押し当てた。男は腿をかいた。

たぶんうまくいくだろう、とボウイは思った。自信たっぷりの態度で農場へ行き、バッジをちらっと見せ、どこかエルパソよりずっと西の郡からきたふりをすればいい。ああいう農場には保安官や保安官助手が毎日のようにやってきて、服役囚を移送しているはずだ。

キーチーの姿が見えた。ほかの歩行者のあいだを縫うようにして車のほうに戻ってくる。ボウイはドアを押し開けた。「どこかの穴にでも落ちたのかと思いはじめてたよ」

「サイズ直しに五時までかかったの」と、キーチーはいった。「ここに戻れてほっとしたわ。押し合いへし合いしてる女たちときたら、なんか怖いくらい」

「奥さん、食事代もない男に十セント恵んでくれないか」またさっきの男だった。ガラスを下げた車の窓が、男の顔を額縁のように囲っている。

「とっととうせろ」と、ボウイはいった。

「奥さん、だめなら五セントでもいいんだ」

ボウイは運転席側のドアを足で押し開けた。

「ボウイ」キーチーが大声を上げた。「ボウイ！」

ボウイは男の襟首をつかみ、尻を蹴りつけた。手のなかで襟が裂けた。ボウイはふたたび蹴りつけた。「その頭を歩道に叩《たた》きつけられたくなかったら、この通りから姿を消せ、クソ野郎」

臭い息の男は飛ぶように歩道を遠ざかっていった。ベレー帽の男と、古道具屋のドアの前に立っているふたりの男が、こちらを見て笑っていた。ボウイはにやりと笑みを浮かべた。

「ボウイ、乗って」と、キーチーがいった。

ボウイは車に乗りこんだ。「ああいう酔いどれの浮浪者には一発かましてやる必要があるんだ」

「人前でバカをするのはやめないと」と、キーチーはいった。

ボウイは歩道脇《ほどうわき》から車を出した。「つぎに酒を飲むとき、あいつは立ったまま飲むだろうよ」


泡のような照明の下で、抱き合った何組ものカップルが音楽のビートに合わせて身体《からだ》を激しく揺らしている。しかし、ボウイとキーチーがすわっているテーブル席は天井が低く、ラベンダー色の闇《やみ》に沈んでいた。椰子《やし》の木で仕切られたステージでは、メキシコ人のミュージシャンたちが〈ラ・パロマ〉を演奏している。ビートに合わせ、ボウイは人差し指でグレーのテーブルクロスを叩いた。キーチーがソンブレロの形をした陶製の灰皿でタバコをもみ消した。

「ほんとにスペインの音楽が好きなのね？」

「それにかけちゃ、メキシコ人はたいしたもんだからな」

「わたしも好き」

「でもあそこで踊りたいわけじゃない。きみはどうだい？」

「そもそもダンスはどうでもいいの」

ボウイは霜のついたビールのグラスに触れた。「なんだかバカみたいに見えるんだ。ケツをあちこち振ってさ。あそこのおかしな野郎を見てみろよ、あの眼鏡をかけたやつだ。青いドレスの娘といっしょの……あいつは絶対、自分がイカしてると思ってるね」

キーチーはグラスを持ちあげ、泡の消えたビールをちょっとなめてからまた下ろした。「あのメキシコ娘が踊ってたときはなにもいわなかったくせに」

「おれがなんかしたかい？」

「わたしのタバコに火をつける暇もなかったじゃない」

「覚えてないな。おれはあそこでみんなが踊ってるみたいなダンスの話をしてるだけだよ」

ウェイターがやってきて空になったボウイのグラスを下げた。シャツの前がてかてかの灰色で、手の甲はクルミの殻が並んでいるように見えた。

「ビール?」と、ウェイターがいった。

ボウイはキーチーを見た。「もうちょっと強いものがほしいかい? ウィスキーとか?」

キーチーは首を振った。

「ビールをふたつ」と、ボウイはいった。クルミの殻は去っていった。

バンドが〈ラ・クカラーチャ〉を演奏しはじめ、ダンスするカップルの脚の動きがより速く、より激しくなった。ボウイは灰皿でビールグラスを叩いてビートを刻んだ。

「なあ、キーチー、おれはあの国に行ってもいいと思ってるんだ。大勢のやつがあそこに行って、すっごくいいとこだっていってる。引きずって帰ろうとしてもいやがるそうだ」

「外国人に囲まれて生活するのが好きになれるか、わたしにはわからない」と、キーチーはいった。

「メキシコにコネのあるやつの話はしたことあるだろ? 例のホーキンス弁護士だ。あの国に関してあいつが知らないことは、本にも載ってない」

「そうなの」

「あそこなら生活費がほとんどかからないらしい。いま持ってる金があれば、あのふたりはいったい何者だろうって思われるような暮らしができる。二年か三年したら、どこかのでっかい採掘会社で働くよ。その頃、おれたちはどうなってるだろうな。ま、想像もつかないけど、とにかくすごくいいアイディアじゃないか、キーチー？」

　キーチーは指をグラスにまわしたが、持ちあげようとはしなかった。「いいかもしれないわね」

「メキシコとなれば、事情通なのはなんといってもチカモウだ。もしあいつがここにいたら、今夜すぐにでも出発するところさ。あいつと三〇‐三〇口径のライフルを後部座席に乗っけてな。そしたらメキシコの軍隊だって、おれたちが国境を越えるのを止めることはできない。知識とコネさえあれば、すっごく簡単なんだ」

　キーチーは立ちあがり、椅子の背から肩掛けを取った。「帰りましょ」

　ボウイはキーチーを見上げた。「おいおい、どうしたんだよ、ハニー。まだきたばっかりじゃないか」

「もうじゅうぶん」と、キーチーはいった。

　バンドの演奏が終わった。ボウイはゆっくりと立ちあがった。「また気分が悪いのかい？」

「ええ」と、キーチーはいった。

周囲のテーブルのあちこちで椅子を引く音がした。踊っていた客が戻ってきたのだ。ボウイは手振りでクルミの殻を呼んだ。

第24章

ぼろぼろの吸い取り紙の敷かれたテーブルから、ボウイはインクのこびりついたべつのペンを取りあげ、ペン先を試してみた。これは書ける。郵便局の暗い廊下の向こうにある回転ドアがシュッと音を立て、つづいてガタンという音が響いた。ボウイはそちらに目を向けた。制服を着た黒人のポーターが両腕に葉書や封書の束を抱えて入ってきたところだった。ポーターの靴がタイルに当たって鋭い音を立て、空っぽの建物に虚《うつ》ろに響いた。ボウイは書きはじめた。

親愛なるミスター・ホーキンス

二百ドル同封します。勾引状のほか、そこに押すべき封蝋《ふうろう》など、必要なものをそろえてください。移送囚はビンガム服役囚農場のエルモ・T・モブリー。勾引状の発行元はベカス郡。すべてを本物そっくりにしてください。それと保安官バツジもほしいです。

ドアがふたたびシュッと音を立てた。シアサッカーのスーツに麦わら帽子をかぶった男が投函口《とうかんぐち》に封筒を落とし、ドアがバタンと音を立て、ボウイはまたひとりきりになった。

以上のものをご用意ください。こちらはいつでもうかがえます。よろしく御手配ください。

できるだけ早くお願いします。クリスマスの夜を思い出してください。あのときの男です。

敬具

クリスマス・ナイト

追伸　依頼した品が届き次第、さらに百ドルお支払いします。

X・N

ボウイは封筒に封をして拳《こぶし》で強く押し、投函口に向かった。
郵便局を出ると歩道で足を止め、自分の車のドアに金文字でレタリングされたばかりの社名を眺めた。

サンシャイン株式会社プロダクト
F・T・ハヴィランド・エージェント

リー環状道路をまわり、セントチャールズ・アヴェニューに出た。あの弁護士には会いにいかないかもしれない、と思った。しかし、さっきの手紙は万一の備えにすぎない。アイディアを思いついてしまったからには、とにかくやれることをやっておかないかぎり、ずっと頭を離れないにちがいないからだ。これはいわば、もしもの場合の保険のようなものだった。

アパートメントの部屋に誰かがきていた。ボウイはノブから手を離し、耳を澄ませた。足音が近づいてきて、ドアが開いた。出てきたのはミセス・ラフキンだった。酒と香水の匂《にお》いがした。

「あら、お元気ですか、ミスター・ハヴィランド?」

「ええ」ドアからなかをのぞくと、ソファにすわっているキーチーが見えた。なんの問題もないように見えた。

「だいぶ暖かいですね？」と、ミセス・ラフキンがいった。

「暑すぎるくらいだ」と、ボウイはいった。彼は身体を縮めるようにしてミセス・ラフキンの脇を通り抜け、なかに入った。

「では、ごきげんよう」と、ミセス・ラフキンはいった。

「失礼します」と、キーチーがいった。

ボウイはドアを閉めた。「あのばあさんは、いったいここでなにをしてたんだ？」

キーチーは立ちあがった。「引っ越してほしいんですって」

「なぜ？」

「たいしたことじゃないわ。一年前からここに越したがってた大学教授に貸したいんだそうよ。わたしたちに長居するつもりがないのはわかってるからって」

「なにか嗅ぎつけたってわけじゃないのか？」

キーチーは首を振った。「いいえ、ちがうわ」

「で、どうする？」

「どうしようもないじゃない。家賃をもっと出すとかいわないかぎり」

「そんなことするわけないだろ。こんな蒸し暑いとこはとっとと出ていくさ。なぜ誰も出てかないのか、理解できないね」

「このあたりならほかにもいくらだって物件があるわ」

「ああ。心配することはないさ」

キーチーはソファに腰を下ろし、そのまま横になった。「車に社名は入れた？」

「自分で見てみるといい。あの日の午後、公園をうろついてた例の男に頼んだよ。イエス・キリストみたいなひげを生やしてた男さ。車の両側に入れてもらった。もっとまえに思いついてればよかったな」

「あんまり遅いから、このまま帰ってこないんじゃないかと思った」

ボウイはソファに歩み寄って腰を下ろし、キーチーの靴のつま先を揺すった。「文字を書き入れるのにだいぶ時間がかかったんだ」

「なにもなかった？」

「ああ、ぜんぜん」

缶入りのスープとクラッカーで夕食をすませてから、ふたりはロードマップを開いた。アメリカ全土が一目で見られる地図で、それぞれの州に明るい色のイラストが添えられていた——テキサスは牛、オクラホマは油井《ゆせい》、カンザスは小麦の刈り束だ。

「いったいどこに行きゃいいんだ？」と、ボウイはいった。「イラストを参考に選べば簡単ってことかな」

「でも、ニューオリンズから出ていく必要はないわけでしょ？」

「いや、この町にはもううんざりだよ。どうにもこうにも暑すぎる」

キーチーはサウスウェスト・テキサスの部分を指さした。「わたしたちが住んでたのはこのあたりね」

「きみがなんといおうと、あそこに戻るつもりは絶対にないからな」と、ボウイはいった。

「どこだろうがテキサスはやめましょ」と、キーチーはいった。

ボウイはメキシコ湾をたたいた。「海を見たことはあるかい、キーチー？」

彼女は首を振った。

「おれもだ。もうすぐ三十だっていうのに、一度も海を見たことがない。驚いちまうよな？　たとえば、海のそばで暮らすっていうのはどうだい？」

「いいかもしれない」

ボウイは地図をたたんだ。「時間ならたっぷりある。あわてて決断を下すのは賢くないよ。あと二週間あるんだ。それだけあれば、どこへ行くべきかはっきりするって」

「そうね」と、キーチーはいった。

＊

寝ているあいだにキーチーがまた哀れっぽい声を出した。ボウイは身体を起こして彼女に目をやった。サルスベリの枝と網戸を通して差してくる月明かりのもと、キーチーが子供のように口をすぼめ、ふたたび哀れっぽい声を出すのが見えた。甲高いプーンという蚊の羽音を耳にして、ボウイはキーチーの頭の上で手を振った。やがて彼女が声を立てなくなったので、ボウイはふたたびベッドに横になり、ときどき手を振ってキーチーの頭から蚊を追い払った。

こいつらはマラリアを媒介するんだ、とボウイは思った。そうとも。このいまいましい蚊どもめ。

キーチーが哀れっぽい声を上げた。喉《のど》をつまらせたような、乾いた泣き声だった。彼女は寝返りを打って顔を窓のほうに向け、そのまま静かになった。蚊が歌い、ボウイは起きあがって激しく手を振った。

奥のキッチンから聞こえてくる時計の針の音が、スピードを上げて通りを走っていく車のエンジン音にかき消され、やがてまた音を響かせはじめた。よりにもよって、彼女はアンテロープ・センターで買ったこの時計だけをテキサスから持ってきた。おなじ日に買った大きな南京袋《ナンキンぶくろ》入りのジャガイモは、四分の一も使わずに置いてきてしまった。

キーチーの寝息を聞いていると、いまにも息が止まってしまうのではないかと心配になってきた。ボウイは肩に手をかけてそっと揺すった。

「キーチー、キーチー。だいじょうぶかい、ハニー？」

キーチーは起きあがり、大きく目を見開いた。「どうかしたの？」と、彼女はいった。「ボウイ？」

「調子が悪いみたいだぞ」

「どうかしたの？」

「どっか痛むのか？　痛いとこはないかい、ハニー？」

キーチーは枕《まくら》に頭を落とした。「だいじょうぶ」

「夢でも見てたんだよ。悪夢かなんか」

キーチーはなにもいわなかった。車のクラクションが大通りに響き、路面電車が近づいてきた。

「眠りながら泣いてたんだ」

「夢を見てたの。たぶんそのせいよ」

「どんな？」

「なんでもない。わたしならだいじょうぶ」

路面電車が耳ざわりな音を立ててアパートメントの前に停まった。なにかを挽《ひ》きつぶすような音につづき、カチッという音が響いた。

「どっかから落ちる夢でも見たのか？　おれはよくそういう夢を見るんだ。手にした銃が壊れる夢とか。父さんに話しかけるんだけど声が届かない夢なんか、何百回も見てる」

「あなたが消えてしまう夢を見たの」と、キーチーはいった。

「おれが？」

「もうだいじょうぶ。あなたももう寝て。朝まで起きてたら、疲れちゃうわ」

「おれがどこに行くんだい？」

「わからない。とにかくどこかに行ってしまって、わたしは探そうとするの。でも見つからなかった」

「きみを残しておれがどこかへ行くなんて心配はないよ」

「きのう、町へ行ったじゃない」

「それは話がちがう。おれがいってるのは、いきなり姿を消すってことさ。そんな心配はない。おれたちはいっしょにおなじ道を歩いてるようなもんだ」

「おなじ道を？」

「そうさ」

「それがあなたの望みなの、ボウイ？」

「ああ、そうだ。でもときどき、きみもそれでいいのか心配になる」

「わたしの望みもあなたとおなじよ、ボウイ。覚えておいて」

　ボウイはバシッと手を叩いた。「いまいましい蚊がうるさくないか？」

「気づいてなかった」と、キーチーはいった。

「眠いかい？」

「いいえ、すっかり目が覚めちゃった」

　路面電車がガタガタと通りすぎたが、すぐに遠ざかってかすかな音しか聞こえなくなった。

「どこへ行くべきかずっと考えてたんだ」と、ボウイはいった。「悩みのたねだな」

「行くとこならいくらだってあるじゃない」

「まえにも話したけど、メキシコにしようとほぼ決めてるんだ。あの国の事情がよくわかればね。あの国に行ったことのあるやつにあれこれ訊《き》いておけばよかったと、あとで悔やむことになるかもしれない。だけど打つ手がないんだよ、キーチー。この国を出ないかぎり、心からは安心できないんだ」

「ならメキシコに行きましょ」

「国境の向こうの事情がちゃんとわかってて、チカモウが話してたみたいな悪徳警官をひとりでも知ってればな。頼みの綱はあのホーキンスだ。でも、あいつに会いに行くのがいい考えかどうかわからないんだ」

「行っちゃだめよ」と、キーチーはいった。

「なぜだい？」

「メキシコのことを知ってる人間ならいくらでもいるでしょ」

「誰だい？」

「わからないけど、たくさんいる」

「でも誰だよ？」

「知ってる人はたくさんいる」

「だけど、実際に心当たりがあるかい、キーチー？　知らなきゃ話にならないよ。行って話を聞けるやつをひとりでもいってみろ。おれたちが知っとくべき内情を教えてくれるやつをさ。おれはたんに観光がしたいわけじゃないし、州知事として現地の事情を知りたいわけでもないんだ」

「利口ぶるのはやめて。わたしがいいたいのは、あなたがテキサスに戻る必要なんてぜんぜんないってこと。あなたのことを知ってる人間に会うのは危険よ」

ボウイはさっと宙をつかんだ。「おれはベッドを出て、二秒でこの蚊を叩きつぶしてやる」

かすかに風が吹いてきて、サルスベリの葉が網戸にこすれてため息をついた。

「ほんとにメキシコに行きたいの、ボウイ？」

「ほかには考えられないよ」

「ホーキンスはほんとに手を貸してくれると思う？」

「ほかには誰も当てがないんだ。あの男から話を聞けば、きみだって絶対メキシコに行きたくなるって。おれはあの男に手紙まで書いたんだ」

「いつ？」

「車に会社名を入れてもらったときだよ」

「きのうってこと？」

「ああ」

「なんで話してくれなかったの？」

「べつに理由なんてない。いま話してるじゃないか」

「チカモウについて書いたの？」

「ああ」

　キーチーはベッドの上に起き直った。

「いいかい、キーチー。またおなじ話を蒸し返すのはやめてくれ。おれはたんに死ぬほど心配なんだ」ボウイもベッドから身体を起こした。

　キーチーはベッドから出た。「もうなにもいう必要はないわ。わたしが知りたかったのはそれだけ」

「おい、ちょっと待てよ、キーチー。どこに行くんだい？」

「どこに行こうと関係ないでしょ」

「ちょっとこっちを向けよ、キーチー。頼むって、ハニー」

「どっちにするの、ボウイ？　いますぐに決めて。これっきりよ。どっちなの？　チカモウ？　それともわたし？」

「きみだよ。もしきみがいなけりゃ、いまごろおれはとっくにあの服役囚農場に行って、あそこの敷地を隅から隅まで探してただろう。きみがどんなふうに思ってるか、いまわかったよ、キーチー。いまわかった。きみはおれにとっての小さな兵隊だ。きみに嘘《うそ》はつかない」

キーチーは身体を震わせた。

「もしおれがすこしでもきみの役に立つんなら、おれはきみのそばを離れない。嘘偽りなしにいうよ、キーチー。おれはちょっとした計画を思いついた。それを認めるにやぶさかじゃない。でも、もうすべて終わったことだ。ほんとだよ、キーチー。きみに話をして、ほんとによかった」

キーチーはベッドの端に腰を下ろした。「メキシコの件で、ほんとにあの弁護士に会いたいの？」

「さっきその話をしたときにってことかい？……ああ、あのときは会うべきだと思ってた」

キーチーはしわくちゃになった上掛けの端をつかみ、ボウイの身体の上でパシッと音を立てて伸ばした。

それから、ベッドの自分の側に畳み、その下にもぐりこんだ。

「で、あの弁護士以外に当てはないっていうのね？」と、キーチーはいった。

「きみにまかせるよ、キーチー。すべてきみ次第だ」

「いつ行きたいの？」

「きみにまかせる」

「あした？」

「おれはそれでもいい」

キッチンからふたたび時計の音が聞こえてきた。窓の外の狭い通りをトラックが通りすぎ、やがてブリキのラックのなかで牛乳瓶がぶつかる音が響いてきた。月明かりは去り、寝室は暗かった。ボウイは身体を起こし、キーチーの規則正しい息に耳をすませた。彼女は寝息を立てていた。ボウイは身体の力を抜いてベッドに沈みこみ、しばらくそのまま横になっていた。それから、片方の脚をそっと引き寄せ、蚊に刺されたところをまたかいた。

第25章

目を細めるほど月が明るかった。光芒《こうぼう》が六本に分かれて放射し、あたりを煌々《こうこう》と照らしている。そのせいでキーチーの暗い眼窩《がんか》はさらに暗くなり、固く閉じた唇の両端から頬骨にかけてのしわがくっきりと黒く見えた。彼女は幹線道路を降りてすぐの脇道に停めた車の座席にすわり、目を閉じて頭を背もたれに預けていた。

ボウイは車のすぐ脇に立ち、片足をドアの下の踏み台《ステップ》に載せていた。遠くに見えるマクマスターズの街明かりにもう一度目をやった。空気が澄んでいるせいで、オイルランプの光のように黄金色に輝いている。ふたりが車をここに停めたのは、日没後すぐだった。しかし、ホーキンスが外出している場合も考えて、夜の十時頃まで待ったほうがいいと判断したのだ。

「すこしは気分がよくなったかい?」と、ボウイはいった。

「なにか冷たいものが飲みたい」と、キーチーはいった。「冷たいソーダを飲めばずっと楽になると思う」

「ガソリンを入れるときに買ってやるよ。真っ先にね。もっと道路に近いところに停めればよかったな。でも、さっきまでは善良な市民が大勢うろついてたから」

「なくてもだいじょうぶ」

ボウイは車のフロント部分をぐるっとまわって運転席に戻った。「もういいだろう。これ以上待つのはうんざりだ」

マクマスターズに入ってしばらくすると、左手に〈アラモプラザ・モーテル〉というネオンサインが見えてきた。ネオンサインが派手な光を放っているのはガソリンスタンドのすぐ前で、裏手には白いキャビンの並ぶ区画が広がっている。ガソリンスタンドの大きな屋根の下では、かなり年輩の男がベンチにすわってソフトクリームをなめていた。ボウイが車を乗り入れると、男は立ちあがった。

「満タンにしてくれ」といい、ボウイは木製の大きなアイスボックスのほうへ歩いていった。

スクリーンドアのスプリングが哀れっぽい音を立てるのが聞こえ、ボウイは顔を上げた。出てきた女はマティだった。以前よりも太っていて、歯に金をかぶせていた。

「あら、元気かい?」と、マティはいった。

「まあね」ボウイは冷水のなかから瓶を一本引き抜いた。

「通りかかっただけ？」

ボウイはカチカチと音を立てているポンプの横でホースを握っている老人のほうに頭を傾《かし》げた。

「うちの父さん」と、マティがいった。

「たまたま通りかかっただけだ」と、ボウイはいった。マティは車のなかのキーチーに目を向けた。ボウイはぐいっと瓶の栓を抜き、車の前まで歩いていった。

「あれは誰？」と、キーチーがいった。

「Tダブの義理の姉さんだ」ボウイはキーチーに瓶を手渡した。「しっかり冷えてるぞ。彼女はまっとうな市民《リアル・ピープル》だ」

「車を出してから飲む」

「いいから飲めよ、ハニー。もっと買っておくから」

マティがボウイのためにアイスボックスの蓋《ふた》をあけた。

「このあたりの景気はどうなんだい？」と、ボウイはいった。

「まあまあだね」と、マティはいった。

「ご主人は？」

「まだ出てきてない」

ボウイはアイスボックスに並んだ瓶に手を走らせた。「そいつは気の毒に」

「コークを探してるんだったら、ボックスの奥のほうだよ」

「このあたりも暑いのかい？」と、ボウイはいった。

「走りまわるつもりなら、ここはお勧めしないね」

マティの父親がホースをラックに戻した。「オイルはどうする？」と、彼はいった。調子っぱずれなクラリネットのような甲高い声だった。

「そっちはいい」とボウイはいい、マティに金を払った。

「身体に気をつけてね」と、マティがいった。

「あんたもな」と、ボウイはいった。

大通りの空気はきれいでひんやりしていた。ホーキンスの家があるのはこの通りのはずれだった。

「飲まないのか？」と、ボウイはいった。

「いまはいい」

「どうしたんだよ」

「なんだか吐きそうなの」

「おいおい、だいじょうぶか？」

「後ろの座席で横になってたほうがいいみたい。すこし横になってれば、すぐによくなると思う」

　ボウイは車を歩道脇に停め、いったん外に出てキーチーが後ろに移るのに手を貸した。それから、コートを広げて脚にかけてやってから、運転席に戻って運転をつづけた。

　ホーキンスの家の前には車が四台駐まっていた。教会には明かりが灯《とも》っていなかった。

「この車はなに、ボウイ？」と、キーチーがいった。

「きみはそこで横になってればいいよ、ハニー」

「だいぶ気分がよくなった。あの家に行ってもだいじょうぶだと思う？」

「きみが寝返りを打つより先に帰ってくる。心配するなって」

　ボウイがポーチに上がると、木の板がたわんで軋《きし》んだ。ドアをノックした。半分上げてあるブラインドの下からなかを覗《のぞ》くと、カードテーブルにすわっている男たちのズボンが見えた。

　ドアがわずかに開き、黒いドレスに白いレースのカラーをつけた中年の女が見えた。

「先生はいるかい？」

「ええ、もちろん。なかに入ったら？」

「ここで待つよ」

女はためらった。「誰だと伝えれば？」

「ナイトだ。ミスター・ナイト」

ボウイは窓越しに男たちの脚を見た。カードテーブルが動き、一組の脚がドアに向かってきた。

ポーチの丸い電球がつき、光が降りそそいだ。ホーキンスはワイシャツ姿で、右手にパイプを握っていた。彼はすばやくパイプを反対の手に持ち替え、どこか奥のほうに右手を伸ばした。ポーチはふたたび暗くなった。

「ちょっと待ってくれ」といい、ホーキンスはドアを閉じた。ボウイは前を向いたままポーチのステップを降り、脇の下に手を差し入れて拳銃《けんじゅう》の握りをつかんだ。

ドアがふたたび開いた。ボウイはポーチに上がり、差しだされた封筒を受けとった。

封筒は重く、バッジのピンが感じられた。

「忙しいんですか？」と、ボウイはいった。

ホーキンスは窓のほうに頭を傾《かし》げ、「客がきてる」とささやいた。

「メキシコの事情を詳しく知りたいんですが」

ホーキンスは首を振った。「その件に関しては力になれないな。なかに保安官がいるんだ」

「わかりました」と、ボウイはいった。

歩道に靴音を響かせながら車に戻った。もう百ドル支払うと約束したが、そんなもんはクソくらえだ。いまはちょっと忙しいらしい。どっちにしろ、こんなもんはもう必要ないんだ。キーチーはどこだ？

彼女は顔を伏せて車の床に横になっていた。骨が折れたかのように、左腕が妙な方向にねじ曲がっている。「キーチー」と、ボウイはいった。「キーチー」彼女はぐったりして動かなかった。「キーチー、ハニー。ベイビー。キーチー」彼女はぐっと歯を食いしばったままで、息を吸う音が聞こえない。ボウイは彼女の身体を起こして座席にすわらせ、運転席に戻った。ギアのノブにかけた手が震えていた。

マティの父親がベンチを押して立ちあがり、こちらに近づいてきた。

「どこか空いてるキャビンは？」と、ボウイはいった。

「どのくらいの料金のキャビンを考えてるんだね、ミスター？」

「いくらでもいい」

「一ドル五十セントの部屋もあるし、もっと……」

「さっきここにいた女は？」

「うちの娘のことか？　あいつなら……」

「どこだ？」ボウイは車から降りかけた。

　スクリーンドアのスプリングが耳ざわりな音を立て、マティが出てきた。

「部屋を借りたいんだ」と、ボウイはいった。

　マティはモーテルのほうに向かった。ボウイは車を出してそのあとについていった。ずっと奥のいちばん低いところにくると、彼女は隅のキャビンを指さした。ボウイはその前に車を停めた。マティがなかに入って明かりをつけた。

　ボウイはキーチーをベッドに横たえ、スカートをきちんと膝《ひざ》の上まで下ろしてやった。顔は憔悴《しょうすい》しきり、しわが深く刻まれている。マティは半分開いたままのスクリーンドアの前に立っていた。

「どうしちまったのかな」ボウイはベッドの足側におかれたタオルを手に取り、シンクに行って水に濡《ぬ》らした。「いったいどうしちまったんだろう。医者を呼んできてくれ、マティ。いますぐ医者を頼む」

ボウイはキーチーの顔を湿らせはじめた。「急いでくれよ、マティ。頼むから」

マティは出ていった。

ボウイはシンクに行ってもう一度タオルを濡らし、こんどは首の後ろを拭《ふ》いてやってから、胸のカラーの下に押し当てた。「どうしたんだよ、小さな兵隊。おまえは小さな兵隊だってところを、おれに見せてくれ。ほら、おまえのなかにいるだろ。おまえは……」

キーチーは身体を震わせ、かすかに開いた唇から息を吸いこんだ。

「いいぞ。がんばれ」

キーチーは目を開き、頭をゆっくり左右に動かしてから、いきなりボウイに目を向けた。「彼に会ったの？」

「すべて問題なしだよ。心配することはぜんぜんない。万事順調だ」

「よかった」キーチーは唇を歪《ゆが》め、手を伸ばしてボウイの手をつかんだ。「身体がどこかおかしいのよ、ボウイ。いいたくないんだけど。間違いないわ」

「心配するな、ハニー。医者がくる。きみは心配しなくていい」

キーチーが目を閉じると、ボウイは乾いたタオルで顔を拭いてやった。それから、靴を脱がせた。

「よかった」と、キーチーはいった。その声には抑揚がなく、眠ったまましゃべっているかのようだった。

医者がくると、ボウイは外に出てモーテルの中央にある池の縁に腰を下ろした。ブラインドが半分上がった窓越しに、診察している医者の姿が見えた。タン色のスーツを着た小男だ。自分も部屋にいるべきだったんだ、とボウイは思った。あの医者は相手を病人だと思ってるだけで、犯罪者だとは思っていない。なのにマティのやつに追いだされちまった。

車のヘッドライトが中庭を照らしだした。マティの父親がドアの下の踏み台《ステップ》に荷物をたくさんくくりつけた古い車を誘導してきた。車は池の周囲をぐるっとまわって反対側に並んだキャビンに向かった。

「やっぱりおれは、あきらめられない」ボウイは大声でいった。

キャビンのドアが開いて草の上に光の筋が伸び、つづいてマティが出てきた。ボウイは彼女のほうへ歩いていった。

「医者はなんていってる?」と、ボウイはいった。

「なにも問題はないって。ただ妊娠してるだけで」と、マティはいった。「あたしにもわかってたけど」

「誰がそういった？」

「医者だよ。誰にだってわかる」

ボウイは半分上げられたブラインドの下から射《さ》してくる光を見た。

「もうこれ以上関わり合いになるのはごめんだよ」と、マティはいった。「さっさと引き払っておくれ」

ボウイはなにも答えずにキャビンへ向かった――リコリスと鎮痛剤の匂いがした。

医者は口の上にまだらなひげを生やしていて、目の縁がたるんでいた。「すべきことはひとつだけ。あおむけに寝かせ、安静にしておけばいい。起きたときには回復してるはずだ。しかし、これまで通りの生活はできない。薬をあげたからしばらくは眠っているだろう。休むことが大切だ」

キーチーの胸は寝息に合わせて規則正しく上下していた。

「すごく疲れたときみたいに眠ってる」と、ボウイはいった。

「それがいちばんだ」と、医者はいった。「テーブルの上に薬をおいてある。あすになってもまだ痛みがあるようなら飲ませるといい。しばらくは目を覚まさないだろう。もし覚ましたとしても、たぶんすぐにまた眠ってしまうはずだ」

「たしかにぐっすり眠ってる」

「もしなにかあったら電話しなさい」と、医者はいった。

「ええ、ドクター。でも、もうご迷惑はかけませんよ」

ボウイはいま、暗いキャビンのシンクの横の椅子《いす》に腰かけ、ベッドに横たわったキーチーのシルエットを眺めながら寝息を聞いていた。やがて彼は立ちあがり、まっすぐに伸ばした彼女の腕に触れ、持ちあげて胸の上においた。しかし、やはり考え直して身体のわきに戻した。それから、キャビンを出た。マティが出てきて、ボウイといっしょにモーテルの中庭を大きくぐるっとまわり、管理棟のわきの深い闇《やみ》のなかで足を止めた。

「いまは動かせない」と、ボウイはいった。

「ここで面倒ごとは起こさないでちょうだい」と、マティはいった。「あたしがやるべきことは、もうぜんぶやったよ」

「もし問題が金だったら、それは心配しないでくれ」

「あんたの金なんか一セントたりともほしくないね。ここを出ていってほしいだけ」

スクリーンドアが音を立てた。マティは首をまわして、そちらに目をやった。

「待ってくれ」と、ボウイはいった。マティは足を止めた。「ちょっと聞いてくれ。あんたはおれとおんなじ泥棒だ。おれがほっておいてくれと頼めば、卑劣なことはしないはずだ。いまあいつを動かすわけにはいかない。わかるだろ？　もしあんたやほかの誰かが気に入らなくても、そいつは残念というしかない」

マティは歩み去った。

キーチーは身動きひとつしていなかった。ボウイはブラインドを上げた。月明かりが彼女の脚を四角く照らしだした。ボウイはブラインドを下ろし、ストッキングを脱がせ、脚に上掛けをかけた。

モーテルは静まり返っていた。ボウイの耳には、コオロギの鳴き声が大きくなってきたように感じられた。あの卑劣なホーキンスめ、と思った。二枚舌のクソ野郎め。もしあのインディアンさえここにいてくれたら。あの白い歯。もういまさら避けられないんだよ、小さな兵隊。やつらはおれを刑務所に放りこむはずだ。薄汚い卑劣なやつらめ。

シンクに水がしたたり落ちていた。ボウイは立ちあがって蛇口を締めた。早いとこどこかに身を隠さないとまずいぞ、キーチー。「もしも」とか「それに」とかいった話はいっさいなしだ。おれはぶらぶら時間を無駄にしすぎた。いいか、小さな兵隊、今後きみはほかのことを考えなきゃならない。われらがボウイはもう大して役に立たないからな。ただし、誰もきみに罪を着せることはできないよ、キーチー。そんなことはできっこない。一瞬たりともそんなふうに思っちゃだめだ。絶対にな。

　指から落ちたマッチが床を転がる音がした。ボウイはキーチーを見た。彼女はまったく動かなかった。ボウイはふたたび息をついた。しかしきみならもうだいじょうぶ、あす目を覚ましたときにはすっかりよくなってるはずだ。

　もしここにチカモウがいれば問題は簡単に解決するんだよ、キーチー。おれときみにとって、この世界に友だちと呼べるのはあいつだけだ。きみにはわかってないかもしれないけどな、キーチー、おれにはわかってる。おれたちを助けてくれるのはこの世界にあいつしかいない。きみとおれはこの道をいっしょに進んでいく。そして隠れ家を見つけ、姿をくらまさなきゃならない。とくにいまはね。こういう道をいつまでも走りつづけるのは無理だ。とすれば、やっぱりメキシコだよ、キーチー。あそこにおれたちを連れてってくれる人間はこの世界にただひとり。ひとりしかいないんだ。

　夜のどこかで犬が唸《うな》っている。

　もしおれの計画がうまくいくとしたらどうだい、キーチー？　ここから百二十マイル離れたあの農場めざして車を走らせ、朝の七時までに向こうに着き、あいつを脱獄させたら？　きみはずっと眠ったままだから、事情は知りようがない。おれが帰ってくる。きみが目を覚ます。チカモウがおれたちといっしょにいる。そしたらもう、おれたちを止められるやつはどこにもいない。いまから二日後、おれたちはメキシコに身を隠してる。あの国のどこか奥深くに。そしたら誰にも見つけられない。

犬がまた唸った。

なら、うまくことが運ばなかったらどうだろう、キーチー？　計画が大失敗に終わったら？　いまのきみには大切にすべき存在がほかにいる。このボウイがいなくなったからって、たいしたことじゃない。きみは逃げる必要なんてないんだからな。やつらはきみになんの罪も着せられない。きみがしたことはただひとつ、親切にもおれといっしょに逃げまわってくれたことだけだ。大失敗に終わったらどうなるか？　きみの置かれてる状況はいまとまったく変わらない。

ボウイは立ちあがり、コートのボタンを留めた。

背の高い鉄条網に沿って進んでいくと、〈ビンガム模範囚野外作業施設〉と書かれたアーチ形の木造ゲートが見えてきた。ボウイは幹線道路を離れ、そのゲートを抜けた。建物へとつづく灰色の道の両脇は、石で縁取られた花壇が色を添えていた。スイートピーの香りがした。

オフィスは背の低い煉瓦《れんが》造りの建物で、旗竿《はたざお》にはなんの旗も揚がっていなかった。その裏手には、バラックのような長い建物と納屋《なや》がいくつも並んでいた。バラックの基礎は石造りで、白い漆喰《しっくい》が塗られていた。

粗麻布の白い囚人服を着た男がひとり、バラの茂みのそばにひざまずき、両手で土くれを砕いていた。ボウイが車から降りると男は顔を上げた。しかし、オフィスのポーチに向かって歩いていくボウイがそばを通りすぎると、頭を下げた。カーキ色の制服を着た男がふたりベンチにすわっていた。腰には弾薬筒ベルトが巻かれ、すぐわきには散弾銃が置いてあった。

「やあ、どうも」と、ボウイはいった。

ふたりの看守が頭を動かした。「やあ……お疲れ」

ボウイはポーチの柵《さく》が影を投げているドアに顎《あご》をしゃくった。「スタマーズ所長はいるかい？」

ふたりはうなずいた。

ボウイは消毒剤の臭《にお》いのする部屋に入っていき、背の高いデスクにすわっている簿記係——模範囚のひとり——の顔を見た。それから、デスクの横を通りすぎ、ベンチにすわったふたりの男のまえで止まった。身体《からだ》のでかいほうは、表のポーチにいた男たちとおなじ服装だった。もうひとりは青いサージのズボンをはき、白いシャツを着ている。こちらの男が立ちあがった。

「スタマーズ所長？」と、ボウイはいった。

「そうだ」と、男はいった。薄くなった黒い髪を真ん中でわけ、左腕が痛むかのように上に掲げていた。銃は携帯していなかった。

ボウイは手を差しだした。「ハヴィランド保安官です。ベコス郡からきました」

スタマーズ所長はボウイの手を勢いよく振った。「よくきたな、保安官。なにか用かね？」

ベンチにすわっていた看守が立ちあがり、ドアのほうに歩いていった。「じゃあ、おれは行きますよ、所長」

「服役囚に面会を希望です」と、ボウイはいった。「名前はエルモ・モブリー」

「ああ、たしかにそいつならここにいる。ちょっと待ってくれ。きょうはボス・ハーバートの班にいるはずだ。いったいどんな用件かね？」

「勾引状《こういんじょう》を持ってます。ただ、きょうは連行しません」ボウイはジャケットの内ポケットから書類を引き抜き、スタマーズに手渡した。「今回はちょっと話を聞きたいだけです」

スタマーズが勾引状を開く音がした。

テキサス州

テキサス州ベコス郡保安官、A・T・ハヴィランド殿

西暦一九三五年五月十二日、現在本法廷において係争中の裁判のうち、事件番号七五四、〈テキサス州対エルモ・T・モブリー裁判〉において、被告は殺人罪に問われている。

ゆえに本件の……。

「連行はしないのかね?」スタマーズは書類をたたみはじめた。

「ええ、話がしたいだけです」

スタマーズは立ちあがって灰色の帽子をフックから取り、振り返って左腕に触れた。

「神経炎でね。ひどく痛むんだ」

「つらいって聞きますね」と、ボウイはいった。

ポーチに出ると、スタマーズは三人の看守に声をかけた。「電話があったら頼むぞ」

ボウイが自分の車のほうへ歩いていくと、スタマーズもついてきた。「おれの車で

行きましょう」と、ボウイはいった。

「いい治療法を知ってるやつに心当たりはないかね？」と、スタマーズがいった。

「痛みが引くのをじっくり待つしかないですよ」と、ボウイはいった。

スタマーズは曲がりくねりながら建物の裏へと伸びている土の道を指さした。その先には綿花畑が広がっていた。ボウイはその道を進んだ。

綿花は瑞々《みずみず》しい青葉が茂り、地面は耕したばかりだった。「すばらしい畑ですね、所長」

「先週、雨が降ってね」スタマーズは左手を宙に掲げ、腹に肘《ひじ》をついた。「いい雨が降ったんだ」

遠くに見える服役囚たちが鋤《すき》を打ちこむたびに土ぼこりが立っていた。十五人か二十人はいるだろうか。馬に乗った看守がふたり、散弾銃を胸に抱いて監視している。働いている囚人たちが顔を上げ、車を目にとめるとふたたび下を向いた。

ギザギザの拍車がついたブーツをはいた看守が馬をこちらに向けた。でっぷりした腹の男だった。ベルトには拳銃が一挺、鞍《くら》のガンケースにはライフルが差してある。

「モブリーはこの班だったな？」と、スタマーズがいった。

拍車の看守はうなずいた。「ええ」

「連れてこい」

班の先頭でひとりの男が背中を伸ばし、看守の指示を聞いて列から一歩踏み出した。いまこちらに向かってくる。手には鋤を持っていた。拍車の看守が声をかけると、チカモウは鋤を放りだした。

チカモウは健康そうだった。彼はボウイをまじまじと見つめ、スタマーズに目を移してから、もう一度ボウイを見た。

「この車に乗るんだ、モブリー」と、ボウイはいった。「ちょっと話がある。オフィスをお借りしたいんですが、所長」

「いいとも」

チカモウはボウイと並んで前部座席にすわり、スタマーズは後部座席に移った。三人はオフィスのほうに引き返した。

「州刑務所に寄って所長に会わなかったのかね？」と、スタマーズがいった。

「ええ、ヒューストンまでは違う道を使ったんで。でも、帰りに寄りますよ」

「なら、所長によろしくいってくれ。きみは今年、年次総会に行ったのかね、保安官？」

「いいえ、行きませんでした」と、ボウイはいった。

「わたしは保安官になって十四年になる。今年は行きたかったんだがな」

ボウイはチカモウの腿《もも》をつつき、視線でパネルポケットを指し示した。チカモウは象牙《ぞうげ》のグリップを握って銃を抜き、スタマーズに銃口をむけた。

「手を上げるんだ」と、チカモウはいった。「動くんじゃない」

「このままゲートを出るぞ、所長」と、ボウイはいった。「下手なことを口にするな。どういう意味かはわかるよな？」

「わかった」

ポーチに人影はなかった。バラの茂みのそばで働いていた服役囚が顔を上げ、それから立ちあがった。ボウイはオフィスを通りすぎた。道に敷かれたもみ殻がフェンダーにピチッピチッと当たる音がした。ハンドルを切って幹線道路に乗り、アクセルを踏みこんだ。

「いいか、おまえたち、わたしは大変な目にあうことになるんだぞ」

「くよくよすんなよ、所長」と、チカモウがいった。

「おまえの顔にはなんとなく見覚えがある気がしてたんだよ、保安官。しかし、誰だったかいまだに思い出せない」

「忘れろよ、所長」と、ボウイはいった。「すぐにわかるさ。あんたの部下は、あとどれくらいしたらなにかおかしいと気づく?」

「こっちが知りたいね」

チカモウは車のポケットを底のほうまで覗きこみ、指を突っこんで手探りした。

「なにを探してるんだ?」と、ボウイはいった。

「なにも」と、チカモウはいった。

「いったいわたしがどんな目にあうと思う?」と、スタマーズがいった。

「泣き言は刑務所長にいうんだな」と、チカモウはいった。

「農場じゃよくしてやったじゃないか」

「静かにしろよ、チカモウ」と、ボウイがいった。「ったく」

〈マクマスターズまで――68マイル〉という標識が見えた。ボウイは幹線道路を逸《そ》れ、立木のなかに車を進めた。半マイルほど進んだところでエンジンを切った。彼らは車を降りて這《は》うようにフェンスをくぐり、森に入ったところでボウイがスタマーズを木に縛りつけた。

幹線道路の路面に反射した光がちらちら差してくる。「農場じゃよくしてもらってたのかい?」と、ボウイはいった。

「もうバットや銃身で殴ったりはしない」と、チカモウはいった。「政治家のお偉いさんたちがやめさせたんだ。ぜんぜん殴らないってわけじゃないが、月に六十ドルの仕事をなくすのが怖いのさ」

「そりゃちょっとした進歩だな」

チカモウは振り返って後部座席をのぞいた。「まさか、酒を持ってこなかったなんていわないよな？」

ボウイは首を振った。「このパーティは酒抜きだよ、チカモウ。やらなきゃならない仕事があって、それには頭をすっきりさせとかなきゃならないんだ」

「おまえに人間らしさを期待したおれが馬鹿《ばか》だったよ」と、チカモウはいった。「正直いって、いったいどうやったのかはわからない。おまえは服役囚農場から首尾よく抜けだし、車を飛ばしてる。あそこであんなことをやらかし、看守のやつらをいいようにあしらった。いやはやびっくりだね、おれにはどうやったのかさっぱりわからない。おまえはただのでっかい田舎もんで、マヌケなこともしでかすくせに、あんなことをあっさりやり遂げる」

「どうしたいっていうんだよ。あのまま刑務所にいたかったのか？」

「おれが？　バカいうな。あのテキサコシティの件はまだ裁判が終わってないんだぞ。おれはあそこにいるあいだじゅう、いつやつらがくるかとびくびくしてたんだ。もちろん、やつらが追ってるのはおまえだ。おまえの指紋がはっきり残ってるんだからな。おれは馬鹿じゃないから、そんなヘマはしなかった。あの事件の犯人がおまえだってことはあいつらにだってわかってる。だけど、おれに関してもなにかつかんでるかもしれないだろ?」

「たしかに、テキサコシティの件はかなりやばい」と、ボウイはいった。「うまくやりやがった」

「おまえはうまく逃げきったよ」と、チカモウはいった。

「たんなる運さ」と、ボウイはいった。

「そうだな。そういってもいい。いまのおまえは、どこぞのラジエーターキャップとおんなじくらい犯罪とは無縁だ。なのにこんなことをしやがる。こっちは迷惑もいいとこだ。でっかいマヌケな日曜学校のガキのくせしやがって、服役囚農場であんなことをしでかして、うまく逃げきりやがる。これじゃおれが、たんなる三文野郎に見えちまうじゃねえか」

　ボウイはぎくっと頭を上げた。「頭がおかしくなったのか?　おまえになんの関係がある?」

「こっちは迷惑もいいとこなんだよ。おまえだけじゃない、あのいけ好かないチビ女もそうだ。あいつはガソリンスタンドの外に出てきもしない。しかも、クソッ、新聞ときたらいつだっておまえのことばっかり書き立てやがる。あれじゃまるで、おれが一セント硬貨のスロットマシンみたいじゃ……」

ボウイは道路の脇《わき》に車を止めた。

「どうしたんだよ？」とチカモウがいった。「なんのつもりだ？」

ボウイは車を降り、ぐるっとまわってチカモウの側のドアを開けた。「さあクソ野郎、こいよ」

「おいおい、なんだよ、ボウイ。どういうことだ？」

「降りろ」

チカモウは降りた。

「おれがいまここで手を下さない唯一《ゆいいつ》の理由は」と、ボウイはいった。「おれがやらなくても犬がやってくれるからだ」

「聞けよ、ボウイ。おれは家族に会いたいんだ。ずっと会ってないんだぞ、ボウイ。車のなかにある銃をおれにくれ」

「失《う》せろ」

チカモウは道路を走りはじめた。

暑さのおさまったマクママスターズの広場で動いているものは、映画のタイトルの入った垂れ幕を下げてスピーカーを鳴り響かせている車だけだった。音楽は〈星条旗よ永遠なれ〉だ。ボウイは広場から横道に入り、モーテルに通じている道を進んだ。なあ、神様、おれはあんたにものを頼んだことは一度もない。たったの一度もだ。だけどいまは、目的地に着くまで眠らないようにしてくれ。それが望みすぎだっていうんなら、せめてあいつを寝させといてくれ。あいつが目を覚ましたときには、そばにいてやりたいんだ……。

〈アラモプラザ・モーテル〉のドライブウェイと中庭は閑散としていた。ボウイは車を進めていき、閉じたドアとブラインドの下がった窓の前に車を横づけした。

キーチーはベッドに横たわり、目を閉じたまま寝息を立てていた。ボウイが部屋を出たときのままだ。部屋を見まわしたが、動かした形跡のあるものはなにもなかった。なにひとつ。神様、ありがとう。

午後の熱暑がキャビンにぎゅっと押しこめられ、壁が火の消えたストーブくらい熱かった。屋根のタールが溶けて臭った。ボウイはキーチーのわきに立ち、濡れたタオルを振って扇《あお》いでやった。額の上でカールしている髪が涼しい風に震えた。ハニー、おまえはもうすぐ目を覚ましてなにか食べる。すっかり目を覚まして。

いまや部屋には薄闇が忍びこんでいた。ボウイの額の汗は乾き、腕の毛が硬くなっていた。キーチーが大きく身動きした。ボウイは上半身をかがめた。キーチーの目が開いた。小さなボウルに入れっぱなしの水のなかに沈んだ花びらのようだった。

「ボウイ？」と、彼女はいった。

「よう、おねむさん」

「ボウイ？」

「もう起きたほうがいいぞ」

「あなたはわたしのそばを離れないでしょ？」

「おれが？　おれを誰かと間違えてないか？　おれが離れるわけないじゃないか。バカなことといってないで起きろよ」

「ボウイ？」

「なんだい、キーチー？」

「本気で訊《き》いてるの」

「おれも本気だってことは神様がご存じだよ、キーチー。嘘じゃない」

キーチーは目を閉じた。ボウイは彼女に触れた。

「いいか、小さな兵隊。なにかおなかに入れないとだめだ。ソーダ水はどうだい？　まずはよく冷えた一杯からはじめるっていうのは？」

キーチーは枕《まくら》の上で頭をこっくり動かした。

「なら」ボウイはまっすぐ立ち、両手をもみはじめた。「リトル・レディはどんな味をご所望かな?　ストロベリー?」

キーチーはうなずいた。

ボウイは薄暗がりのなかをドアまで歩いていき、ノブを引いた。「そこを動くな」という声が響いた。ナイフが空を切るようなヒュッという音がした。猫は七つの命を持っている、とボウイは思った。すばやく銃を抜いた。耳のなかでスチームパイプが爆発した。七。彼はぐるぐる回転しながら、広場で大音響を響かせている円錐形《えんすいけい》のスピーカーのなかに吸いこまれていった。〈星条旗よ永遠なれ〉。猫……七。すべてがしわくちゃになっていき、やさしく畳まれていく。タバコの煙を吹きかけられた紙人形のように。ストロベリー……。

*

七月二十一日、テキサス州マクマスターズ——アメリカ南西部を震えあがらせた神出鬼没の凶悪強盗犯、ボウイ・バウアーズが、拳銃武装した相棒のキーチー・モブリーとともに、本日の夕刻、当市にてその犯罪人生に終止符を打った。
二人は反撃を試みたが、レンジャー部隊の精鋭と保安官からなる狙撃隊《そげきたい》が機先を制した。脱獄、銀行強盗、殺人などの凶行を重ねてきたバウアーズと女は、当市の東一マイルにある旅行者用モーテルのキャビンで罠《わな》にかかり、マシンガンとライフルの一斉射撃で射殺された。

本日午前、バウアーズは強盗仲間のエルモ・〝三本足指〟・モブリーをビンガム服役囚農場から脱走させた。このセンセーショナルな事件に落とし前をつけるべく、警官隊は残忍な表情を浮かべてモーテルを急襲した。銃撃戦後、バウアーズはキャビンのドア口に、共犯の女は部屋の床に倒れていた。バウアーズの手には拳銃が握られており、もう一方の手はキーチー・モブリーの手の近くにあった。ふたりはどちらも多数の銃弾を撃ちこまれて即死だった。

銃弾で穴だらけになったキャビンからは、一万ドル近い現金の入ったバッグが回収されたほか、少量の麻薬が見つかった。

凶悪強盗犯と共犯者が射殺されたことで、一年以上にわたる捜索は劇的な結末を迎えた。殺人、銀行強盗、ガソリンスタンドでの拳銃強盗、保安官の誘拐などの容疑により、すくなくとも四つの州で指名手配されていたバウアーズは、南西部でもっとも怖《おそ》れられる犯罪者のひとりだった。

事件が発生した平和で活気のある小さな町の住人は、自分たちの町に凶悪犯が潜んでいたことを知り、大きな衝撃を受けた。興奮した人々は通りにくりだし、地元の葬儀店に押し寄せて二人の死体を見物した。

長身で眼光鋭いレンジャー部隊隊長のレフレットは、本件に関する詳細なコメントを拒否し、二人が射殺された旅行者用モーテルのオーナーは悪名高い宿泊客の正体に気づいていなかったと語るにとどめた。州都の上官に報告する際も、ただひとこと「二人を制圧しました」と伝えただけだ。

バウアーズとともにスタマーズ所長を拉致《らち》して逃亡したエルモ・モブリーは、地元の農夫の手で捕らえられた。農夫はモブリーが道を走っているのを見て不審に思い、囚人服を着ていることに気づいたという。

強盗犯襲撃に加わった二十人の精鋭には、総計千ドルの報賞金が分配された。

本日の夜明け前に匿名の通報があり、地元警察が迅速に行動した。電話と電信が州都と刑務所を行き交い、レンジャー部隊のレフレット隊長と四人の部下が飛行機で現地に乗りこんだ。

本日入った特電によると、ジョエル・ハワード刑務所長は記者団に対し、今回の匿名の通報は同刑務所に収容されていたある囚人の釈放との〝引き換え〟であったことを認めた。「バウアーズは冷酷で狡猾《こうかつ》な犯罪者だった」とハワード刑務所長は語った。「彼の犯行を止めるためとあらば、われわれは手段を選ぶつもりはなかった」

訳者あとがき

本書はアメリカの作家エドワード・アンダースンが一九三七年に発表した *Thieves Like Us*（おれたちとおなじ泥棒）の全訳である。翻訳の底本にはニューヨークの出版社 Frederick A. Stokes Company から刊行された初版本を使用した。

普通ならここで、著者の経歴や作品の読みどころを簡単に解説するのが翻訳者の役目だ。しかし、今回は諏訪部浩一氏の優れた論考にすべてをゆだね、本稿では本書を映画化した二本の作品について紹介するにとどめよう。

本書の最初の映画化作品は、一九四八年にアメリカのＲＫＯピクチャーズが製作した『夜の人々』（原題 They Live by Night）である。『理由なき反抗』『大砂塵《だいさじん》』などの作品で知られるニコラス・レイが脚本と監督を手がけたこの作品は、フィルム・ノワールの古典として名高いが、同時にいかにもハリウッド的なメロドラマとしての側面も持つ。当時のアメリカ映画界にはヘイズコードと呼ばれる自主規制があり、犯罪者に対する観客の共感や同情を誘ったり、結婚していない男女の性的な関係を肯定的に描くことはむずかしかった。そこでニコラス・レイは、脚色にあたり、原作を尊重しつつも主人公ふたりの純愛に焦点を当てている。その演出は的確でよどみがなく、これが監督第一作とはとても思えないほどだ。ただし、一九四七年の撮影終了直後にＲＫＯが大富豪のハワード・ヒューズに買収され、この作品はお蔵入りとなってしまう。二年後の一九四九年にようやく公開されたものの（英国での公開は一九四八年）、不幸にして大きな注目を集めることはなかった。

この作品で主人公のボウイを演じたのは、アルフレッド・ヒッチコック監督の『ロープ』や『見知らぬ乗客』でのニューロティックな演技が印象的なファーリー・グレンジャー。この『夜の人々』をかねてより高く評価している映画評論家の蓮實重彦氏は、本作でのグレンジャーについて、「彼のクローズ・アップは映画史上で最も美しいクローズ・アップだと思ってるんですけど」と語っている。一方、ボウイのパートナーであるキーチーを演じたキャシー・オドネルは、『探偵物語』『ベン・ハー』などでの助演で知られるが、惜しいことに大きな役には恵まれなかった。しかし、この作品における彼女は気丈でけなげで美しく、観《み》る者の胸を締めつけずにはおかない。

つづく二度目の映画化は、一九七四年公開の『ボウイ&キーチ』（原題は原作とおなじ Thieves Like Us）。監督はアメリカ・インディーズ映画の父とも呼ばれる名匠ロバート・アルトマンである。『M★A★S★H マッシュ』や『ナッシュビル』『ザ・プレイヤー』など、数々の名作で知られるアルトマンは、本書をたまたま読んですっかり気に入り、映画化を企画した。ただし、そのときは一九四八年版の存在は知らなかったという。

原作の脚色にあたり、アルトマンは脚本家に対して「独創的なライターになろうなんてしないでくれ、原作にある通りのものが欲しいんだ。勝手に助け舟を出して補ったりするなよ。ただ映画に〝翻訳〟してくれればいい」と伝えたという（『ロバート・アルトマン わが映画、わが人生』デヴィッド・トンプソン編／川口敦子訳／キネマ旬報社刊）。実際、この一九七四年版は原作に忠実で、撮影当時もまだ一九三〇年代とおなじ風景が残っていたというミシシッピでロケした映像のリアルさとあいまって、名作の多いアルトマン作品のなかでも屈指の一本に仕上がっている。ボウイ役は『デュエリスト／決闘者』のキース・キャラダイン、キーチー役は『シャイニング』のシェリー・デュバル。華やかなスター性とは無縁ともいえるふたりが主人公を演じたことで、ぎこちなく愛を確かめ合う恋人たちの姿に際立《きわだ》ったリアリティがもたらされ、作品を貫く研ぎ澄まされた詩情をより深いものにしている。

解説の諏訪部氏が「本書は平凡な犯罪小説には存在しない強い叙情を喚起する」と

指摘しているとおり、アンダースンの原作は社会の腐敗と矛盾を突いたドライなノワール小説である一方で、痛いほどせつない純愛小説でもある。ニコラス・レイが主役のふたりに美男美女を配して撮りあげたモノクロームの神話的名作も、ロバート・アルトマンが美男美女を排してリアリズムを貫いた素朴で叙情的な傑作も、原作の力が映画作家にあたえた強いインスピレーションが生みだしたものといっていいだろう。

そんな力を持つ「アメリカ文学の知られざる傑作」を翻訳できたことは、私にとって身に余る光栄だった。しかし、自分の非力と浅学をさらすようだが、本書の原文はかなり難解で、翻訳には非常に手こずった。これは著者の文章が少々いびつであることも理由のひとつなのだが、当時は一般的だった俗語表現がいまでは廃《すた》れてしまったため、現在の辞書を引いても意味が取れない場合が多いことも大きな原因だった。たとえば、辞書の訳語ではどうしても意味の通じない単語をインターネットで検索し、ようやくのことでぴったりの用法を見つけたと思ったら、「希少な使用例」として挙げられている例文がいままさに自分が訳している文章だったことも、一度や二度ではない。

それでもなんとか訳了できたのは、さまざまな方の助力のおかげである。まず第一に感謝するのは、英国在住の友人ユアン・マクナルティ氏だ。SNSで知遇を得た氏は、映画や文学など文化全般に造詣《ぞうけい》が深く、こちらがつたない英語で質問しても的確にその意図を汲《く》みとり、詳細で丁寧な回答を寄せてくれた。つねに優しさと忍耐心を失うことなく惜しみない助力をあたえてくれる氏には、ただもう深く感謝するしかない。ありがとう、ユアンさん。

また、今回は解説執筆者の諏訪部浩一氏からも訳文への貴重な指摘とアドバイスをたまわった。東京大学大学院人文社会系研究科・文学部准教授の諏訪部氏はアメリカ文学の研究を専門としており、『『マルタの鷹《たか》』講義』(研究社刊)で日本推理作家協会賞(評論その他の部門)を受賞するなど、アメリカのハードボイルド小説やノワール小説にも造詣が深い。そんな方に(たとえ一部なりとも)訳文の不備や誤訳をご指摘いただけたことは、ありがたくもあり、心強くもあった。ここに記して感謝申しあげる次第である。

そして最後に、この埋もれた傑作を発掘して翻訳の機会をあたえてくださった新潮社編集部の竹内祐一氏と、丁寧に訳文をチェックしてくださった校正者の方々にもお礼を申しあげたい。どうもありがとうございました。

泥棒だらけの世界で

諏訪部浩一

『夜の人々』はアメリカの小説家エドワード・アンダースンの第二長篇として、一九三七年に刊行された。かつてレイモンド・チャンドラーがある手紙で「いままでに書かれた最高の犯罪小説の一つ」と称賛した本書は、いまではノワール小説の古典として認められており、前世紀の末には権威ある文学叢書《そうしょ》〈ライブラリー・オブ・アメリカ〉で*Crime Novels: American Noir of the 1930s and 40s*の巻に、ジェイムズ・M・ケイン『郵便配達は二度ベルを鳴らす』（一九三四年）などと並べて収められている。こうしてついに邦訳が果たされたのは、まことに喜ばしいことといわねばならない。

本書がノワール文学史における重要作品であるとしても、その作者エドワード・アンダースンに関しては、アメリカ本国においてさえ知名度は低く（英語版ウィキペデイアに記事がないくらいなのだ）、日本においてはなおさらのことである。そうした現状に鑑《かんが》みて、まずはこの作家の人生を紹介しておこう。

アンダースンはテキサス州ウェザーフォードで一九〇五年に生まれた。印刷業者だった父の仕事の関係で、テキサス州とオクラホマ州で転居を繰り返す。成績は優秀であったが高校は中退し、フリーの新聞記者として二〇年代をすごした（彼は生涯を通して五〇以上の新聞社で働くことになる）。三〇年に渡欧するがすぐに帰国。家族の住むテキサス州アビリーンにいったん身を落ち着けるも、ホーボー（渡り労働者）となって二年ほど放浪生活をすることになり、三三年にアビリーンに戻ったあと、その経験を活《い》かして短篇小説を書き始める。三四年にポリー・アン・ベイツと結婚してルイジアナ州ニューオーリンズで新生活を始め、記者として働きながら、当時流行していた犯罪実話物を雑誌に載せるようになる。

転機となったのは、三五年、第一長篇『飢えた男たち』（*Hungry Men*）が『ストーリー』誌のコンテストで賞を獲得し、単行本として出版されたことである。大恐慌《だいきょうこう》下、職にあぶれたミュージシャンを主人公としたこの「ホーボー小説」は、英米において高い評価を得た。同年に娘、翌三六年に息子が誕生したこともあって生活は楽ではなかったが、アンダースンは家族を連れてテキサスに戻り、『夜の人々』を書く。

執筆にあたっては、武装強盗の罪で終身刑に服していた従兄《いとこ》ロイ・ジョンソンに取材している（本書は妻とともにこの従兄に捧《ささ》げられている）。出版に至るまでにはやや苦労するが、三七年に刊行されると前作に続いてかなりの好評を博し、アンダースンはハリウッドにシナリオライターとして招聘《しょうへい》されることとなった。

　しかし残念ながら、ここからアンダースンの人生は下り坂となる。脚本家としては成功せず、『夜の人々』の映画化権はわずか五〇〇ドルで手放してしまう。小説のアイデアもいくつかあったようだが、どれも実を結ぶことはなかった。次男が四一年に誕生するも、酒量が増えていき、四六年に離婚。その後、アンとは二回再婚するがいずれも長続きしなかった。しばらくアメリカの各地を転々とし、五四年に英語もあまり話せない子連れのメキシコ人女性と結婚（彼女とのあいだにも五六年に娘が生まれた）。五〇年代後半からはスウェーデンボリの神秘主義に傾倒し、晩年は宗教の本を書いていたが出版することはできず、六九年に没している。

　以上の略歴からもわかるように、アンダースンは三〇年代の作家だった。完成させた二冊の小説は、どちらも三〇年代にしか書かれようがなかった作品である。『飢えた男たち』が刊行されたのはホーボーが社会問題化していた時期だったし、『夜の人々』にしても、当時の読者にとってジョン・デリンジャー、ハーヴェイ・ベイリー、レイモンド・ハミルトン、プリティボーイ・フロイド、ベビーフェイス・ネルソン、そしてクライド・バロウとボニー・パーカーといった犯罪者は同時代人であり、その「活躍」はまだ記憶に新しかった。「ボニー・アンド・クライドもの」の映画としては『俺たちに明日はない』（一九六七年）が有名だが、ここではフィルム・ノワールの古典『暗黒街の弾痕《だんこん》』が本書と同年に公開されていることを強調しておくべきだろう。

三〇年代の初期ノワール小説がその黒い花を咲かせたのは、そのような時代のことだった。出版当時は扇情的だと非難されることも多かったが、現在ではその根底にある社会批判的な性格が評価されるようになって久しい。犯罪者を主人公とする小説の流行は、先が見えない長い恐慌の時代に閉じ込められていた民衆の鬱屈《うっくつ》に、「社会の敵」である犯罪者が風穴を開けてくれるように感じられたために生じたのである。

アンダースンが本書で描いた三人の銀行強盗――リーダー格のTダブ・メイスフェルド、アメリカ先住民（アンダースン自身、母方から先住民の血を受け継いでいる）のチカモウ、そして若き主人公ボウイ・バウアーズ――の物語も、まずはそうした歴史的文脈において理解されるべきだろう。この作品において、銀行家に代表される資本家は貧乏人を搾取《さくしゅ》／抑圧する「社会」を象徴する存在とされ、それは主人公たちを汚い社会に反逆する者として位置づけるのだ。その印象は、ボウイたちを「社会の敵」として追い立てるマスメディアが虚偽と偏見に満ちたイメージをばらまき続けるのに対し、彼らを支援する人々が「まっとうな人々」（本訳書ではさまざまに訳し分けられているが、原文では「Real People」と繰り返し大文字で表記されている）と呼ばれることで強化されていく。小説中盤、チカモウの正体に気づいたガソリンスタンドの店主はいう――「ここの銀行が破産しておれの預金がフイになっちまうまえに、あんたが強盗に入ってくれてりゃよかったんだがな。銀行のクソ野郎たちに持ってかれるよりは、おまえさんみたいな貧乏小僧に持ってってもらったほうがよっぽどましだ」。

　このようにして『夜の人々』は三〇年代的なやり方で「社会批判」をおこなう作品となっているのだが、本書が初期ノワール小説の傑作となっているのは、アンダースンが犯罪者を英雄視する同時代の風潮に依存せず、それをむしろ出発点とし、さらには相対化さえしているからである。そのことは、例えば「ウィンディ（ホラ吹き）」と呼ばれる悪徳弁護士に、犯罪者を英雄視してしまう民衆――彼はそうした人々を「従順な羊」と呼ぶ――の心情をほとんどメタフィクション的に解説させているところにうかがえるだろう。主人公たちにシンパシーを抱きながら読んできた読者は、小説の終盤に至って、そうした共感がいかにも「大衆的」で陳腐《ちんぷ》なものにすぎないという言葉を突きつけられて、居心地の悪い思いをすることになるわけだ。

もっとも、だからといってアンダースンが主人公たちに対する読者の共感を一概に否定しているわけではないし、それは『飢えた男たち』における、民衆は銀行家と銀行強盗がたいして違わないことを感じ取っているという主人公の言葉からも確認されるところなのだが、そこで注目したいのは、本書の原題『俺たちと同じ泥棒』（*Thieves like Us*）がはらむ両義性である。このタイトルはもちろん、Ｔダブが（そしてのちにボウイが）繰り返して使う「社会批判」のフレーズだが、主人公たちが結局はただの犯罪者にすぎないという皮肉な含意も看過すべきではない。実際、Ｔダブは「おれは、その金がなくなって困るようなやつから盗んだことは一度だってない」などというが、彼らは強盗現場に居合わせた人間の金を奪ったりもするし、ましてや義賊として富の再分配をしようなどとは考えもせず、あくまで自分が安楽な暮らしをするために「泥棒」をしているだけなのだ。Ｔダブは五万ドル稼いだら引退してケンタッキーの農場に引っ込みたいなどとブルジョワ的なことをいうし、チカモウは手に入れた金を酒と博打《ばくち》でだらしなく溶かしてしまうばかりである。

ただし、というべきか、本編の主人公ボウイに関しては事情が異なる。彼は若く、ナイーヴで、他の二人のような「常習的犯罪者」ではない。彼は先が見えない抑圧された人生において、いわばたまたま犯罪者になってしまった人間なのだ。そのような彼はTダブやチカモウに仲間意識を抱きながらも、彼らのようにはなれない／ならないと心のどこかで思ってしまっているのであり、そういった彼の前に現れるのが、恋人となるキーチー・モブリーである。小説が進むにつれ、ボウイは仲間を失っていき、「まっとうな人々」さえ信用できないという苦い現実を認識させられていくが、そのプロセスがキーチーとの「二人だけの世界」を虚しく求める逃避行と重ねられることによって、本書は平凡な犯罪小説には存在しない強い叙情を喚起する。キーチーはいわゆる悪女ではまったくないが、主人公の（はっきりと意識化されていない）願望を具現化するこのヒロインは、ボウイにとってまさしく「宿命の女《ファム・ファタール》」なのだ。

　したがって、ボウイが試みる「社会」からの逃走は、「宿命」からの逃避では決してない。社会はボウイに「犯罪者」として以外の人生を許さなかったし、その意味において、まぎれもなく、彼は醜い社会の犠牲者である。だが、たまたま犯罪者になってしまったこの若者は、キーチーと出会い、人生を主体的に生きることになった。チャンドラーは冒頭に引いたのとは別の手紙で、同年出版のジョン・スタインベック『二十日《はつか》鼠《ねずみ》と人間』を引き合いに出し、本書をそれよりも「無限に優れた、誠実な本」

と呼んでいるが、その「誠実さ」は時代を経ても薄れてはいない――ボウイを搦《から》め捕《と》った現実＝偶然は三〇年代という時代に特有のものだとしても、現実＝偶然を宿命として引き受けることが「生きる」ことであるというのはどの時代も変わらないのだから。

もちろん「社会」は常に醜く、我々を型にはめて圧殺しようとするだろう。しかしそれを「言い訳」としてしまったとき、人は自分自身に対して嘘《うそ》をつくことになる。だから「社会批判」に満足することには、「社会正義」という美名のもとに行動することと同様、どこか欺瞞《ぎまん》的な――不誠実な――臭《にお》いがつきまとうのだろう。そのような自己欺瞞を拒絶するところに措定されるノワール小説の倫理を、理解しがたいと思う人も多いかもしれない。けれども、そのハードな倫理に救われる人間もこの「泥棒」だらけの世界には間違いなく存在するのだし、そのような読者にとって、『夜の人々』という小説はきっと大切な一冊となるはずである。

（令和六年一月、米文学者）

本書は、本邦初訳の新潮文庫オリジナル作品です。

本作品中には、今日の観点からは慣用的でない表現ともとれる箇所がありますが、作品の時代背景に鑑み、原書に忠実な翻訳をしたことをお断りいたします。

（新潮文庫編集部）

Title : THIEVES LIKE US
Author : Edward Anderson

夜《よる》の人《ひと》々《びと》

新潮文庫　ア - 28 - 1

Published 2024 in Japan
by Shinchosha Company

令和六年四月一日発行

訳者　矢《や》口《ぐち》誠《まこと》

発行者　佐藤隆信

発行所　株式会社新潮社

郵便番号　一六二―八七一一
東京都新宿区矢来町七一
電話　編集部(〇三)三二六六―五四四〇
　　　読者係(〇三)三二六六―五一一一
https://www.shinchosha.co.jp

価格はカバーに表示してあります。

乱丁・落丁本は、ご面倒ですが小社読者係宛ご送付ください。送料小社負担にてお取替えいたします。

印刷・株式会社光邦　製本・株式会社大進堂

ISBN978-4-10-240521-5 C0197